FÚTBOL, SEXO, NEGOCIOS Y OTRAS MENTIRAS

FÚTBOL, SEXO, NEGOCIOS Y OTRAS MENTIRAS

RAMÓN ROCAMORA

U

Umbriel Editores

Argentina • Chile • Colombia • España
Estados Unidos • México • Perú • Uruguay

1.ª edición Junio 2018

Copyright © 2018 *by* Ramón Rocamora
    All Rights Reserved
© 2018 *by* Ediciones Urano, S.A.U.
    Plaza de los Reyes Magos 8, piso 1.º C y D – 28007 Madrid
    www.umbrieleditores.com

ISBN: 978-84-16517-05-3
E-ISBN: 978-84-17312-41-1
Depósito legal: B-16.181-2018

Fotocomposición: Ediciones Urano, S.A.U.
Impreso por Romanyà-Valls, S.A. – Verdaguer, 1 – 08786 Capellades (Barcelona)

Impreso en España – *Printed in Spain*

El hallazgo

Cada mañana de cada día del año, haciendo de la rutina un estilo de vida, Salvador, se encargaba de abrir las puertas del Estadio de Fútbol, «El Grande», llamado así porque, tras su construcción, en el año 1981, pasó a sustituir a otro campo de menores dimensiones que ya se había quedado pequeño para las necesidades de la ciudad y de su equipo local. En honor a la verdad hay que decir que, los encargados de pensar el nombre para el nuevo estadio, un nombre que perduraría en el tiempo, no se complicaron demasiado y, simplemente, y hasta que años más tarde el pequeño estadio de fútbol fue derribado para dar paso a un importante centro comercial, aquella ciudad costera tenía dos estadios, conocidos como El Pequeño y El Grande.

Hacía calor, a pesar de ser muy temprano, pero en el mes de mayo siempre hacía calor. La primavera había sido temprana y a esas alturas se presentaba con un clima más propio del verano. Las altas temperaturas eran una constante a la que, irremediablemente, había que acostumbrarse. El termómetro de primeras horas de la mañana marcaba unos discretos veinte grados que todavía permitían trabajar con cierta comodidad al aire libre y como Salvador era muy consciente de ello, tras más de veintiocho años en aquel club de fútbol, siempre aprovechaba para repasar temprano las instalaciones deportivas, el estado del césped, activar el riego por aspersor y barrer el parking antes de la llegada de los jugadores y el cuerpo técnico para el entrenamiento. Las puertas metálicas, comidas por el óxido y la humedad, chirriaban cada mañana en el mismo instante en que Salvador las abría. De alguna manera era como si el estadio le saludara cada día. A Salvador, aquel sonido le arrancaba una leve sonrisa y, otorgándole vida, siempre le contestaba en voz baja:

«Sí, Grande, ya estamos mayores. Quién nos ha visto y quién nos ve.»

Una vez abiertas las grandes compuertas de hierro verde, pertenecientes a la «Puerta Cero» del estadio, una gran bocanada de aire fresco, cargado de un intenso olor a césped mojado, le sacudía suavemente. Salvador inspiraba profundamente y aguantaba la respiración unos instantes, en un intento por retener aquel aroma en su interior y, cuando ya no podía aguantar más, lo expulsaba con fuerza por la boca, como dejándolo escapar hasta el día siguiente.

El Estadio se presentaba inmenso y sosegado ante sus ojos, como una fiera sumisa, capaz de rugir con la intensidad de la pasión de miles de aficionados cada domingo pero que, tras la euforia, recuperaba su serenidad y se aletargaba hasta la jornada siguiente.

A esas horas el sol asomaba por el Fondo Norte y le cegaba aquella portería, así que, Salvador comenzaba siempre su ronda por la portería Sur. Para él era algo así como dar la vuelta al ruedo pero pisando césped. Cada paso por el campo era mullido y le hacía sentir ligero a pesar de la edad y los achaques. Aquel día caminaba cabizbajo, perdido en sus pensamientos, instalado en una realidad paralela. Solo recogiendo los papeles del suelo que el viento había llevado hasta allí, el recuerdo de los años en los que la megafonía repetía su nombre y la ovación de la afición cuando abandonaba el terreno de juego aún retumbaba en su cabeza. La nostalgia le dolía porque se queda dentro y es difícil de arrancar y, a veces, no podía hacer nada para evitarlo.

Aquellos fueron tiempos de gloria, que se alimentaban de un futuro brillante, pero el futuro no existe, nunca lo hace, y ahora Salvador vivía tiempos de realidad, donde solo existe el presente. Su historia como jugador profesional fue breve pero intensa, pero más intenso era el sentimiento por su equipo, el mismo que jamás desapareció. Una lesión, cinco operaciones y una mala noticia, así se resumía toda una carrera, la suya. Nunca más podría volver a jugar como defensa en el fútbol profesional. Pero el amor que sentía hacia sus colores era tan fuerte que no pudo desvincularse de aquel equipo, su equipo, El Real Triunfo F.C., durante el resto de sus días. Salvador, uno de sus mejores defensas en años gloriosos de juventud, pasó a un segundo plano, lejos de los vítores y los focos, olvidado por las masas, sin autógrafos ni entrevistas, uno más en la lista de los nombres que escribían la historia del Real Triunfo.

Tras su involuntario retiro del terreno de juego, aquel jugador entregado pasó a ser alguien imprescindible en su equipo de fútbol, tanto como pudieran serlo el mejor de sus goleadores o el más infalible de sus porteros. Lo mismo adecentaba el campo para que siempre estuviera en óptimas condiciones, que era capaz de conseguir todo lo pudieras necesitar. Era capaz de sembrar el césped, arreglar la vieja instalación eléctrica, poner a punto la megafonía, desatascar las duchas o reparar las redes de las porterías. Salvador, el bueno de Salvador, era sencillamente imprescindible. Los jugadores lo tenían claro, si querían algún capricho, por pintoresco que pudiera parecer, como una entrada gratis para el teatro, una camiseta para el hijo de un amigo, un autógrafo de un artista o una reserva en un restaurante demasiado solicitado, debían acudir a Salvador. Si él no era capaz de proporcionártelo sencillamente era porque resultaba imposible de conseguir. Tal era su devoción por su club, el Real Triunfo, que cuando le conocí, lo primero que pensé fue que Salvador sería capaz de hacer cualquier cosa por él. Alguien que es capaz de amar con esa intensidad a un campo de fútbol, a unos colores y a un equipo, sin duda, es porque lleva mucho amor dentro.

Quizá por eso lo eligió el destino aquella mañana de un mes de mayo, para que todo ese amor de alguna manera compensaba tanto horror. Fue él el encargado de encontrar algo que nunca buscó y que jamás hubiese querido encontrar, en su ronda diaria por su querido Estadio El Grande.

Tras comprobar que todo estaba correcto en el Fondo Sur y, aprovechando que el sol bajaba su inclinación lo justo para no cegarle, continuó caminando hacia el otro extremo del campo. Pegado al margen publicitario, avanzaba a la vez que le daba golpecitos con los nudillos a los carteles de los anunciantes que, como eran de quita y pon, porque el presupuesto era más bien escaso para esas cosas, a veces quedaban un poco sueltos y corrían el riesgo de caer en mitad de un partido interesante.

—Este está un poco flojo, habrá que llamar a los chicos de la agencia para que vengan a asegurarlo. Como venga un día de viento se lo lleva volando. Hay qué ver, ya no hacen las cosas como antes, no duran nada, ¿verdad, grande? Estamos mayores pero hay que cui-

darse que todavía tenemos que durar muchos años. Y si no nos cui-
damos el uno al otro, dime, ¿quién lo va a hacer? —decía en voz alta.

No prestaba atención a nada en concreto pero, a la vez, no se perdía detalle. Con la mirada en el suelo se paseaba por el césped, sin
prisa, revisando cada centímetro, en busca de pequeños desperfectos
que reparar más tarde. Aquel viejo estadio era para Salvador su casa,
más bien su hogar y por eso lo mimaba como tal, cada día, cada jornada, cada temporada de fútbol.

En ello estaba cuando, acabando su recorrido y cercano a la portería del Fondo Norte, alzó la mirada porque el sol ya no le cegaba.
Andaba un poco corto de vista, cosas de la edad, pero distinguió lo
que le pareció ser alguien sentado en aquella portería. Era extraño.
Quién había podido entrar a aquellas horas y qué podía estar haciendo allí sentado. Salvador se quitó su gorra de trabajo y saludó con la
mano, pero no obtuvo respuesta. «Mejor me acerco», pensó y atrave-
só el césped para acortar distancia. Pero conforme caminaba la realidad le era más evidente y a la vez más cruel y al distinguir con todo
detalle lo que estaba viendo, Salvador quedó paralizado. Se llevó la
mano a la boca para intentar atrapar el grito de horror que inevitablemente sonó en todo el estadio. Un grito que el eco le devolvió en repetidas ocasiones. No podía creer lo que tenía ante sus ojos. Allí, en la
portería del Fondo Norte, sentado, estaba el cuerpo de un hombre,
con la cabeza tapada con sus propios pantalones, desnudo de cintura
para abajo y vestido, tan solo con la camiseta de su equipo. Había
sangre de un rojo intenso manchando la prenda, el líquido mana de la
herida en el pecho causada por un cuchillo que aún tenía clavado. Allí
estaba, semidesnudo, sin pantalones, con las manos maniatadas a la
espalda tal vez esperando a que Salvador lo encontrara en su ronda
diaria. Aquella era, sin duda, la imagen de la crueldad, el dibujo de un
inexplicable crimen.

Salvador quedó inmóvil, horrorizado por lo que estaba viendo.
Sentía sus manos frías como si su sangre hubiera dejado de circular
igualmente espantada por aquello. El impacto de aquel instante le pa-
ralizó su capacidad de reacción. Segundos más tarde, corrió torpemente hacia el cuerpo, tropezando en su desesperado intento de llegar lo
antes posible. Pedía socorro, con un grito entrecortado y angustiado,

pero el estadio solo le devolvía el eco de sus gritos sin más respuesta que un silencio de velatorio. La respiración le ahogaba y el miedo impedía que coordinara mejor sus intenciones. Nadie respondía, nadie más que su corazón, su débil y viejo corazón, que jamás había palpitado de aquella manera hasta el punto de que, cuando solo faltaban unos metros para llegar a la portería, Salvador se paró y se agarró con su mano derecha el pecho. No podía más. Respiraba con la boca abierta bocanadas de desesperación y rogaba a Dios que le diera un poco más de fuerza. Quién sería aquel hombre, se preguntaba mientras luchaba contra su miedo, su confusión y su desconcierto, transformando su rabia en pasos firmes hacia la portería del horror.

Tocó el cuerpo y estaba frío como fría es la muerte. Salvador levantó con delicadeza la cabeza del muchacho que caía inerte hacia un lado. La cogió con sus dos manos. Le retiró el pantalón, lo justo para poder verle la cara, con la suavidad con la que lo haría un padre y, al quedar su rostro al descubierto, frente a él, confirmó la peor de las opciones. Aquel hombre, desnudo de cintura para abajo, muerto y atado a una portería, con un cuchillo en el pecho, no era otro que uno de los delanteros más prometedores del panorama deportivo del país. El joven Israel Buendía, el fichaje estrella del «Real Triunfo F.C.» aquella misma temporada.

Era como si el odio hubiera cobrado vida para jugar el último partido con Israel. El delantero más brillante de la liga nacional de segunda división, estaba allí, asesinado y humillado y el Estadio El Grande, el mismo que tantas horas de gloria le había dado, parecía ser el único testigo mudo de su muerte. Ahora, la hierba que pisaba Israel era roja y la tierra había absorbido su sangre con avidez. Olía a saña y a rabia y ese olor se mezclaba con el del césped mojado. Olía a carrera truncada, a afición consternada, a prensa morbosa. Olía a escándalo y a especulaciones baratas.

Once meses antes

Aterricé allí un poco por casualidad. Hasta entonces, mi carrera profesional como periodista había transcurrido en los medios de comunicación locales. Mi pasado profesional estaba escrito en la radio, esos fueron mis comienzos, un poco de televisión más tarde y bastante prensa escrita. La mayoría de las veces la escasez de los sueldos me obligaba a compaginar varias cosas a la vez. El periodismo es una profesión que, al menos en provincias y con suerte, solo te permite una vida ajustada.

Los últimos doce años de mi vida, desde que acabé mis estudios en la Facultad de Ciencias de la Información, habían pasado demasiado deprisa, sin dejar apenas huecos para una vida personal que me arropara tras una mala jornada en el trabajo. Primero, porque había que luchar por hacerse un hueco, más tarde, porque debía conservarlo y ahora, porque llevada por la inercia, que nunca es buena consejera, no sabía muy bien cómo reconducir aquella situación. Vivía sola, con mi gato Radio, regalo de una compañera de mi primer trabajo en una emisora local y trabajaba sin horario en un periódico de provincias. Y cada noche, delante del televisor, con Radio en mi regazo como única compañía, tenía la desagradable sensación de vivir solo por y para mi trabajo, algo tan efímero como el tiempo y tan frágil como el cristal.

Una de las reglas de oro de un buen jugador es no apostar nunca todo a una sola carta y mi única carta en aquellos momentos era mi profesión. Mi trabajo comenzaba a ser un bucle, un camino hacia ninguna parte. Tenía la sensación de no avanzar. Por muchos pasos que diera no necesariamente eran hacia delante y siempre estaba en el mismo sitio, con la misma gente y las mismas noticias que dormitaban en las hemerotecas para despertar cíclicamente. Todo estaba contado, todo era repetido y nada nos era ajeno. Esta ciudad es pequeña y eso, para un periodista, es como respirar una y otra vez el mismo aire viciado que muchos otros han respirado antes. Me ahogaba, personal y profesionalmente. Empezaba a sentir la necesidad imperiosa de salir a la superficie y dar una bocanada de aire fresco pero estaba allí, en una ciudad pequeña, donde el que se mueve no sale en la foto. De niña soñaba con ser corresponsal de guerra, sentirme imbatible y aventurera en mitad de un enfrentamiento armado, contarle al mundo lo que allí ocurría mientras, tras de mí, silbaban las balas de la intolerancia. Y aunque nunca me desplacé a ningún conflicto bélico, sí puedo decir que la guerra vino a mí y, de alguna manera, yo fui su corresponsal.

Un día llegó a la redacción del diario local para el que trabajaba, una orden publicitaria para insertar un anuncio en la sección de «Ofertas de Empleo». El destino quiso que fuera la hora del desayuno y que el personal administrativo que se ocupaba de aquellos menesteres estuviera más pendiente del aroma de su café y el crujir de su tostada que de mis llamadas a su móvil, así que decidí encargarme yo misma de maquetarlo. En un periódico pequeño hacemos valer ese refrán que dice «Aprendiz de todo y maestro de nada» porque, o espabilas y eres capaz de insertar un anuncio al tiempo que redactas una noticia sobre una supuesta malversación de fondos de un concejal de turno del consistorio local, o ya te puedes ir buscando otro empleo. Somos capaces de hacer cualquier labor, lo que no garantiza que la hagamos correctamente.

El anuncio decía:

«Real Triunfo Fútbol Club selecciona, en su proceso de desarrollo, un director de comunicación.

Dependiendo del presidente y del director gerente de la entidad, tendrá como misión llevar a cabo todas las acciones de comunicación, tanto interna como externa, que genere el club.

Requisitos:

- Estudios universitarios en Ciencias de la Información.
- Experiencia en el área de la comunicación, preferiblemente en gabinetes de prensa de instituciones públicas o privadas.
- Conocimientos sobre Fútbol.»

Como referencia aparecía el número de un apartado de correos donde los interesados debían enviar su historial profesional. Aquella oferta de empleo llamó mucho mi atención, era mi bombona de oxígeno, mi bocanada de aire fresco. Hasta ese momento jamás hubiera pensado dedicarme a la comunicación en materia deportiva y, mucho menos, en cuestiones de fútbol. Nunca antes había pisado un terreno de juego y no me parecía, ni tan siquiera, un deporte interesante, pero, todo lo que rodeaba a aquel mundo me fascinaba. Dinero, poder, glamour, pasión, lujo y hombres eran los ingredientes necesarios para que mi trabajo resultara de todo menos aburrido. Más tarde pude comprobar qué libre es la imaginación y qué poderoso el marketing.

—Oye, Carmen —le dije a la administrativa que había recogido el encargo—. ¿Ha dejado el cliente algún teléfono de contacto?

—Supongo que sí, siempre lo hacen. Ahora mismo te lo paso —me contestó ella.

No me gustaba la idea de ser una más en un apartado de correos. Mi historial profesional amontonado junto a otros cientos en una cajita que así, con una mirada fúnebre, se me antojaban como pequeños nichos de correos. Lo mío era más el contacto personal, se me daban bien las personas y, puesto que tenía la ventaja de tener un teléfono directo, por qué no aprovecharlo. Ya se sabe que quien pega primero pega dos veces. A la semana siguiente ya tenía una entrevista de trabajo.

Aquella mañana de junio escogí concienzudamente mi vestuario, como en un ritual. La genética me había bendecido con un físico que no acusaba demasiado el paso del tiempo. Ya había cumplido los treinta y cinco pero aunque no podía presumir de tener el cuerpo de una «top», me gustaba pensar que afloraba en mí cierto carisma que los hombres percibían más allá de lo que sus ojos eran capaces de apreciar. Debía sacarme todo el partido posible. Normalmente para trabajar no dedicaba más de cinco minutos en arreglarme. Las periodistas elegantes son las que trabajan en los platós de televisión que cuentan con la nada despreciable ayuda extra de estilistas, peluquería, maquillaje y vestuario. Las demás, que solemos hacer la calle en el sentido más periodístico de la expresión, adoramos los pantalones vaqueros, las botas y el pelo recogido. Pero, si algo tenía claro, era que aquel día debía jugar con todas las armas, incluidas las de mujer. En el amor y en la guerra todo es lícito y aquella sería la batalla por conseguir conquistar un estupendo puesto de trabajo. Melena suelta y ondulada. Falda, por supuesto, ni demasiado larga ni demasiado corta. Cómo no, escote, generoso pero no libidinoso, pícaro pero con encanto y explícito a la vez que disimulado. Un poco de perfume, tacones y mucha cara para hacer frente a una situación que nunca pensé fuera tan diferente a como la imaginé.

La entrevista era en las oficinas que el club tenía anexas al Estadio El Grande. Aquel día y, como era habitual, los jugadores tenían entrenamiento y, aunque yo no los vi, porque no accedí al campo en ningún momento, lo supe en cuanto pisé el aparcamiento exterior ubicado justo delante del edificio de oficinas. Allí la ostentación tenía forma de coche. Los había grandes y muy grandes, de un tamaño solamente comparable al ego de sus propietarios o pequeños y deportivos, de esos que sentarse en la plaza del conductor para alguien que normalmente supera el metro ochenta, debe ser poco menos que misión imposible. Pero todos tenían algo en común, eran muy caros.

Buenos días, había quedado para una entrevista de trabajo. Soy María Moreno, periodista —me presenté mientras le dedicaba una encantadora y preparada sonrisa al joven que me atendía.

A sí, Señorita Moreno —repitió lentamente mientras buscaba mi nombre en una lista de al menos tres folios—. Pase por aquí que enseguida la atienden.

Muchas gracias —contesté condescendiente e intentando ser lo más perfecta posible.

Me pasó a una sala de grandes dimensiones que imaginé, en un principio, que sería una sala de juntas, a juzgar por la inmensa mesa ovalada de madera de roble con diez sillas a juego que ocupaba casi toda la estancia. Justo al fondo, muy cerca de una gran ventana había una mesa de despacho muy ordenada. Un ordenador portátil cerrado, un juego de escritorio en piel junto a un bote para los bolígrafos y un marco de fotos que, desde donde yo estaba, solo podía ver la parte trasera. Evidentemente aquel era, más bien, el despacho de alguien, alguien muy importante que además debía celebrar multitudinarias reuniones. Las paredes de la sala, donde no había ni un solo espacio libre, eran como un pequeño museo de recuerdos y nostalgia, a veces un poco rancia, del Real Triunfo F.C., fotografías de partidos que hicieron historia, presidentes más o menos recientes que posaban para el futuro, escudos y recuerdos de dudoso gusto estético de clubes visitantes, y una gran fotografía aérea del Estadio El Grande tomada justo en el esplendor de su construcción.

Me llamó especialmente la atención uno de los cuadros que enmarcaba lo que parecía un documento antiguo y que ocupaba el centro de la pared de mi derecha. Era un papel amarillento y un poco comido por el moho. Me acerqué para leerlo y me sorprendió comprobar que se trataba de la carta, fechada el 10 de febrero de 1918 y firmada por el Jefe Superior de Palacio de la época, en la que el Rey Alfonso XIII otorgaba al club, que entonces se llamaba tan solo Triunfo Fútbol club, la denominación de Real. Gracias a aquel honor, el Triunfo F.C. pasó a llamarse hasta nuestros días, el Real Triunfo F.C., nombre que solo perdió durante los años de La República.

La pared de enfrente estaba dedicada, casi de manera monotemática, a la temporada 2006/2007, la temporada del centenario del club. Pocas instituciones deportivas pueden presumir de ser tan longeva y, cumplir cien años, bien merece una pared para los recuerdos. Aquella temporada se celebró un partido especial de conmemoración que fue todo un acontecimiento nacional. Por entonces yo trabajaba en una emisora de radio local y, aunque no cubría la información deportiva, sí recordaba perfectamente el revuelo que en esta ciudad supuso aquel partido. Artistas, políticos, empresarios de renombres, deportistas prestigiosos, todos hicieron un hueco en sus agendas para no perderse aquel acontecimiento, más social que deportivo. Suspiré. Entre aquellas cuatro paredes se respiraba historia, la historia de una afición transmitida de generación en generación, la historia de una ciudad contada a través de su club de fútbol.

Estaba nerviosa. En esos momentos miraba todo aquello como el que pega la nariz al cristal del escaparate de la pastelería y no lleva ni un euro en el bolsillo, salivando y recreándose en el placer imaginario de saborear lo dulce de la vida. Estaba al otro lado de la línea, era espectadora y no protagonista pero, con suerte, si lograba convencer a mi entrevistador de que era la persona idónea para el puesto, a pesar de ser una mujer y tener escasos conocimientos futbolísticos, tendría un papel importante en el reparto de aquella película y me comería muchos pasteles. Presentía que el destino barajaba las cartas y yo tenía una buena mano en aquella partida.

Sentí curiosidad por saber qué fotografía había en el portarretratos del escritorio, mujer y niños tal vez. Y cuando caminaba hacia él para saciar mi morbo periodístico, se abrió la puerta.

—Buenos días, Srta. Moreno, soy Laura Prado, la nueva presidenta del Real Triunfo —me dijo una mujer imponente mientras extendía su mano para saludarme.

No podía creer lo que me estaba pasando, ¿había dicho presidenta?

—Buenos días —balbuceé intentando borrar de mi rostro la expresión del más absoluto asombro a la vez que hacía lo imposible porque mis ojos volvieran a sus órbitas.

—Siéntese, por favor. —Y me indicó una de las sillas de la gran mesa de roble mientras me dedicaba una leve sonrisa que me confirmó que no era la primera vez que alguien se transformaba en la viva imagen de la sorpresa cuando ella se presentaba como la nueva presidenta del club.

Un club de fútbol es para un gran empresario lo mismo que es para un niño el más preciado de sus juguetes. Querido mientras te divierte y olvidado en un rincón cuando otro juguete ocupa su lugar. Hasta ese momento, el Real Triunfo había tenido, en sus ciento tres años de historia, un puñado de representantes, que públicamente declaraban su amor incondicional por aquel equipo y su dedicación altruista por el símbolo de una afición enfervorizada cuando, lo que realmente querían decir, si leías entre líneas, era que habían aterrizado allí siguiendo el olor de los negocios que envuelven al fútbol y que se alimentaban de la posición social que les aportaba su estatus. Nada es altruista en ese mundo aunque muchas veces todo lo parezca.

El último presidente, un conocido empresario de la construcción local, había abandonado su juguete al acabar la temporada. Quizá estaba ya cansado de que no resultara tan rentable como esperaba. Durante cinco temporadas, había jugado a ser Dios colocando las piezas de su pequeño universo a golpe de talonario y moviendo los hilos de unas marionetas que bailan al son de las primas. Pero ni siquiera Dios tiene paciencia infinita ni recursos ilimitados y cuando los negocios empezaron a ir mal ya no era tiempo de juguetes y abandonó la presidencia del Real Triunfo.

Eran los últimos días de junio, días de tránsito entre la decepción de una temporada fallida y la ilusión de otra que pronto comenzaría, y no había sustituto a la presidencia. Al menos que se conociera públicamente. Siempre se especuló con el nombre de dos o tres personajes relevantes del entramado empresarial de la zona pero, qué alejadas de la realidad estaban todas aquellas especulaciones, qué noticia hubiera sido publicar que el nuevo presidente de aquel club de fútbol que tanta pasión arrancaba entre sus aficionados y tan deseado resultaba para muchos, era realmente una mujer. Me preguntaba, ¿quién era ella?

Laura

Laura Prado era el tipo de mujer que no deja a nadie indiferente. Para los hombres era objeto de deseo y para las mujeres objeto de envidia. Su metro ochenta de estatura no le impedía caminar siempre subida a unos tacones de vértigo. Ella siempre decía que le gustaba ver el mundo desde arriba para poder contemplarlo con perspectiva. Su imagen era impecable. Durante el tiempo que la conocí jamás la vi nunca de otra forma que no fuera elegante, femenina, en definitiva, perfecta. Nunca me confesó su edad, aunque tampoco yo se la pregunté, pero me atrevería a decir que rondaba los cuarenta. Su sola presencia siempre me provocó cierto desconcierto. Era serena pero con un misterio intrínseco. Su mirada siempre era de frente aunque en ocasiones resultaba opaca, como si no te permitiera adentrarte en ella por miedo a descubrir algún misterio escondido. Su belleza solía eclipsar su buen olfato para los negocios y una capacidad innata para la gestión. Aquella rubia de medidas perfectas podía ser cualquier cosa menos simple. Su alto nivel de sofisticación brillaba notablemente en un mundo plagado de mediocres de tatuajes imposibles y estilismos ordinarios.

Desde el mismo momento que entró en la sala el día de mi entrevista de trabajo, no pude dejar de mirarla con incrédula admiración. Realmente era tan perfecta que me resultaba imposible creerlo pero, al mismo tiempo, hubiera deseado cambiarme por ella al instante. Quizá fue eso lo que ella percibió en mí en aquel momento y quizá pensó que yo sería una trabajadora en quien poder depositar su plena confianza porque, no indagó mucho más sobre mi experiencia profesional y me contrató como su directora de comunicación días más tarde.

La llegada de un nuevo presidente al club era siempre un acontecimiento informativo de gran relevancia, especialmente los primeros días de julio cuando las noticias de los fichajes para la siguiente temporada todavía se estaban cuajando y los jugadores que permanecían disfrutaban de unos días de descanso. Pronto se iniciaría la pretemporada pero, hasta entonces, no había muchas noticias donde rascar y los sabuesos de la prensa se las tenían que ingeniar par poder llenar minutos de radio y páginas de periódicos.

Lo tenía preparado, la rueda de prensa para presentar a nuestra nueva presidenta, que hasta el momento era la gran desconocida, sería el próximo viernes con el fin de dar que hablar todo el fin de semana. No hay nada como ofrecer un caramelo para que la prensa se entretenga. Y seguro que aquella noticia sería un estupendo entretenimiento.

La mañana del viernes me costó despertarme porque, francamente, había dormido fatal. Estaba nerviosa ante el acontecimiento del día. No solo desvelaríamos el secreto mejor guardado hasta el momento sino que, además, sería la prueba de fuego en mi nuevo puesto de directora de comunicación del club, mi primera rueda de prensa, mi puesta de largo, de alguna manera también mi presentación ante los compañeros de profesión con los que trabajaría en lo sucesivo, alguno de ellos, conocidos de épocas profesionales anteriores pero, la mayoría, por descubrir. No podía ni debía dejar nada a la improvisación, una primera impresión es complicada de modificar, especialmente si no es buena. Mi labor consistiría en convertirme en el enlace entre el club y la prensa. Yo debía conocer todo lo que pasara de puertas a dentro del Real Triunfo para poder decidir cómo y de qué manera habría de conocerlo la prensa, en el caso de que así fuera. Era una gran responsabilidad y un puesto muy codiciado que, casi como en un guion cinematográfico, había ido a parar a mis manos, ante el asombro de los periodistas intocables de la prensa deportiva local.

Ser la directora de comunicación de un club de fútbol de segunda división no es un trabajo fácil, no quiero ni imaginar cómo será serlo en la máxima categoría. Para empezar te mueves en un mundo fundamentalmente masculino donde un par de zapatos de tacón poco tienen que ver con unas botas de fútbol. Esa circunstancia, que quizá para otra mujer hubiera constituido un grave e incómodo inconveniente, a mí me motivaba sobre manera. Al estupor que causó mi nombramiento entre mis compañeros de profesión había que añadir que los futbolistas no son hombres que destaquen especialmente por su inteligencia, seamos francos, y la mayoría tampoco lo hacen por su sentido del humor o por su devoción al trabajo. Ellos aman el dinero, la ostentación y por encima de todo, a sí mismos y, generalmente, aún pecando de injusta al generalizar, las mujeres son para ellos, un lujo más del que disfrutar. Seguramente existirán honrosas excepciones pero yo no las conocí.

Aunque las mujeres nos hemos ido haciendo un hueco en la sociedad, el fútbol ha quedado como un pequeño reducto exclusivo y selecto para hombres, haciéndonos creer que nos han abierto sus puertas e, incluso, que nos han dejado entrar y ocupar un hueco, como era mi caso. Pero todo eso solo es una pantomima, un teatro de cara a la galería para que no protestemos demasiado y podamos resultar molestas.

En una ocasión uno de ellos incluso me llegó a decir aquella manida frase de, «nena, qué hace una chica como tú en un sitio como este» mientras me dedicaba una sonrisa que pretendía decir, «¿has visto qué ingenioso soy?». Yo, ante semejante alarde de ingenio, me limité a sonreír y le hice creer que había quedado obnubilada ante sus encantos.

Era tal la concepción machista de aquel mundo en el que estaba inmersa que recuerdo una vez, en una fiesta con motivo de una victoria de nuestro equipo, donde no faltaba el aderezo de varias copas de alcohol, una charla entre el capitán del Real Triunfo y la capitana de nuestro equipo femenino. Disertaban, con toda la coherencia que puede permitir una borrachera y mucha feromona suelta, sobre el fútbol femenino, y así, sin más, le dijo con lengua torpe:

—¿Sabes lo que pienso yo de que el Real tenga un equipo de fútbol femenino?

—¿Qué? —le contestó la capitana esperando un cumplido.

—Que el fútbol femenino ni es fútbol ni es femenino. —Y soltó una carcajada sonora y ridícula. La capitana del Real Triunfo femenino le lanzó a la cara el contenido de su copa, se dio media vuelta y se marchó.

Llegué temprano a mi despacho donde cada mañana Salvador dejaba toda la prensa encima de mi escritorio. Un buen café con leche en una mano y la otra libre para poder pasar las páginas de los periódicos. Cada mañana seleccionaba todo lo publicado sobre nuestro club y, tras pasar por la fotocopiadora, se elaboraban los dossiers de prensa que quedaban a la disposición de cualquiera que quisiera ponerse al día para más tarde engordar las estanterías de nuestra particular hemeroteca. Muchos días sentí curiosidad por bucear entre los viejos papeles amarillentos y plagados de polvo que, sin duda, me contarían mucho de la historia de aquel lugar en el que me encontraba pero, hasta el momento no había tenido ocasión.

Solía leerme cinco periódicos diarios y después me daba un paseo por Internet para comprobar lo intenso y siempre subjetivo de la voz de los aficionados en los diversos foros que hervían de opinión con cada noticia de su club.

Los titulares del día eran previsibles: «El Real Triunfo presenta hoy a su nuevo presidente». «Respuesta a la gran incógnita». «El Real Triunfo estrena presidente». «Nuevo nombre en la presidencia». Pero el último de los periódicos me heló la sangre. El diario local *Noticias a Fondo* daba un titular que no debía haber aparecido al menos hasta el día siguiente, una vez celebrada la rueda de prensa. La noticia, firmada por Conrado Martínez, decía así:

«Una mujer empresaria, nueva presidenta del Real Triunfo»

El tan esperado nombre de la persona que ocupará la presidencia del Real Triunfo es el de Laura Prado, una joven mujer empresaria que, tras años en Francia, vuelve a su país natal para hacerse cargo del club.

El Real Triunfo será una apuesta empresarial más de Prado en el entramado de negocios de los que ya es propietaria, la mayoría de ellos en el sector de la hostelería.

Según fuentes a las que ha podido tener acceso este periódico, Prado pertenece a una familia de trabajadores que se exiliaron a Francia en la década de los años setenta huyendo de los últimos años de la dictadura española.

El nombre de Laura Prado ha conmocionado a diversos representantes del mundo político y socioeconómico de la ciudad ya que, además de convertirse en la primera mujer que ocupará un cargo de esta relevancia en el club, no se le conoce ningún tipo de vinculación con el equipo local.

Laura Prado será presentada hoy en rueda de prensa, prevista para las doce del mediodía, en la Sala de Prensa del Real Triunfo.

No podía ser verdad. Aquella noticia reventaba la rueda de prensa y suponía el nada despreciable enfado del resto de periodistas. Nunca subestimes a un periodista, especialmente si está enfadado. Hasta hace muy poco yo era uno de ellos y las filtraciones de ese calibre eran jarabes muy amargos de tragar. Mi cabeza era lo más parecido a una olla a presión, una maraña de ideas que me resultaba imposible de ordenar. En aquellos momentos me hubiera encantado salir huyendo y no volver más, pero no era posible, aquello no era más que el principio. ¿Cómo había conseguido Conrado Martínez aquella información que yo misma desconocía?

Siempre desoí los consejos que me decían que contara hasta cien antes de hacer algo de lo que más tarde pudiera arrepentirme. Mi carácter visceral no era el más apropiado para situaciones como aquella, donde equivocarte no es solo una forma de aprendizaje, sino más bien, una forma de suicidio profesional. Sin contar hasta cien, ni tan siquiera hasta diez, busqué el teléfono de Conrado para pedirle una explicación de lo sucedido. Nunca antes habíamos hablado pero yo sabía muy bien quién era él, todos lo sabíamos. Sonaron dos tonos y contestó.

—¿Sí?

—¿Conrado Martínez? —respondí, intentando dulcificar lo más posible mi voz.

—Sí, soy yo. ¿Quién eres?

—Soy María Moreno, directora de comunicación del Real Triunfo, aprovecho la ocasión para saludarte, aunque hubiera preferido que fuera en otras circunstancias.

—Ya claro. Supongo que ya has leído mi periódico —dijo con una voz cargada de sarcasmo—. Y pretendes que te explique qué es lo que ha ocurrido, ¿no es así?

—Así es —contesté un tanto desconcertada.

—Pues mira, María, creo que debes saber algo ahora que seremos compañeros de trabajo. Tú eres la directora de comunicación del club para el resto de los peleles que se hacen llamar periodistas en esta ciudad pero olvídate de pretender serlo para mí. Yo voy por libre. No respondo ante nadie. Solo me importa la noticia y que mis lectores sean los primeros en enterarse y si para conseguirlo debo ser poco convencional, ya me entiendes, lo seré, ¿te queda claro?

—Clarísimo —contesté abrumada. Toda mi rabia se había transformado en asombro al comprobar que aquel hombre dominaba de tal forma aquella situación que yo quedaba como un muñeco más en su particular teatro.

Tras aquella declaración de intenciones, breve pero no por ello menos incisiva, Conrado me colgó el teléfono.

Conrado Martínez era un depredador y su reputación le precedía. La noticia era su presa y sus armas para la caza se decía que pasaban por la extorsión y el soborno. Más que respetado era temido por sus compañeros. Yo no le conocía personalmente. Mi trabajo en los distintos medios de comunicación en los que había estado anteriormente se había centrado siempre en las secciones de política y sociedad. El periodismo deportivo es como un escenario paralelo al resto de secciones donde los actores, algunos principales y otros secundarios, interpretan los papeles de su propia obra teatral. Por supuesto había oído hablar de él, incluso habíamos coincidido en algún acto local pero, hasta ese momento para mí solo era una leyenda viva del periodismo local, alguien del que hablar en torno a un café un viernes por la noche al cierre de edición, un personaje más de ficción que real al que no terminaba de creerme demasiado porque me resistía a creer que fuera cierto todo lo que de él se contaba. Pero ahora era mi amenaza, una serpiente capaz de morderme solo por darse el placer de ser el primero en contarlo en su doble página diaria.

Todo estaba listo para la rueda de prensa donde se iba a dar carácter de oficial a una noticia que, a esas alturas de la mañana, el mundo entero ya conocía. Por los alrededores de las oficinas del club revoloteaban un importante número de aficionados que acudieron atraídos por el relato de Conrado. Jubilados con demasiado tiempo libre que ansiaban conocer a esa misteriosa mujer. Adolescentes que habían hecho pellas para no perderse el momento, jóvenes que vestían la camiseta de su equipo y portaban banderas al clamor de, «Triunfadores a primera», el grito de guerra del Real Triunfo y, cómo no, un puñado de ultras, pertenecientes a la peña «En el Triunfo y hasta la muerte», a quienes era mejor mantener a ralla. Todos ellos acudieron como las moscas a la miel, ávidos de alimentar una pasión que nunca fui capaz de comprender.

Salvador había preparado con mimo la sala de prensa. En la tarima elevada había una mesa alargada con cuatro micrófonos y justo detrás de ella, un gran panel con los logotipos de los anunciantes. Salvador se encargaba de controlar que todo estuviera en orden. Tras verificar que el sonido funcionaba correctamente, disponía botellas de agua en cada una de las sillas donde se sentaban los periodistas. Mientras tanto, en la antesala, yo intentaba familiarizarme con el resto de compañeros de otros medios de comunicación que, muy molestos con lo ocurrido, me hicieron saber que aquella no era, ni mucho menos, la primera ocasión que una noticia se filtraba. Al parecer y según me contaron, Conrado Martínez gozaba de información privilegiada con demasiada asiduidad como para que fuera casual. Disponía de una, sin duda, estupenda fuente de la que beber, y no había que ser muy listo para adivinar que su informador estaba dentro del propio club. Pero mi pregunta iba más allá. ¿Por qué alguien de dentro filtraba, sin ningún reparo, información a aquel hombre, a sabiendas de que, en muchas ocasiones, perjudicaba la imagen de su club? ¿Qué obtenía a cambio?

Las luces de los flashes empezaron a cegarme e interrumpieron mis maquinaciones mentales. Las cámaras de las televisiones se amontonaban en los pasillos de acceso a la sala de prensa abriéndose hueco a codazos para captar la primera imagen de Laura. Casi con los honores de una estrella de cine, más que como un presidente de un club de fútbol, Laura Prado cruzaba el pasillo sonriente, solo le faltaba la alfombra roja a sus pies. Era puro glamour entre unas paredes comidas por la humedad. Y los rumores y noticias por confirmar cobraron vida en aquel mismo instante en la persona de una bella mujer, Laura Prado, como la primera presidenta de la historia del Real Triunfo Fútbol Club.

Las piezas del ajedrez

La pretemporada era para el club como para un gran chef el ritual de preparar los ingredientes de un gran plato a cocinar. Aunque, de la misma forma que unos ingredientes de primera calidad no garantizan el resultado final de un exquisito plato, tampoco unos buenos jugadores en el primer equipo garantizaban una victoria segura. Los ingredientes hay que saber cocinarlos y los partidos hay que ganarlos.

Aquella iba a ser una tarde intensa. El director deportivo iba a poner encima de la mesa el nombre de varios jugadores para discutir su fichaje. Afición y directiva ansiaban un esperado ascenso de categoría que parecía no terminar de llegar nunca. De hecho el Real Triunfo se había acomodado en la segunda división hasta tal punto, que ningún aficionado que recordara haber vivido la época gloriosa de su equipo en primera tenía menos de veintitrés años. Las temporadas se sucedían con el anhelo de algo que nunca llegaba a producirse y que, más allá de provocar el desencanto de las masas, acrecentaba el deseo de que se cumpliera la temporada siguiente. Los aficionados parecían estar dotados de una esperanza incombustible. Se me antojaban adictos bipolares a la adrenalina de una emoción producida por los inicios de cada temporada para, más tarde, sumirse en una profunda decepción repetida año tras año al no conseguir su objetivo, el ascenso.

Aquella temporada iba a ser la definitiva, como todas, y había que empezar por el principio, diseñar un equipo ganador con los mejores jugadores que el dinero disponible pudiera comprar. Laura era ahora la compradora, al menos en su mayor porcentaje, ya que, además de ser la presidenta del club también era su máxima accionista. Su voz era sentencia pero, aún así, debíamos guardar las formas y someter las decisiones a un simulado consenso.

La reunión comenzó con retraso y la prensa esperaba en el vestíbulo con la esperanza de poder publicar algún nombre seguro al día siguiente. Estaban todos excepto Conrado, que no tenía la necesidad de pasar las horas muertas a la espera de una noticia, ya que su hilo directo con el club le garantizaba un mínimo esfuerzo y un excelente resultado.

El primero en llegar fue el director gerente, Basilio García, luciendo una sonrisa que, de tan ensayada, parecía no ser capaz de borrar de su rostro. Basilio era un hombre desgastado por su propia trayectoria. En su vida profesional hubo momentos de cierto reconocimiento social, como los días en los que fue presidente de la Asociación de Comerciantes de la ciudad, pero ya hacía unos años que se había guarecido en aquel club como el que busca un refugio acomodado para el final de sus días profesionales. Era un sesentón de aspecto entrañable y buen carácter, con un carisma diseñado que muy poco tenía de real. A mí siempre me dio la sensación de querer ser alguien que realmente no era y, sabedor de no haberlo conseguido, guardaba en su interior un importante grado de frustración.

Al entrar al vestíbulo, se paró a saludar a los periodistas. Rápidamente todos ellos se levantaron de sus sillas, apagaron sus cigarros y encendieron sus grabadoras.

—Basilio, qué nombres son los que vais a discutir hoy en la reunión, ¿nos podrías decir algo, por favor? —le pidió uno de los periodistas con el fin de adelantar trabajo y no tener que esperar a una reunión que, a menudo, terminaba demasiado tarde.

—No puedo aventurar nada todavía. No hay nada en firme y ahora sólo es momento de intercambiar opiniones —les contestó él, dominando el arte de hablar sin decir nada y sin borrar la sonrisa de su rostro.

—¿Es cierto que uno de los fichajes estrella que os gustaría incorporar a la plantilla esta temporada es el del delantero Israel?

—Bueno, nos encantaría poder contar con los mejores delanteros y, en general con los mejores jugadores pero aún no hay ningún nombre definitivo. Lo siento chicos, en cuanto sepa algo ya sabéis que os lo contaré. —Y tras posar para los gráficos, se sacó un café de la máquina y entró a la sala de reuniones.

El director gerente se sentía cómodo entre los compañeros de la prensa, le encantaba salir en la foto, codearse con lo más selecto de la sociedad local, atender en el palco del Estadio El Grande a los directivos del equipo visitante y en general, toda aquella labor que le hiciera sentir importante e imprescindible, aunque realmente no lo fuera. Le gustaba pensar que la gente le respetaba, pero la realidad era que el respeto se debe ganar con una trayectoria coherente y profesional y, en aquella ciudad, todos sabían que la de Basilio García siempre se había dibujado a la sombra de sus intereses personales.

Pocos minutos después llegaban el director financiero, Diego Fernández, junto con el director deportivo, Raúl Merino. Eran como la «extraña pareja», siempre juntos pero no revueltos, y como en toda pareja, siempre hay uno que lleva la voz cantante y en aquella ocasión era Diego, un personaje oscuro y altivo frente a su lacayo Raúl, sumiso y complaciente. Ambos pasaron por delante del corrillo de periodistas con aire despreciativo, ignorando la avalancha de preguntas y flashes. Diego caminaba dos pasos por delante de Raúl y este le seguía como un perro lo hace con su amo.

Laura y yo llevábamos allí desde primera hora de la mañana, así que ya estábamos todos.

Bueno señores, creo que es momento de comenzar —dijo Laura con el fin de que todo el mundo se sentara y comenzáramos la reunión.

Aquella era una reunión previa, de toma de decisiones, que más tarde pasarían el filtro de todos y cada uno de los miembros del Consejo de Administración formado, en su mayoría, por un puñado de nuevos ricos que calentaban la silla y sacaban pecho en el palco cada quince días. Poco solían decir, al menos que fuera importante, al respecto de los fichajes, entre otras cosas porque temían que les pudiera afectar al bolsillo. Tras hacer como que les interesaba el asunto, daban siempre por buena la propuesta presentada.

Basilio fumaba su puro de las reuniones, pensando que, de ese modo, tendría un aire de pez gordo. Me lanzó una mirada seductora que me puso el vello de punta, y me cedió la silla que él tenía al lado con los gestos de un caballero barato. No soportaba el humo del puro, así que le pedí amablemente que lo apagara.

Claro, cariño. Siempre es un placer complacer a una dama —contestó petulante y relamido.

Basilio, Diego y Raúl se conocían muy bien entre ellos, los tres sumaban ya juntos varias temporadas en el club. Laura y yo, sin embrago, éramos las recién llegadas y, por otra parte, no demasiado bien recibidas. Aquellos tres hombres tan distintos entre sí tenían un objetivo en común: acaparar el máximo poder dentro del Real Triunfo.

Diego era despiadado y tenía un extraño aliado, Raúl, que, a pesar de parecer ocupar un segundo plano, pude descubrir más tarde que era mucho más protagonista de lo que parecía. Basilio intentaba desbancar a su enemigo pero, hasta el momento no lo había movido de su silla ni un solo milímetro. Los tres llegaron de la mano del anterior presidente del club, un importante empresario de la construcción, que colocaba a su gente estratégicamente como el que dispone con aparente inteligencia las piezas en una partida de ajedrez.

Años atrás, Basilio, dueño de una pequeña joyería familiar, resultaba muy molesto en su faceta de presidente de la Asociación de Comerciantes local oponiéndose, por sistema, a cualquier gestión urbanística que implicara importantes negocios de suculentos beneficios para aquel «gurú» de los negocios, por ello, y al ser un personaje fácil de convencer con un puesto de renombre social, decidió quitárselo de en medio colocándolo como director gerente del club. Hizo suyo uno de los grandes principios de la estrategia bélica: «si no puedes con tu enemigo, únete a él». Y allí permanecía, acomodado en el fracaso.

Por su parte Diego era un hombre de números y no de personas. Experto en inversiones y recovecos legales, a la vez que carente de escrúpulos, resultaba tremendamente útil para cualquiera que quisiera hacer crecer su dinero sin preguntar cómo o a qué precio. A esa circunstancia había que añadirle que se trataba del hermano de su mujer. Pero pronto comenzó a darle demasiados problemas allá donde lo colocara dentro del entramado empresarial que manejaba y, a modo de destierro, al no poder deshacerse de él por ser su cuñado, lo colocó como el director financiero de aquel club de fútbol que era un poco el cajón de sastre de sus negocios.

Pero Diego no vino solo. Se trajo consigo a Raúl como director deportivo, la persona encargada de diseñar el mapa de jugadores temporada tras temporada, una labor fundamental para un equipo de fútbol que ansiaba el ascenso tanto como el respirar. Pero ser el director deportivo no solo implica tener en tus manos la opción de disponer el destino de un importante número de jugadores y, por ende el destino de un equipo, también supone el poder manejar el dinero que estos jugadores valen, sus traspasos, sus ceses, sus fichajes, sus comisiones y, tras todo este negocio humano, siempre estaba Diego.

Tras un tiempo, el capitán de aquellos piratas abandonó el barco cuando las cosas empezaron a no marchar bien, dejándolos a ellos dentro, a la suerte de una mujer que solo contaba con una aliada, yo.

—Señora Prado, Raúl ha preparado una estupenda planificación para esta temporada, de acuerdo al presupuesto con el que contamos. Solo tenemos que mover algunas fichas y tendremos el equipo perfecto. —Inició Diego la conversación a la vez que desplegaba un montón de papeles sobre la mesa.

—De acuerdo, pero creo que será mejor que sea el propio Sr. Merino quien nos lo explique, ¿no le parece? Y más tarde usted hará lo mismo con las cuestiones económicas —le replicó Laura en un intento de restarle protagonismo a Diego y otorgárselo a su hombre en la sombra, Raúl.

Raúl no se sentía cómodo en aquella situación. Tenía tanto miedo escénico que la voz le temblaba y con la mirada buscaba constantemente la aprobación de Diego. Intentó explicarse lo mejor posible, dando argumentos puramente deportivos sobre la conveniencia de tal o cual jugador, o sobre el interés de mover a alguno de los nuestros hacia otros clubes, porque en el nuestro ya no resultara necesario.

Basilio le interrumpía cada cierto tiempo aunque solo fuera para discrepar sobre una materia que no controlaba en absoluto. Sus conocimientos técnicos sobre fútbol eran de sofá y cerveza un domingo por la tarde, como el de la mayoría de los españoles, con la diferencia de que la mayoría, no son directores de un club ni pretenden hacer valer su cargo para decidir sobre los fichajes.

Y en aquel pulso de protagonismo pronto se pronunció el nombre de la estrella de la temporada, el fichaje del delantero que se disputaban todos los equipos de la segunda categoría, Israel. Joven, brillante, prometedor y mediático, Israel lo tenía todo para convertirse en un referente futbolístico capaz de atraer a las masas y producir mucho dinero para el club que tuviera la suerte de tenerlo entre sus jugadores.

—Las negociaciones están muy avanzadas y, entre las opciones que Israel tiene, nuestro club es la primera —explicó Diego.

—¿Has hablado personalmente con él? —le preguntó Laura.

—No, las conversaciones hasta el momento han sido con su representante, pero me consta que busca un buen equipo en una agradable ciudad.

—¿Y sus pretensiones económicas nos son accesibles?

—Por el dinero no se preocupe, Sra. Prado, yo lo tengo todo controlado —afirmó Diego con un claro tono de superioridad—. Ese no será un problema.

Trascurría de esta forma la reunión, con nombres, fichas, cifras y detalles de operaciones cuando el teléfono móvil de Diego, que estaba encima de la mesa en modo de silencio, vibró para avisarle de que había recibido un mensaje. Al leerlo, la expresión de arrogancia que dibujaba su rostro se tornó pavor. ¿Qué podía hacerle temblar de miedo a aquel hombre? Mi curiosidad de periodista me comía por dentro. Habría dado cualquier cosa por conocer qué contenía aquel mensaje y, por supuesto, quién se lo había mandado. Pero me comí la curiosidad al tiempo que Diego, visiblemente afectado, ofreció una excusa banal a los allí presentes para ausentarse inmediatamente y dar por terminada la reunión, al menos por su parte.

El fichaje

Al día siguiente la noticia era tinta en todos los periódicos. A falta de la firma del contrato y la presentación oficial, Israel era ya un jugador del Real Triunfo F.C., y así lo afirmaba, como el mejor de los notarios, el artículo a doble página en el *Noticias a fondo* de Conrado Martínez.

«Tres millones de euros por Israel Buendía»

El nombre del delantero de veinticinco años, Israel Buendía, ya está escrito con letras de oro en la historia de los grandes fichajes del equipo local el Real Triunfo F.C. Las conversaciones para que el delantero vista la camiseta del Real esta temporada, prorrogables al menos por otras tres, están tan avanzadas que, según fuentes consultadas por este diario, ya es una realidad y en breve será presentado oficialmente.

Recordemos que Israel, proveniente del las Marismas Club de Fútbol, despuntó la pasada temporada como uno de los máximos goleadores de su categoría y se le augura una importante carrera futbolística.

Su fichaje es el más caro en la historia del club poniendo el listón en la cifra de tres millones de euros. También es uno de los más esperados de esta temporada ya que, a pesar de pretenderlo varios equipos, finalmente ha sido el Real Triunfo quien lo ha sumado a su lista de jugadores. El club pretende amortizar el coste del ariete y, para ello, entre otras acciones de merchandising, ha redactado en su contrato una elevada cláusula de rescisión ante la posibilidad de su posible trayectoria en primera división.

Conrado conocía, una vez más, todos y cada uno de los detalles de aquella operación antes que cualquier otro compañero de la prensa, antes que los propios miembros del Consejo de Administración e incluso antes que yo que debía ser el filtro oficial de cualquier información que saliera de allí algo que, obviamente no se había cumplido. El artículo revelaba detalles que solo podían conocer, al margen del propio jugador y la presidenta, tres únicas personas: Basilio, el director gerente, Diego, el director financiero encargado de aprobar económicamente la operación y Raúl, el director deportivo como enlace imprescindible en todo aquello. Uno de los tres era, sin lugar a dudas, el chivato de Conrado y yo debía descubrirlo.

Creo que siempre conservaré el recuerdo de la mañana que conocí personalmente a Israel. Hacía un calor de esos que te hace difícil hasta el respirar y por eso decidí comenzar el trabajo lo más temprano posible, mientras el sol concedía una tregua. Julio es habitualmente un mes implacable en esta zona del país pero ese año los termómetros estaban marcando temperaturas máximas históricas. Cuando llegué, Salvador había terminado de barrer el aparcamiento reservado para directivos y desenrollaba una manguera para regar los grandes maceteros que presidían la entrada de las oficinas del club. Canturreaba para sí y, al darse cuenta de que yo me acercaba, se apresuró a quitarse la gorra que siempre llevaba en horas de trabajo y me saludó.

—Buenos días, señorita Moreno. —Me dijo mientras me ofrecía una sonrisa limpia y sincera.

—Buenos días, Salvador. Te tengo dicho que me llames María, de lo contrario no me quedará más remedio que llamarte a ti Don Salvador —le reñí con cariño.

—Está bien, María, ¿sabe usted que está dentro Israel con su representante firmando el contrato?

—¿Israel?, ¿ya ha llegado?, ¿pero no llegaba esta tarde? —pregunté desconcertada por el repentino cambio de planes.

—Pues no le sabría decir, pero ha llegado hace una media hora.

—Gracias por la información, Salvador. ¿Sabes?, serías un gran periodista. —Y le dediqué un guiño de complicidad que, a juzgar por su expresión, le hizo sentir importante.

El club estaba vacío y a oscuras, solamente se colaba una ranura de luz al final del pasillo justo por debajo de la puerta del despacho de Laura. Decidí ser prudente y avisarla de que había llegado desde el teléfono de mi despacho en lugar de irrumpir directamente en la reunión.

—Buenos días, Laura, si me necesitas ya estoy en mi despacho —le anuncié.

—Hola, María, pues sí, por favor, acércate que quiero que conozcas a Israel.

Golpeé suavemente la puerta con los nudillos e inmediatamente, sin esperar respuesta, la abrí. Israel estaba de espaldas, charlando con Laura y al escuchar que entraba, se giró hacia mí.

—Mira, Israel, ella es María, la directora de comunicación del Club. Me temo que siendo la estrella mediática del equipo esta temporada, tendrás muchos asuntos que tratar con ella —le dijo Laura.

—Encantado de conocerte —me dijo Israel casi al mismo tiempo que me plantaba dos sonoros besos.

Aquel hombre parecía recién salido de un catálogo de moda de unos grandes almacenes. Su metro noventa de estatura me obligaba a levantar ligeramente la cabeza si pretendía mirarle a los ojos. Al lado de Laura e Israel, mi estatura media de mujer española, me hacía sentir diminuta. Llevaba el pelo largo, a la altura del hombro, y de un negro tan intenso que la luz se le reflejaba como en un espejo. Sonreía con la mirada y desprendía un olor a perfume caro que te anestesiaba la razón.

Solo acerté a darle la bienvenida y entregarle una tarjeta donde aparecía mi número de móvil para lo que pudiera necesitar, profesionalmente, le aclaré en un intento de justificar mis pensamientos subconscientes.

—Si no me necesitáis me marcho —les dije a los dos.

—Solo necesito que prepares la rueda de prensa para presentar oficialmente a Israel para mañana mismo, por favor —me indicó Laura.

—Sí claro, enseguida me pongo con ello.

—Y al marcharme les dediqué un gesto con la mano junto con una sonrisa a modo de hasta luego y retuve en mi retina la imagen de aquel hombre y aquella mujer juntos, casi complementarios, a pesar de ser tan diferentes. Sentía la extraña sensación de estar usurpando un espacio íntimo donde yo sobraba, como si no fuera partícipe de la magia que flotaba en el ambiente porque nadie me hubiera invitado.

Salvador me trajo el café, como cada mañana, y comencé a bucear entre los periódicos, pero no conseguía mantener la concentración. Mi despacho estaba cerca del despacho de Laura y el silencio de aquellas oficinas, a esas horas desiertas, se interrumpía cada cierto tiempo con las carcajadas de Laura que todavía estaba con Israel. Estaba claro que la conversación era divertida y apostaría cualquier cosa a que no trataba sobre fútbol. Eran carcajadas sinceras que me arrancaron una sonrisa al poder comprobar que, aquella mujer que hasta el momento se me había presentado como una hábil y calculadora mujer de negocios, tenía un corazón femenino que en aquellos momentos había aflorado al exterior en forma de risa. Y yo, como mujer, no era ajena a aquel lenguaje. Pocos hombres conocen que el arma de seducción más poderosa es la risa pero eso, a juzgar por lo que estaba presenciando, a Israel no le era, ni mucho menos, desconocido, más bien todo lo contrario. Mi olfato periodístico junto con el femenino me decía que aquello prometía.

Las horas previas a la presentación de nuestra nueva estrella fueron frenéticas. Los «triunfadores», que así se llamaba a los aficionados del Real Triunfo, merodeaban nerviosos por los alrededores del campo. Padecían lo más parecido a un síndrome de abstinencia y ansiaban una nueva dosis de noticias frescas que llevarse a la boca. La pequeña tienda que el club había improvisado en los bajos de las oficinas, no daba a basto para atender a los aficionados que querían ser los primeros en tener la camiseta con el dorsal número nueve y el nombre de Israel a la espalda. Los foros de Internet eran un nido de especulaciones gratuitas sobre el delantero. Los triunfadores rezumaban ansiedad por conocer más detalles de su nuevo ariete, que ante sus ojos se presentaba como el salvador del equipo, la esperanza de la primera división, el todopoderoso de esta liga, un humano elevado a la categoría de Dios, quizá un ídolo con pies de barro o tal vez una decepción anticipada, ante la imposibilidad de cumplir todas y cada una de aquellas expectativas.

Llegó la hora de la puesta de largo. Israel vestía por primera vez los colores de su nuevo equipo. Ataviado con una equipación del Real Triunfo y un balón, salimos de las oficinas para dirigirnos al césped del Estadio El Grande. Primero debíamos atender a los medios gráficos. Fotógrafos y cámaras de televisión necesitaban captar esa primera imagen de aquel ídolo de masas haciendo alguna filigrana con el balón y, tras la exhibición, atenderíamos a los «plumillas» como se suele llamar a los redactores.

Laura acompañaba a Israel. Había escogido para la ocasión un traje de chaqueta rojo que resaltaba especialmente su esbelta figura y, como no, unos zapatos de tacón del mismo color que la obligaban a caminar de puntillas por el campo del estadio para no hincar los afilados tacones de aguja en el césped. Estaba espectacular, tanto que cuando se abrieron las puertas del club y ambos salieron, la nube de reporteros gráficos dispararon tanto o más a aquella mujer de rojo como al nuevo jugador.

Yo les seguía en un segundo plano y, cuando estábamos llegando a la puerta del estadio, escuché a lo lejos la voz de Basilio que, rezagado, corría apresurado para llegar a tiempo de salir en la fotografía. Fumaba su puro de los momentos importantes y jadeaba por el esfuerzo de correr cien metros. Posó sacando barriga al lado de la estrella y quedó eclipsado por el carisma de Israel y la belleza de Laura.

Tras las imágenes vinieron las palabras, algo que, por definición, no dominan los futbolistas. En la sala de prensa no quedó ni una silla libre. Se desplazaron medios de todo el país para cubrir una noticia que traspasaba el ámbito local por varias razones. Israel era un jugador deseado por cualquier equipo, con una proyección profesional diseñada para el éxito, contaba con un carisma propio de las estrellas y se había convertido en el fichaje más caro de la temporada en su categoría. Israel se sentó en la silla central custodiado a su derecha por Laura y a su izquierda por Basilio, y comenzaron las preguntas.

—Antonio López, del *Diario Deporte* —se presentó el periodista cumpliendo el protocolo que manda dar tu nombre y el del medio para el que trabajas—. ¿Por qué te decidiste finalmente por el Real Triunfo?

—Bueno, pues, creo que es un equipo con un buen proyecto, además me gusta esta ciudad y después de mantener una conversación con la presidenta del club, Laura Prado, lo tuve claro —contestó mientras dirigía una mirada condescendiente y una leve sonrisa hacia su derecha.

No había mencionado el dinero, la nada despreciable cantidad de tres millones de euros, y adulaba a la presidenta en su primera respuesta ante la prensa con el aliño de mirada y sonrisa. Aquello tenía un nombre y era flirteo.

—David Hernando, de *Radio Informaciones*. El sector crítico de la afición del Real Triunfo, dice de ti que eres un hombre amante de la fiesta y las mujeres e incluso de los excesos y que este tipo de actividades puede descentrarte y perjudicar tu juego, ¿qué tienes que decir a esto?

La pregunta incomodó a Israel y dibujó un gesto de desagrado en el rostro de Laura y, como una respuesta comodín para preguntas difíciles, se limitó a decir:

—La afición debe estar tranquila porque he venido a jugar al fútbol y a dar lo máximo de mí mismo en este equipo para conseguir el sueño del esperado ascenso.

Pero la semilla de la fama de mujeriego y pendenciero ya estaba germinando en los mentideros informativos y lo peor que puede pasarle a este tipo de informaciones es que se alimenten y crezcan con miradas y sonrisas a una mujer, al menos públicamente, ante un auditorio de periodistas y el mismo día de su presentación. Y si aquello no fuera suficiente, no se trataba de una mujer cualquiera era, nada más y nada menos, que la presidenta del club que lo había comprado, en el sentido más comercial de la expresión, y que además, le sacaba casi veinte años de diferencia. De ser ciertas mis sospechas no quería ni imaginar la saña con la que devoraría la carnaza de aquel rumor la alimaña de Conrado y el daño que podría hacerle, personal y profesionalmente a Laura.

Yo me preguntaba cuánto tiempo podría estar aquella olla a presión hirviendo sin ser destapada o si, tal vez, era mi calenturienta imaginación la que estaba dando pábulo a una inocente relación contractual.

El partido de presentación

El mercado de las apuestas es un negocio tan seguro como oscuro, salpicado, en demasiadas ocasiones, por la duda sobre su transparencia. El deporte estrella también es la estrella de las inversiones de miles de aficionados que, cegados por la pasión a unos colores, juegan unos euros cada semana, por supuesto, apoyando a su equipo. El lucro fácil y rápido puede ser, en ocasiones, una pasión más fuerte que cualquier otra pero, también, mucho más peligrosa. Y aquel espectáculo, paralelo al que ofrecen cada semana los partidos de fútbol, estaba a punto de comenzar con el partido de presentación del equipo oficial. Toda una fiesta de bienvenida, el inicio de la euforia pero también, el inicio de un mundo que sobrevive en las alcantarillas del fútbol, al margen de lo deportivo y en alianza con lo ilegal.

El partido de presentación se disputaría contra un equipo de primera división, como todas las temporadas, un par de jornadas antes de que comenzara la liga. Solía concederse esta cortesía para que la afición se relamiera al pensar que, aquel primer plato ocasional, podría convertirse muy pronto en la comida diaria. Claro que, ese equipo de primera que obtenía el dudoso honor de medirse con otro de segunda como el Real Triunfo, lo hacía siempre bajo mínimos, a sabiendas de que el lucimiento de su contrario era lo esperado por los espectadores del encuentro. Y a nadie le gusta jugar para perder o, al menos, para no ganar, por lo que, el supuesto espectáculo, no era más que un mero trámite antes del inicio liguero.

Sin embargo esta circunstancia no parecía afectar al mercado de las apuestas, un muy rentable reino cuyo reyezuelo local era Alfonso, apodado «El Grande». Unos contaban que este sobrenombre se lo puso él mismo para hacer honor al estadio de su equipo, el «Estadio El Grande» y otros porque «Alfonso El Grande» sonaba a nombre de rey, y él era sin duda, el rey de las apuestas. Fuera como fuese, Alfonso, portátil en mano, desde su butaca del fondo sur, controlaba su reino de cientos de miles de euros, a golpe de clic con su ordenador cada uno de los partidos de la temporada. Pero no contento con ser el rey de las apuestas por Internet, Alfonso también era el presidente de una de las peñas menos deseables para cualquier equipo. Con el nombre de «En el triunfo y hasta la muerte» aquel grupo de radicales llevaban su lema a su sentido más literal dando rienda suelta, en nombre de una afición transformada en fanatismo, a sus más violentos instintos.

Los accesos al estadio se cortaron al tráfico dos horas antes del comienzo del partido, previsto para las nueve de la noche de aquel domingo de mediados de agosto. Corría una agradable brisa que refrescaba el ambiente y te invitaba a salir de casa. Un importante dispositivo policial merodeaba por los alrededores del estadio e impedía el acceso en coche. Solo a las personas que contábamos con una acreditación especial nos dejaban aparcar en la zona de seguridad. Los medios de comunicación preparaban todo lo necesario para realizar su trabajo. Las cabinas de prensa, situadas en lo más alto del estadio, ofrecían una vista panorámica y espectacular del campo. Los compañeros se saludaban cordialmente mientras fumaban el cigarrillo previo y se aclaraban las gargantas con un refresco, por si el partido invitaba a cantar muchos goles. Los fotógrafos, sin embargo, trabajaban a pie de campo, para lo que necesitaban su chaleco fluorescente que los identificara. Armados con sus enormes objetivos para captar hasta el mínimo detalle de la expresión de los jugadores. Un gesto de dolor en una entrada peligrosa, el roce del balón contra las cuerdas, un tiro a puerta o la mirada de fascinación o decepción de un aficionado en la grada, podía ser la imagen que describiera el partido en la portada de su diario al día siguiente. Los reporteros daban la previa para calentar los motores de la afición. Micrófono en mano para las radios y cámara al hombro para las televisiones, se convertían en los notarios que daban fe de las intenciones de cada uno de los protagonistas que, curiosamente coincidían porque todos querían el triunfo.

La megafonía del estadio había comenzado a emitir música como si hiciera falta darle más emoción a la escena, pero realmente no era así porque el ambiente estaba servido. A falta de media hora para el comienzo del partido empezaban a llegar, subidos a sus lujosos coches, aquellos que estaban invitados a presenciarlo desde el palco del estadio. La mayoría se abría paso entre el rebaño de aficionados, que ondeaban banderas y hacían ruidos estridentes a la vez que coreaban a su equipo. Las señoras, todas ellas consortes de sus importantes maridos, vestían sus mejores galas como quien va a la ópera. Ellos, con impecables trajes de chaqueta a medida, zapatos lustrosos y barrigas prominentes, saludaban con énfasis a todos los que pudieran intuir que fueran importantes, los conocieran o no, por si acaso. El palco de un estadio de fútbol puede ser un lugar perfecto para realizar grandes negocios, aunque fueran negocios de segunda división.

Basilio revoloteaba entre todos ellos como la abeja que va de flor en flor. Con su puro en la mano derecha y en la izquierda un puñado de entradas para regalar a la chiquillería como quien regala caramelos a la puerta de un colegio, lucía su traje de los partidos y su sonrisa encantadoramente fingida.

—¿Sabes si va a venir el alcalde? —me preguntó con cierta ansiedad contenida, justo en un momento en el que nadie pasaba por allí.

—Sí, eso creo. Al menos desde el ayuntamiento nos han confirmado su asistencia, pero todavía no ha llegado. Ya sabes que las autoridades suelen llegar en el último momento y se marchan los primeros —le contesté rápidamente haciendo un esfuerzo por mostrarme simpática para, así, poder marcharme lo antes posible y evitar que me tirara el humo de su puro a la cara. Pero me sujetó del brazo y, asegurándose primero de que no había nadie alrededor, me dijo, clavando su mirada lasciva en mi escote, mientras acercaba su boca a mi cuello:

—¿Sabes, María? Hueles muy bien, si quieres en el descanso, nos podemos tomar una copa juntos.

Justo en ese instante entró el alcalde y su señora, y Basilio me soltó bruscamente el brazo para abrazar a la máxima autoridad local y darle unas palmaditas en la espalda como se dan los buenos amigos o los enemigos que juegan a ser amigos. Ese señor, que en otra época había sido una pesadilla para el alcalde por su crítica feroz contra la política comercial de la ciudad, ahora lo recibía con los brazos abiertos, sacando pecho como un pavo en su corral.

Basilio era sórdido. Yo nunca me sentí cómoda en su presencia por eso procuraba esquivarle, pero él siempre conseguía encontrarme en los momentos más inoportunos. No creo que le interesara especialmente pero, exceptuando a Laura, yo era la única persona del club que no se afeitaba cada mañana y para él era suficiente. Además, siempre supo que Laura resultaba demasiado inaccesible para un hombre como él y por eso decidió que yo sería la presa con la que entretenerse. No me agradaba en absoluto ser el segundo plato de nadie y menos, el de aquel hombre que jugaba a ser un dandi cuando realmente era un engreído adicto al placer previo pago.

Ya había oscurecido y los fogonazos de las cámaras de fotos de los aficionados dibujaban puntitos intermitentes de luz en la inmensidad de aquel estadio repleto de gente. Faltaban escasos minutos para comenzar y los ánimos de los presentes empezaban a impacientarse. El espectáculo era grandioso, como en un gran circo romano, pero sin leones. A falta de salir los gladiadores a la pista, el público apasionado coreaba vítores a su equipo y las pinturas de guerra estaban dibujadas en forma de camisetas y banderas. Los asientos centrales del palco estaban ocupados por el alcalde, a modo de «César», y a ambos lados, cada uno de los presidentes de los clubes que aquella noche de presentación iban a enfrentarse. Claro que, en aquel particular circo romano, la derrota no implicaba la muerte.

La megafonía anunció, con una profunda voz masculina, que al escuchar quise poner cara, que el partido iba a comenzar. La reina de las fiestas locales, en una estampa que parecía sacada de la película «Bienvenido Mister Marshall», vestida con el traje regional, se encargó de encender la mecha de los fuegos artificiales que daban el pistoletazo de salida a aquella nueva temporada. Y mientras las luces de mil colores dibujaban el cielo del estadio y la afición bullía ante el espectáculo, me dirigí a cerrar las puertas de acceso al palco. Pero antes de llegar, me paré al escuchar a dos hombres discutir. Me escondí en el hueco de la pequeña escalera de acceso al palco y me pareció reconocer una de aquellas voces. Me pudo la curiosidad, uno de mis grandes defectos como persona pero también una de mis grandes virtudes como periodista y, sabiéndome bien escondida, me asomé lo justo para poder reconocer que aquella voz que había identificado era la de Diego Fernández, el implacable director financiero del Real Triunfo, que muy acaloradamente, discutía con Alfonso El Grande.

—No vengas a joderme, Alfonso. Estás tensando demasiado la cuerda y esta situación no es buena para nadie —le reprochaba Diego mientras le daba golpecitos con el dedo índice en su hombro izquierdo—. No quiero recibir más llamadas ni más mensajes en mi móvil. Uno más y te aseguro que iré a la policía.

—¿A la policía?, —Y soltó una carcajada sarcástica—. No me vaciles Diego, sabes muy bien que la policía estaría encantada de conocerte un poquito mejor. Raúl y tú tenéis un problema. Tú ya sabes cuáles son las condiciones para que vuestro problema no se haga todavía más grande y no creo que estés en situación de cambiarlas a tu antojo. Cumple con tu parte, es lo mejor para todos —le amenazó Alfonso mientras le daba un manotazo a la mano de Diego y se la retiraba bruscamente de su hombro.

Alfonso se marchó dando pasos largos y contundentes. Supuse que para ocupar su butaca habitual, la de cada partido, desde donde controlar su próspero negocio de las apuestas. Diego, por su parte, se colocó la chaqueta, resopló, sacó un pañuelo de su bolsillo y, tras limpiarse el sudor de la frente y visiblemente consternado, se dirigió hacia el palco. Me escondí lo más que pude para que Diego no pudiera verme allí debajo de los peldaños de la escalera. Aguanté la respiración y el corazón parecía querer gritar de puro miedo. Aquel hombre, con el que no se me hubiera ocurrido buscar problemas jamás, parecía tener importantes discrepancias con el fanático más controlado por la policía, tanto por sus comportamientos psicópatas como por sus oscuros negocios. Era, sin duda, la peor combinación de enemigos que se hubiera podido diseñar en aquel escenario, al menos la más despiadada. Pero, ¿qué tenía Diego que esconder a la policía?, ¿qué oscuro trato habían hecho los dos para mantener oculto aquel secreto? Y, lo más asombroso, ¿qué tenía que ver Raúl en aquella disputa? Mis primeras conclusiones a todas aquellas preguntas que se abrían paso en mi cabeza entre las ideas de salir corriendo de aquel lugar lo antes posible era que, tratándose de aquellos dos personajes tan diferentes, el fondo de aquel desencuentro, debía ser el único elemento que ambos tenían en común, el dinero. Meses más tarde pude descubrir que, tal vez, estaba equivocada.

El Estadio en pleno alzó la voz para festejar un gol marcado por Israel en el minuto doce del primer partido que el delantero disputaba con la camiseta del Real Triunfo. Aquel estruendo me devolvió a la realidad desde mi improvisado escondite y me apresuré en volver al palco. La adrenalina circulaba por las venas de los miles de personas allí presentes. Israel, arrodillado en un lateral del campo mirando a su público y con los brazos en alto, desapareció al instante sepultado por una montaña humana de compañeros de equipo que se lanzaron sobre él para unirse a su alegría. El público, enfervorizado, coreaba su nombre como lo que era, la estrella de la temporada que demostraba con aquel primer gol, que valía los tres millones de euros que se habían pagado por él. Pero el mercado del fútbol fluctúa influenciado por muchos factores, todos ellos demasiado frágiles, que hacen que, lo que hoy es muy valioso, mañana pueda ser tristemente denostado. Todo éxito es efímero, solo dura hasta la jornada siguiente, mientras que cada uno de los fracasos te acompaña para siempre.

Se cumplió el tiempo de la primera parte del partido sin más complicaciones y el palco se desalojó para que todos se tomaran un aperitivo. Al lado de la sala de prensa quedaba habilitada una pequeña habitación para el catering, adornada con más recuerdos de la historia del club y algún jarrón con flores de plástico llenas de polvo. A aquel lugar abandonado por cualquier mínimo sentido de la decoración, solo accedían los «vips». Las salas a puerta cerrada y acceso muy restringido siempre tienen algo en su interior que ocultar y esta no era una excepción. Era mi primer partido y todo aquel mundo se presentaba virgen ante mis ojos. Desde fuera, el fútbol me parecía una fiesta, más o menos interesante, donde el elemento deportivo era el centro. Desde dentro, estaba descubriendo otra realidad difícil de encajar en aquel concepto tan idílico del deporte rey. Pero yo no tenía todavía la capacidad para distinguir qué cosas de las que estaba viviendo era las habituales y cuáles eran las particulares del Real Triunfo y su gente. Así que me limitaba a ver, oír y callar.

Quince minutos era el tiempo exacto para los excesos entre esas cuatro paredes antes de que comenzara la segunda parte. El jamón de pata negra y las exquisiteces ibéricas se bañaban en alcohol de alta graduación. Todos parloteaban y sacaban pecho y contaban a unos y a otros lo importantes que eran y lo próspero de sus negocios. En cuestión de minutos el humo del tabaco se adueñó de la estancia y respirar se convirtió en misión casi imposible. Y como no podía ser de otra manera el puro humeante de Basilio era uno de ellos. Intenté escabullirme de aquella bacanal pero Basilio ya me había visto y vino a por mí, como buen depredador.

—¿Dónde vas, preciosa? —me dijo mientras me cogía del brazo—. Tú y yo tenemos una copa pendiente o ¿ya te has olvidado?

—Muchas gracias, Basilio pero yo no bebo. Además tengo trabajo antes de la segunda parte y sólo faltan cinco minutos para empezar. —Me excusé sin éxito.

Basilio se mostraba más arrogante de lo habitual. Sudaba en exceso a pesar del aire acondicinado. Tenía las pupilas dilatadas y no dejaba de limpiarse la nariz con la mano al tiempo que inspiraba repetidas y sonoras veces.

—La fiesta no ha hecho más que empezar, cariño, y tú estás invitada—. Y puso en mi mano una papelina de cocaína mientras me acorralaba contra una esquina de la habitación a la vista de todos pero sin importarle a nadie.

Nunca antes me sentí tan sola e indefensa, rodeada de toda aquella gente que no era capaz de ver más allá de su propio ombligo. Yo me limité a abrir la palma de la mano y dejé caer aquel papel al suelo, pero no alcancé a decir nada. Torpemente me quité de encima como pude aquel aliento a whisky mezclado con el ya habitual e insoportable olor a puro que le era característico y me marché con toda la rapidez que me permitieron las circunstancias.

La segunda parte transcurrió sin más contratiempos que alguna falta y dos fallidos tiros a puerta. Me sentía ausente del partido ensimismada en mis pensamientos y deseaba que los cuarenta y cinco minutos que restaban para acabar pasaran lo más rápido posible.

El árbitro pitó el final del partido. Yo suspiré aliviada. Un resultado de un solo gol a favor del Real Triunfo, marcado por Israel en el minuto doce del primer tiempo, era suficiente para la euforia. Aunque aquel sólo era un partido amistoso de presentación de un nuevo proyecto deportivo, en el fútbol la victoria es el único fin y, es de tal importancia, que muchas veces justifica los medios. Todos se daban palmaditas en la espalda, atendían amablemente a las preguntas de los periodistas, saludaban a los aficionados y se hacían fotografías.

Los derrotados se limitaron a subirse al autobús que les había traído hasta el Estadio El Grande y se marcharon, con más pena que gloria, pero con el convencimiento de que así debía ser, al menos en aquella ocasión.

Los vencedores empezaron la fiesta en el mismo vestuario. Una fiesta a la que, tradicionalmente se suele unir el presidente de la entidad pero que, en esta ocasión, al tratarse de una mujer, no fue así. Uno por uno, aquellos ídolos con pies de barro salían del vestuario envueltos en un embriagador olor a colonia y a niño recién bañado. La multitud aplaudía y vitoreaba «Triunfadores a Primera. Este año sí» y todos, sin excepción, saboreaban la dulce y efímera recompensa de aquel pequeño triunfo. Laura Prado, en calidad de máxima autoridad de aquel Club, hizo lo honores felicitando uno por uno a cada uno de sus jugadores y de los miembros del cuerpo técnico. Y dejó para el final a la estrella de la tarde, Israel, quizá consciente de que los últimos serán los primeros. Una mirada y una felicitación formal que escondían, a mis ojos, una historia todavía por escribir.

El Mister

Las mañanas de entrenamiento solían ser tranquilas y rutinarias. Las sesiones matinales generalmente se llevaban a cabo en las instalaciones deportivas que el club tenía anexas al Estadio. Allí el trabajo resultaba más acogedor por sus dimensiones un tanto más reducidas y a la vez servía para concederle un tiempo al terreno de El Grande para que se recuperara y pudiera subsanarse cualquier desperfecto producido en los encuentros. Salvador era especialmente quisquilloso con esos temas, mimaba a su estadio como lo haría con un hijo. Escrupuloso y metódico, se conocía cada milímetro del césped, cada peldaño de la grada, cada puerta de acceso y cada una de las butacas. Revisaba desde la megafonía hasta el último de los aspersores, vaciaba las papeleras y resembraba si era necesario. Por eso, siempre que su opinión era tenida en cuenta a la hora de elegir lugar para los entrenamientos, él mandaba al equipo fuera del estadio.

Dos horas al día, cinco días a la semana, esa era la jornada de trabajo habitual de la plantilla. Y si el día que tocaba partido había suerte y el resultado en el marcador nos era propicio, se les premiaba con un día adicional de descanso. Mi trabajo era bien distinto. Muchas de mis gestiones con la prensa las dejaba para las horas de la tarde que solían ser un poco más tranquilas y las utilizaba para dar salida al trabajo de oficina. En más de una ocasión, cuando intentaba ponerme en contacto por teléfono con alguno de los jugadores para hacer alguna de estas gestiones, debía prestar especial atención a no llamar antes de las siete de la tarde porque, de lo contrario, solían molestarse si le interrumpías su sagrada siesta. Nada que ver con la intensidad en el horario y la dedicación permanente que muchos otros realizábamos en el club. Un agravio comparativo que, por supuesto, se extendía también a nuestros salarios, pero así es el fútbol, una sucesión de incoherentes excesos.

La mayoría de los entrenamientos se realizaban a puertas abiertas y contaban con público, además de con la perenne presencia de la prensa deportiva local. Nunca faltaba un entrañable grupo de jubilados, la memoria viva de nuestro equipo, a quienes cogí un especial cariño. Eché en falta algunas horas con ellos, libreta en mano, para que me contaran todas esas cosas que ocurren en el fútbol pero que nadie se atreve a contar. Quién sabe, podría ser un libro estupendo.

Yo también era habitual. Después de leerme la prensa y ponerme al día de la actualidad del club, al menos la publicada, me daba una vuelta por las pistas de entrenamiento para charlar con los compañeros y hacer fotografías que más tarde ilustrarían las noticias colgadas en la página web oficial del Real Triunfo.

Esta temporada la expectación se la repartían, a partes iguales, jugadores y entrenador, aunque me atrevería a decir que había momentos en que este último eclipsaba a toda la plantilla.

El míster daba órdenes a sus chicos como lo hace el domador con sus leones, más por ofrecer espectáculo que porque estos obedecieran. De origen argentino y nombre ostentoso, como su propia personalidad, Ariel Facundo, no pasaba desapercibido. Era un gran experto en hacer parecer que su trabajo era muy duro y que su larga y fructífera carrera profesional le convertían en uno de los entrenadores más deseados por cualquier club internacional. Recién llegado al Real Triunfo, Ariel trajo consigo un equipaje de promesas de ascenso y mucha palabrería adornada de un currículum de dudosa credibilidad.

Había venido de la mano de Raúl, el director deportivo y gracias a las gestiones económicas de Diego, el director financiero, en una operación económica que, según publicó Conrado en su diario, no resultó tan transparente como quisieron hacer creer a la afición. En los corrillos de rumores se decía que aquella contratación benefició mucho más al tándem Raúl y Diego, que al propio protagonista, cuya motivación fundamental era la de poder salir de un país desquebrajado por sus circunstancias.

En sus primeras declaraciones a la prensa cuando se le preguntó por este asunto y por las razones que le habían llevado a cambiar de continente para dirigir un equipo de segunda división en España, hizo un ejercicio teatral digno del Goya al actor revelación de la temporada, y con los ojos vidriosos por una supuesta emoción, contestó:

—No todo en la vida es dinero, ¿viste? Yo adoro España, la madre patria, adoro a la afición española y el fútbol español, y creo que todo lo que yo aprendí en mi país del gran Dios del fútbol mundial, es momento de devolverlo al país de mis bisabuelos. —Explicó al tiempo que se levantó la camiseta y mostró un tatuaje de Diego Armando Maradona en su pecho al que daba sonoros golpes con la palma de su mano.

Todos los allí presentes nos quedamos estupefactos sin saber muy bien si aplaudir o reprimir la vergüenza ajena.

Ariel era histriónico en todas sus manifestaciones, intenso en sus declaraciones y extremadamente carismático. Despertaba por igual simpatías y antipatías pero nunca le resultaba indiferente a nadie. No se le podía discutir que no fuera una persona auténtica a la que era recomendable tomar en pequeñas dosis.

Cuando le conocí me pareció un tipo simpático, alguien refrescante entre tanto personaje gris, alguien con luz propia entre tanto hombre oscuro. Pero intuí que podría padecer lo que yo llamaba el «efecto gaseosa», es decir, demasiada espuma y muchas burbujas nada más servirla en la copa, pero muy poco duraderas. No me pasó desapercibido que vivía en un mundo de fanfarronería que tenía mucho de imaginación más que de realidad.

—Vos podés llamarme pibe, mamita —me dijo cuando me lo presentó Raúl el día de su llegada. Me cogió suavemente la mano e inclinó su cabeza levemente como haciendo una reverencia.

—Encantada y bienvenido, «mister». —Y le devolví el cumplido con una sonrisa.

—¿Me dejás sacarte una foto?

—¿Una foto? —pregunté desconcertada.

—Sí, es para enviársela a mis amigos argentinos y demostrarles que los ángeles también existen acá en España.

Así era él, un auténtico embajador del encanto argentino.

Una vez más fue Conrado, bebiendo de la fuente que le suministraba cuanta información necesitara, quien desveló en su diario los detalles de la llegada de Ariel.

«Míster con acento argentino»

«Tras la mala experiencia del equipo con los entrenadores nacionales que casi le cuesta el descenso a la categoría B, la pasada temporada, al Real Triunfo, suena con fuerza el nombre de Ariel Facundo García como el del nuevo míster del equipo local.

La operación está prácticamente cerrada, a falta de solucionar algunos inconvenientes burocráticos que obstaculizan el viaje de Ariel a nuestra ciudad. Según fuentes consultadas por este diario, Ariel Facundo García cuenta con un excelente currículum técnico en la Liga de fútbol argentina, que, al cierre de esta edición no hemos podido contrastar. Por ello, y hasta poder comprobar su «dilatada y reconocida experiencia», según fuentes del club, creemos que el nombramiento de este entrenador como el acertado para el proyecto del ascenso en esta temporada, está todavía por demostrar.

Recordemos que la afición pedía «no más experimentos como los que hemos tenido hasta el momento», en palabras textuales del representante de la Peña «Triunfadores y hasta la muerte», Alfonso El Grande, «experimentos que solo consiguen quemar a la afición y alejarnos, un año más, de nuestro objetivo»

Con la incorporación de este nuevo nombre queda completada la plantilla del Real Triunfo. Parece que empiezan a ponerse los cimientos para un proyecto sólido de verdad. Solo hay que esperar que en las próximas jornadas no se tuerzan estos cimientos y se cumplan los deseos de la parroquia de los triunfadores.»

Y así nos dimos todos por enterados del cómo, del cuándo, pero no del porqué, de nuestro nuevo entrenador.

Aquella mañana el entrenamiento había empezado con un poco de retraso. Solía comenzar a las diez en punto, con unos ejercicios de calentamiento, y terminar a las doce, cuando el sol está en lo más alto. El césped de la pista de entrenamiento estaba húmedo y desprendía un agradable olor a hierba fresca. Las gotitas del rocío reflejaban la luz del sol y lanzaban pequeños destellos de luz hacia todas partes. La estampa te invitaba a tumbarte en el césped y dejarte invadir por todas aquellas sensaciones pero había que trabajar.

Cuando llegué aquella mañana, Conrado charlaba con el entrenador mientras la plantilla hacía una serie de abdominales. La conversación era en voz baja y transcurría ante la atenta mirada del resto de periodistas que no podían disimular el gesto de fastidio en su rostro. Conrado solía dejarse ver muy poco por allí porque, sencillamente, no lo necesitaba para obtener la información que pudiera precisar pero, últimamente, tras la llegada de Ariel, lo hacía con sospechosa cierta frecuencia. Supongo que Conrado se estaba encargando de hacerle saber quién era el que mandaba, periodísticamente hablando, en aquel club, como hizo conmigo mi primer día de trabajo.

—Buenos días —les saludé cuando aún estaba a un par de metros de distancia para avisarles de que llegaba.

—Buenos días —me contestó Conrado con un tono seco y distante.

—¡Qué relinda por la mañana!, buen día, princesa. ¿Viste Conrado?, en este club si saben valorar las cosas lindas de la vida. No solo tienen una preciosa directora de comunicación sino que además la señora presidenta es tan dulce que solo de mirarla engordo. —Y soltó una carcajada sonora al tiempo que le daba un codazo a Conrado para hacerle partícipe de la gracia.

Conrado, lejos de sonreír, se limitó a emitir un sonido ininteligible parecido a un hasta luego y guardándose la libreta en el bolsillo trasero de su pantalón, se marchó hacia su coche, un deportivo negro que muy pocos periodistas podemos permitirnos, aparcado justo en la puerta de las pistas de entrenamiento.

—Ten cuidado con él —le advertí a Ariel en cuanto estaba lo suficientemente alejado para no poder escucharnos—. No es de fiar.

—Ya me lo dijeron. Recibí un llamado suyo diciéndome que quería que habláramos a solas él y yo, pero, ¿sabés?, no me gusta hablar a solas con alguien que se afeita todas las mañana, por eso me divorcié. —Y volvió a reírse intensamente.

Estaba claro que el sentido del humor maquillaba la preocupación de Ariel y que nuestra relación, a pesar de esa invisible conexión que nos unió desde el minuto uno, todavía era demasiado débil como para convertirnos en confidentes. Necesitábamos tiempo y tiempo era lo que, sin saberlo todavía, nos estaba sisando el destino.

Salvador llegó cargado con los porta botellas de agua. En cada una de ellas puso el nombre de un jugador y las dejó al lado de las toallas. Más tarde volvió, esta vez para traer la fruta que los chicos tomaban para recargar las pilas después del entrenamiento. Dos enormes cajas repletas de frutas variadas que parecían una postal. Nunca antes había visto una fruta más perfecta, tanto, que parecía irreal. Las manzanas, de un rojo intenso, como sacadas del cuento de Blancanieves, tentadoras y jugosas, contrastaban con el amarillo de los plátanos. Cerezas del tamaño de ciruelas y sandías que, de solo mirarlas, te hacían la boca agua. Todo lo mejor era siempre para ellos a cambio, exclusivamente, de meter el balón en la red.

El hotel

Cada día que rasgábamos a duras penas la rutina y programábamos alguna actividad fuera de las instalaciones deportivas, me sentía como cuando era niña y salíamos de excursión con el colegio. La emoción comenzaba el día anterior con los preparativos. La jornada se transformaba en estimulante y, sinceramente, era algo que yo agradecía especialmente en aquel lugar. A veces tenía la sensación de ser una extraña especie en un hábitat que no me correspondía y que me era hostil, donde, lejos de poder desarrollar mi capacidad de adaptación al medio, estaba en serio peligro de extinguirme.

Las primeras semanas de la temporada futbolística eran intensas y divertidas. De cara a la galería todo era ilusión y buenos propósitos pero, con el paso de las jornadas aquella pompa de jabón era tan frágil, que con el solo roce de algunas encadenadas derrotas se rompía irremediablemente. Pero todavía era pronto para aquello. De momento se respiraban las ganas de hacer cosas y participar en el proyecto.

Los meses de septiembre y octubre eran los dedicados a las actividades extradeportivas y los más propicios para los contactos comerciales. La semana anterior peregrinamos con destino a la Catedral de los Bienaventurados, como mandaba la tradición del club, para ofrecerle a su virgen y patrona de la ciudad, la Madre de Dios de los Bienaventurados, nuestra ofrenda de fe a cambio de, si era posible, una cadena de victorias y la ausencia de derrotas. Un pequeño chantaje camuflado como acto de fe que venía repitiéndose año tras año. Una representación de jugadores, acompañada de alguno de los directivos, entre los que se encontraban Laura y Basilio, le entregaba a la Virgen un presente simbólico que normalmente era una camiseta y un banderín del Real Triunfo. El párroco, por su parte, hacía los honores y oficiaba una misa para invocar la buena suerte que tanta falta nos hacía y nos salpicaba a los allí presente con el agua bendita que debía ser el talismán para conseguir nuestro objetivo. Y todo ello bajo la mirada de los objetivos de los periodistas para dar buena cuenta de ello, obedeciendo a una de las reglas más básicas del marketing que dice que si algo que se ha hecho no se da a conocer, es como si no se hubiera hecho, algo así como tener sexo con alguien estupendo solo por el placer de poder contárselo a los amigos. Se trataba de cumplir con un protocolo no escrito pero que, con la fuerza de la costumbre, se había transformado en ley de obligado cumplimiento. A estas alturas ya era también un acontecimiento social que secundaban cientos de aficionados pero que, al menos en los últimos veintitrés años, había resultado absolutamente ineficaz, razón quizá por lo que se le llamaba acto de fe.

Para aquel día habíamos programado otra excursión, pero en esta ocasión exclusivamente con fines comerciales. Una prestigiosa sastrería de la ciudad se había mostrado interesada en ser la encargada de confeccionar los trajes de chaqueta cosidos a medida para que los jugadores lucieran uniformados en todos los desplazamientos y apariciones oficiales. A cambio, se conformaba con alguna mención publicitaria en la página web y unas cuantas vallas en el estadio. Era lo que nosotros denominábamos una compensación, es decir, el club no sacaba de sus arcas ni un solo euro para pagar todos aquellos trajes cuyo valor de venta al público podría ascender a más de treinta mil euros y, el cliente por su parte, obtenía la publicidad pagando en especias. A priori quedaban todos contentos. A Diego le gustaba especialmente esta fórmula de hacer negocios y en ocasiones pretendía pagar a todos y cada uno de los acreedores del club con publicidad en el estadio que, por otra parte, era de dudosa eficacia.

Recuerdo una vez una discusión entre mi querido director financiero, Diego, y el frutero encargado del suministro diario de fruta a los jugadores. Aquel buen señor se acercó una mañana al club, con mucha prudencia y una buena dosis de vergüenza ajena, con la firme intención de cobrar los seis mil euros que se adeudaban de la fruta de la temporada anterior. Tras una acalorada negociación por aquella irrisoria factura, comparada con las cantidades que el presupuesto del club manejaba, Diego, con sus artes de vendedor de feria, casi consigue embaucar a aquel hombre que vivía de su trabajo, para que, a cambio de dos vallas publicitarias en el estadio, por valor de cuatro mil euros cada una, el frutero abonara tan solo los dos mil euros de diferencia con respecto a la factura de la fruta y, así, todos en paz. El frutero no entendía nada. Había ido a cobrar los seis mil euros que se le adeudaban y, ¿tenía que marcharse sin ellos y además abonando dos mil más por una publicidad que no quería? ¿Dónde estaba el negocio para él? Por supuesto, ni que decir que la mayoría de los proveedores que trabajaban con nosotros no volvían a repetir, hastiados de aquellas maniobras que dificultaban enormemente poder cobrar lo que legítimamente les correspondía.

Aquella sastrería se estrenaba como patrocinador y solo el tiempo podría decir si sería la primera y última temporada que uniría su logotipo al del club local más querido pero peor gestionado de la provincia.

Todos los jugadores y el cuerpo técnico estaban citados para tomarse medidas. Laura también luciría un traje de chaqueta confeccionado con la misma tela que el de la plantilla pero con corte de señora y falda en lugar de pantalón. Ella personalmente se encargó de elegir todos los detalles. El color de la tela sería un gris marengo para aportar elegancia, que buena falta les hacía a la mayoría de ellos, y la camisa blanca con el escudo del Real Triunfo bordado en el pecho. La corbata, sin embargo, fue un diseño especial creado por el sastre con los colores del equipo. El calzado, un zapato negro, y los calcetines, modelo ejecutivo del mismo color, quedaban a la suerte de los jugadores, en el sentido más literal de la expresión.

Había cierto alboroto de patio de colegio a la puerta de la sastrería. Laura había sido muy puntual y los jugadores llegaban con cuentagotas. Faltaba Israel que, como las novias en las bodas, se estaba haciendo esperar. Los viandantes estaban sorprendidos de aquella escena donde, por supuesto, no faltaban las cámaras de las televisiones y de la prensa gráfica. Pasaban por la calle y se quedaban mirando el revuelo formado y unos a otros se preguntaban qué era lo que estaba pasando. Aquella era la imagen del día y sería la imagen, sin duda, que ilustraría los informativos locales y los diarios del día siguiente. Aquel club de eterna segunda división con ínfulas de primera iba a poder lucir un traje oficial como lo hacían los grandes. Laura, que fue la artífice de aquella idea pensada con la mejor de las intenciones, desconocía en aquel momento que el hábito no hace al monje y que es muy cierto el refrán que dice que, «aunque la mona se vista de seda, mona se queda».

El sastre recibió a Laura con una elegancia que le convertía en el mejor referente de su establecimiento. Llevaba un traje azul marino que lucía como su segunda piel y una camisa rosa pastel que le daba un aire juvenil que su edad agradecía. La corbata, de nudo impecable, también era rosa pero de un tono más intenso que la camisa y una cinta métrica de costura colgada alrededor del cuello.

—Buenos días, señora Prado. Bienvenida —saludó a Laura.

—Muy buenos días. Perdone el retraso pero ya sabe que cuando se trata de tanta gente siempre hay algún rezagado.

—No se preocupe. Podemos ir empezando con usted y los jugadores que ya han llegado y después seguimos con el resto, conforme vayan viendo.

—Perfecto —contestó Laura.

Y se pusieron manos a la obra a medir cinturas, talles, largos de piernas y demás medidas necesarias para aquellos menesteres. Uno tras otro fueron pasando todos los jugadores por aquel metro e incluso Ariel, que fiel a su estilo, bromeaba con el resultado de sus medidas alegando que el tamaño no es lo importante.

Llegó Israel envuelto en su estela de estrella. Lo supimos porque las cámaras y los curiosos desviaron su atención hacia la puerta de entrada de la sastrería convirtiéndonos, en ese instante a los allí presentes, en personajes secundarios, como no podía ser de otra manera. Sonreía abiertamente y el blanco de sus dientes iluminaba su rostro de piel morena. Olía a fresco, como siempre, y a su paso, la gente de la sastrería se apartaba para dejarle un pasillo que permitiera contemplarlo. Israel siempre captaba la atención de todos. Cuando él aparecía era como si alguien encendiera una luz en una habitación oscura y todos miraran hacía ella y descubrieran que antes vivían en la oscuridad y ni se habían percatado hasta el instante en que se hizo la luz. Pero el clavo que sobresale siempre recibe más martillazos.

Se dirigió directamente hacia Laura que en ese momento estaba rígida como un maniquí dejándose medir y ella dejó escapar un intenso suspiro que intentó disimular sin conseguirlo.

—Presidenta —le dijo a modo de saludo con un tono que pretendía ser solemne. Nunca se dirigía a ella como Laura, ni siquiera como Sra. Prado, simplemente presidenta.

—Llegas tarde —le reprochó con mucha dulzura.

—Lo sé, ¿podrás perdonarme? —Y a sus palabras acompañó una mirada de niño malo arrepentido.

—Me lo pensaré… Aunque creo que te mereces un castigo. Meditaré sobre ello y te lo haré saber. Ahora deja que estos señores hagan su trabajo que ya es tarde y tenemos más compromisos.

Y aquella dulce regañina cargada de coqueteo y complicidad no pasó desapercibida para nadie. El lenguaje de las miradas de Israel era, sin duda, mucho más intenso que su vocabulario. Israel dominaba la comunicación no verbal y su cuerpo eran sus palabras.

Tras la sesión de corte y confección la mañana se había consumido. Todos se marcharon a comer y quedamos allí, en la puerta de la sastrería, Laura, Israel y yo. Para esa misma tarde había programada en la agenda del delantero la grabación de un anuncio para la televisión local. Israel sería la imagen de un emblemático hotel de la ciudad. Su sonrisa y el resto de sus encantos, que no eran pocos, unidos al glamour de un estupendo hotel de cinco estrellas era, sin duda, una combinación perfecta para un reclamo publicitario. Pero también era un buen negocio, como no podía ser de otra manera viniendo de la mano de Diego. El anuncio aportaría un buen puñado de miles de euros para el jugador y una cuantiosa comisión para las arcas del club, en estricto cumplimiento de su contrato como gestores de sus derechos de imagen.

Laura me apartó hacia una esquina con la intención de decirme algo sin que lo oyera Israel mientras este hablaba por el móvil.

—No hace falta que acompañes a Israel al hotel esta tarde. Tómate el resto del día libre, ya me encargo yo.

—Ya, comprendo —le dije intentando hacerle saber que entendía el mensaje que escondían sus palabras. Ella me guiñó un ojo en aquella escena de improvisada complicidad y se marchó con Israel conduciendo su deportivo rojo.

Aquello era mejor que un culebrón en su momento álgido. Me moría de ganar por saber a dónde se marchaban antes de ir al hotel. ¿Comerían juntos en un restaurante romántico? ¿Irían a la casa de él? ¿Preferirían la casa de ella? Mi imaginación, adicta al romanticismo, se disparó. Imaginé mil escenas y mil diálogos, pero en todos ellos triunfaba la pasión, la misma que estaba contenida desde el día en que se conocieron. Aún no había aprendido que la vida diseña pocos finales felices.

La mañana siguiente había entrenamiento pero Israel no apareció y tampoco excusó su ausencia. Ariel, lejos de transmitir el buen humor de siempre, resoplaba como un búfalo a punto de embestir. Los compañeros murmuraban y especulaban por lo bajo sobre lo que podría haber ocurrido mientras daban las vueltas de calentamiento al Estadio El Grande. Ariel, enfurecido, mandaba callar al grito de silencio. La fama de informal de Israel estaba empezando a traducirse en hechos concretos, como aquella falta de profesionalidad, y eso no era bueno, aunque sí previsible, al menos para la mayoría de los que conocían su trayectoria. El ambiente era tenso, tanto, que me limité a enviarles un saludo a distancia. Yo sabía que Israel había estado con Laura y que ella la había llevado hasta el hotel para rodar el anuncio y, me preguntaba si Laura tenía algo que ver en aquella ausencia. Me marché a mi despacho para refugiarme de la tormenta que crispaba el ambiente y me zambullí, a partes iguales, en mi café con leche y en la montaña de periódicos de cada día.

Un portazo me despertó de mi letargo. Era Laura que había entrado en mi despacho y había cerrado bruscamente la puerta tras de sí. Tenía la cara desencajada y de un pálido intenso. Comprendí al instante que algo no iba bien o, más bien, que algo apuntaba a un desastre.

—¿Lo has leído? —me dijo nerviosa.

—¿El qué? —le pregunté impaciente.

—La columna de opinión de Conrado.

—Pues, no, todavía no he llegado a su periódico, siempre me lo dejo para el final —le iba explicando al tiempo que me daba toda la prisa posible por encontrar el *Noticias a Fondo* de Conrado—. Aquí está. —Y comencé a leer en voz alta.

«El hotel de las juergas»

Al cierre de la edición de este diario, que les puedo asegurar se produce a altas horas de la madrugada, Israel Buendía, el delantero de los tres millones de euros del Real Triunfo, era trasladado a su casa en el coche de un directivo del club, para «dormir la mona» y digerir los excesos de una ajetreada noche de placeres.

Todo comenzó con un compromiso publicitario firmado con uno de los hoteles más prestigiosos de la ciudad. Israel tenía previsto rodar un spot televisivo para dar a conocer las excelencias de dicho hotel de cinco estrellas, contrato que le reportaría importantes beneficios económicos pero, tras finalizar el rodaje, la fiesta no hizo más que comenzar.

El director del hotel, en un ejercicio de amabilidad con desagradables consecuencias que no podía imaginar, invitó a cenar al delantero y le ofreció una habitación para que pasara la noche. Israel, no solo aceptó sino que, además, se dejó acompañar por un par de aficionadas y entregadas admiradoras que vieron como se hacía realidad una de sus fantasías. La cena, donde el alcohol fue más abundante que la comida, resultó ser solo el preludio de lo que vendría más tarde. Israel y sus dos acompañantes, claramente entregadas, subieron a la habitación. Lo ocurrido allí dentro no podemos desvelarlo pero sí intuirlo.

Ante las quejas por el escándalo del resto de personas que se hospedaban anoche en el «hotel de las juergas», tuvo que intervenir el personal de seguridad. Israel les abrió la puerta desnudo y con claros síntomas de haber tomado alguna sustancia estimulante. El mobiliario estaba destrozado y el televisor de plasma roto.

La dirección del hotel avisó a un miembro de la directiva del Real Triunfo que fue el encargado de llevárselo a casa.

Señoras y señores aficionados del Real Triunfo:

Esta es la figura y la estrella del equipo local, un amigo de la juerga desenfrenada. Alguien muy alejado de la imagen de un deportista. Lamentablemente no podemos decir que sea la primera vez que algo así ocurre en la vida de Israel Buendía y, me atrevería a decir, que tampoco será la última. Es triste ser testigo de cómo un estupendo jugador, por el que se han pagado tres millones de euros, es capaz de arruinar su carrera y, como consecuencia, el proyecto de todo un equipo que ha puesto toda su esperanza en él, tan solo, por una noche de fiesta sin control.

El artículo era demoledor a todos los niveles. Atacaba directamente a Israel pero también al club y a todos los que formábamos parte de él. Ahora entendía perfectamente el mal humor de Ariel y los cuchicheos de la plantilla. Ahora entendía perfectamente la expresión de desolación del rostro de Laura.

—¿Fuiste tú la que lo recogió del hotel? —le pregunté a Laura intentando descubrir a qué directivo se refería Conrado en el artículo. Ella negó con la cabeza.

—Después de dejarte nos fuimos a comer a un restaurante en la playa. Conozco al dueño y tiene unos reservados que te permiten disfrutar de la comida sin que nadie te pueda observar. Te aseguro María que nunca antes me había sentido tan especial. El Israel que estuvo ayer en aquella sala no tiene nada que ver con el personaje que está describiendo Conrado en ese artículo. Fue todo un caballero conmigo y ni siquiera probó el alcohol.

—Pero, ¿pasó algo más entre vosotros? —Ya está, se lo había preguntado, necesitaba hacerlo. Laura levantó bruscamente la mirada y clavó sus ojos en los míos. Pensé que no le había gustado tanto atrevimiento por mi parte y me dijo rotundamente:

—Nada de lo que estás imaginando. Era la primera vez que estábamos a solas los dos y no tengo por costumbre ser tan… Rápida.

—Perdona, no quería molestarte ni meterme donde no me importa —me excusé.

—No te preocupes, tenemos problemas más importantes que solucionar ahora mismo. Esta información va a traer cola, estate preparada. Además, tenemos un topo dentro del club y eso es algo que no puedo consentir, bastantes frentes tenemos ya ahí fuera como para tener que estar vigilando también aquí dentro que no nos apuñalen por la espalda.

Mientras pronunciaba estas palabras, Laura había recompuesto su rostro y aquella expresión de mujer decepcionada había dejado paso a la expresión de una presidenta enfurecida. Y así, con la misma contundencia que había entrado en mi despacho, se marchó.

La Reacción

Ya dijo el gran científico Isaac Newton, allá por el siglo XVII, al explicar la tercera de sus famosas leyes de la física, que toda acción de un cuerpo ejercida sobre otro cuerpo, ejerce sobre el primero una reacción igual y de sentido opuesto. Y eso fue, ni más ni menos, lo que ocurrió tras el escándalo del hotel, pura física.

El artículo de Conrado había sido la mecha encendida para hacer estallar aquella bomba cuya metralla nos salpicaba a todos. Los ecos de los «ya te lo dije» le llegaban a Laura por todos los frentes porque fue ella la que, con cierto empecinamiento algo irracional y aconsejada en la operación económica por Diego, resultó ser la artífice del fichaje de Israel a pesar de las numerosas voces en contra que alegaban un carácter poco disciplinado del delantero. Muchos cobardes fueron los que se subieron al carro de los reproches a posteriori, los mismos que maleaban el ambiente con dudosas intenciones.

A todo ello debíamos añadir unos resultados deportivos que, de no cambiar rápidamente el sistema de juego, nos estaban alejando peligrosamente de los puestos de ascenso en la tabla de clasificación. Hasta ahora cuando un partido no era demasiado bueno y los resultados no nos eran favorables, la culpa era siempre de los árbitros, así de sencillo. Los árbitros, esos seres de negro y aspecto despiadado y justiciero que, por una extraña razón, pitaban en contra de nuestro intereses deportivos y que servían, como anillo al dedo y como saco de boxeo al que lanzar todos los golpes con independencia de si estaban o no justificados. Algo así como, cuando éramos niños y acusábamos al profesor de tenernos manía. Pero ahora, con todo lo que estaba ocurriendo a niveles extradeportivos, la afición contaba con otros elementos externos a los que culpar de las derrotas, ahora había otros sacos de boxeo a los que golpear.

El día que Conrado publicó el artículo, más propio de la prensa amarilla que de un periodista deportivo, todos estábamos desencajados a la espera de las reacciones que, inevitablemente, se iban a producir. No se hicieron esperar demasiado. Cada uno de nosotros aguardaba a la defensiva, agazapados en nuestros respectivos despachos, a modo de guarida, la llegada de la reacción.

Aquel era un club pequeño aunque con aires de grandeza que, como en los pueblos, convertía en escándalo cualquier acontecimiento que en un club de los grandes quedaría en mera anécdota. Además, el asunto que nos ocupaba, tenía los dos elementos perfectos para ser carnaza en cualquiera de los foros que se tratara, sexo y dinero. Y el dinero fue el primero de los elementos que se desvaneció.

Se había instalado cierto silencio fingido y artificial en las oficinas del Real Triunfo que incomodaba especialmente el ambiente. Sonó el timbre y al abrir la puerta, con la expectación propia de saber quién podría ser, dadas las circunstancias, todos suspiramos de alivio al comprobar que se trataba del cartero. Era su hora de reparto habitual de la correspondencia cotidiana. Pero aquel día llevaba algo más, un burofax cuya recepción había que firmar y sellar. No podía ser nada bueno. Y no lo era.

Fue Diego el encargado de recibir el burofax y de estampar su firma en el justificante de correos. Cogió el sobre y entró en su despacho sin cerrar la puerta. Yo, pululaba por la fotocopiadora, disimulando que la utilizaba porque estaba cerca de su puerta, con la sola intención de saciar mi curiosidad, mi gran defecto, sobre qué podría contener aquel documento. Pero no me hubiera hecho falta estar tan cerca para enterarme porque en cuanto abrió el sobre, Diego le pegó una patada a la silla y maldijo a Israel con expresiones que hacían referencia directa a su madre. Estaba encolerizado, fuera de sí, y de un manotazo tiró al suelo todo lo que estaba encima de su mesa mientras blasfemaba e insultaba a Israel.

Laura y Basilio salieron de sus despachos y yo seguía allí, paralizada, al lado de la fotocopiadora, sin saber muy bien qué hacer. Aquel hombre frío como el hielo, de maneras impecables, había dejado al descubierto ese aire de psicópata que, en ocasiones, se había asomado a su mirada. Diego se había convertido en unos pocos segundos, en su propio «Mister Hide», hasta el punto de darme miedo.

—¿Qué ocurre? —le preguntó Laura.

—¡Este hijo de puta se va a acordar de mí! —contestó Diego apretando los dientes de rabia y entregándole a Laura el burofax arrugado que acababa de llegar.

Laura lo cogió, lo desarrugó para poder leerlo mejor y al terminar solamente dijo con el rostro desencajado:

—Ahora vuelvo. María, te vienes conmigo.

Fui a mi despacho, cogí mi bolso y me subí con Laura en su deportivo rojo. Su mirada me asustaba un poco, estaba tan vacía y apagada que casi hubiera preferido que estuviera enfadada. Los enfados son nómadas, van y vienen, y siempre dejan un hueco para las alegrías y las reconciliaciones, pero la decepción actúa como un parásito que se instala dentro de ti y te va comiendo por dentro y es muy difícil ganarle la batalla. Ella guardaba silencio pero a mí la intriga me pudo y le pregunté:

—¿Puedo saber qué está ocurriendo?

—El hotel ha rescindido el contrato con Israel. Un escándalo como éste perjudica gravemente su imagen y consideran que es motivo más que suficiente para su rescisión. Pero además piensan demandarle a él y al Club por los daños y perjuicios causados y, te puedo asegurar, que la cantidad que nos van a solicitar en concepto de indemnización no será irrisoria precisamente.

—Pero, en todo caso ese sería un problema de Israel, ¿no? —insistí intentando comprender el alcance de aquella situación y las consecuencias directas para el club.

—Todo lo que suponga un problema para Israel también lo es para el Real Triunfo. Esta operación de marketing suponía mucho dinero para nosotros y era solo la primera de otras muchas. Israel nos ha costado casi una cuarta parte del presupuesto de esta temporada y es nuestra obligación amortizar todo ese dinero. La publicidad era una de nuestras mejores armas para poder rentabilizarlo. Nosotros gestionamos sus derechos de imagen y somos responsables de ella, a la vez que también nos beneficiamos y, dime María, ¿quién quiere comprar la imagen que Israel está ofreciendo? Yo te lo diré. Nadie. Eso solo por lo que respecta al perjuicio económico, sin contar el daño moral que se le hace al club.

—Noto en tus palabras mucha decepción más que enfado —me atreví a comentarle intentando ahondar en sus sentimientos.

Ella, que en ningún momento había apartado la mirada de la carretera, hizo un segundo de pausa que me pareció un siglo, me miró fijamente a los ojos y me dijo tajante e irónica a la vez:

—Esto qué es, ¿una entrevista? —contestó claramente molesta por mi pregunta.

A veces hay respuestas, como aquella de Laura, que dicen más de lo que expresan sus palabras, si sabes leer entre líneas. Laura no tenía inconveniente en darme todo tipo de explicaciones sobre la situación económica, judicial o publicitaria que suponía aquella situación, sin embargo no se sentía cómoda hablándome de sus sentimientos. Yo sabía muy bien que el dolor del corazón es más intenso que el dolor de los negocios y ella ya estaba enferma de mal de amores aunque no me lo había dicho.

El resto del trayecto lo hicimos en silencio. Ya no quise decir nada por temor a ser inoportuna una vez más. Ni siquiera sabía a dónde íbamos. El tráfico era denso y la paciencia al volante de Laura, escasa. Increpaba a los conductores que entorpecían la circulación y hasta al niño que cruzaba en ámbar. Se ahuecaba con las manos su melena rubia en cada semáforo en un claro signo de nerviosismo y resoplaba como si en su cabeza estuviera manteniendo una conversación a la que yo era ajena.

Salimos del centro de la ciudad y nos dirigimos hacia una de las zonas residenciales más lujosas, donde vive la élite de la sociedad local y los nuevos ricos, de dinero rápido y dudosa reputación, que buscan mezclarse con ellos. En ese momento lo comprendí. Allí vivía Israel. Íbamos a su casa. No pestañeó ni un segundo en todo el camino, lo cual me hizo pensar que no era la primera vez que lo recorría. Aunque recordé que Laura me había dicho que la cita en el restaurante el día anterior había sido la primera vez que estaban juntos. Tal vez me mintió o tal vez conocía la dirección por los datos personales que el club maneja de todos los jugadores, pero no había consultado ni un solo papel con alguna anotación, ni siquiera el navegador. Francamente, no creo que conociera tan exactamente la dirección del resto de jugadores de la plantilla. Además, ¿para qué quería que la acompañara?

Para cuando llegamos ya era la hora de comer. Israel vivía en un bungalow de lujo de una de las urbanizaciones más exclusivas de la zona. Laura bajó del coche y se arregló el traje de chaqueta gris perla, rehizo el nudo de su blusa verde botella, igual que el color de sus ojos, y se ahuecó de nuevo el pelo, subida a sus tacones. Respiró profundamente y me hizo un gesto con la cabeza para que la acompañara. Sus interminables piernas daban zancadas que yo no era capaz de reproducir. Por cada uno de sus pasos era necesario que yo diera dos para poder seguirla y no tener la sensación de que caminaba detrás de ella con un aire un tanto servil.

Accedimos a la urbanización aprovechando que salía un vecino. El caballero no dudó en cederle el paso a aquella impresionante mujer mientras, con cierto galanteo, le dedicaba un «buenos días». Pero Laura no estaba para cumplidos y ni siquiera contestó. A pesar de lo laberíntico de aquella urbanización, dividida en sectores, bloques y letras, nosotras fuimos directas a la puerta de la casa de Israel, confirmándome, definitivamente, que no era la primera vez que la visitaba. Y tocó el timbre una vez. Los segundos pasaban muy lentos. Solo había silencio. Volvió a tocar el timbre otra vez. De nuevo solo el silencio respondió. Tal vez no estaba allí, pensé yo. Pero Laura parecía tener muy claro que Israel estaba en casa y, mientras con una mano aporreaba la puerta, con la otra tocaba el timbre insistentemente. Era evidente que no tenía la intención de marcharse hasta que no le abriera. Tanto escándalo hizo que se asomara algún que otro vecino para cotillear sobre lo que estaba ocurriendo. En mitad de aquel espectáculo la puerta se abrió y apareció Israel, vestido tan solo con un calzoncillo boxer, y haciendo un esfuerzo por abrir los ojos.

—¡Vaya, pero si es la presidenta, qué sorpresa! —Fueron las palabras que acertó a pronunciar con cierta dificultad y mucha ironía—. ¿A qué debo el honor?

—¿Podemos pasar? —le preguntó Laura de una manera un tanto retórica porque, mientras pronunciaba estas palabras, apartaba a Israel con el brazo para abrirse paso. Me hizo un gesto para que entrara y cerró la puerta tras de mí.

—¿Ocurre algo? —preguntó con una expresión de asombro poco creíble.

—Ocurren muchas cosas. Ocurre que hoy has faltado al entrenamiento. Ocurre que nos has hecho perder cientos de miles de euros y ocurre también que has echado a perder todo el plan de marketing que teníamos preparado para ti y para el club. —le contestó Laura muy enfurecida mientras le señalaba con el dedo índice de manera acusatoria.

—Solo ha sido una noche de fiesta, presidenta, no es para tanto —intentó excusarse sacando a relucir todos los encantos que la resaca le permitía.

—¿Qué no es para tanto? —Abrió el bolso y sacó un ejemplar del *Noticias a fondo* y se lo tiró al pecho—. ¿Has leído la columna de Conrado, idiota, o estabas muy ocupado durmiendo la mona? Le has dado la carnaza que ese periodista de tercera necesita para toda la temporada, así de fácil. ¡Tú y tu noche de fiesta!

Israel, que parecía no entender nada, se había agachado a recoger el periódico que había caído al suelo y se afanaba por buscar esa columna que le estaba mencionando Laura. Allí, en cuclillas, semidesnudo, pasaba las hojas con avidez hasta que encontró la que contenía el artículo, y en aquella misma postura, se puso a leerlo. Conforme avanzaba en su lectura, esa chulería de chico de barrio con la que nos había recibido, se iba borrando de su rostro y parecía empezar a tomar conciencia de la situación.

Yo, como una convidada de piedra, sin terminar de comprender muy bien qué es lo que hacía allí, permanecía al margen de la conversación. Observaba a Israel, tan engreído y tan soberbio, que me acordé de la primera impresión que me había causado el día que le conocí. Israel me pareció la misma seducción en persona. En ese instante, viéndole allí dirigirse a Laura, con esos aires de superioridad, comprendí que la seducción en ocasiones adquiere la forma de serpiente, capaz de enroscarse alrededor de tu cuello y dejarte sin aliento casi sin darte cuenta.

—Te juro que yo no he hablado con Conrado, Laura. —Y el Israel prepotente pasó a ser un hombre indefenso buscando indulgencia.

—¿Quién fue a recogerte? —le preguntó Laura.

Basilio… ¡El muy hijo de puta! —exclamó al tiempo que comprendía que había sido el director gerente quién le había filtrado todo el incidente a la sanguijuela de Conrado.

Laura enmudeció. Estaba sorprendida, tanto como yo de la conclusión a la que habíamos llegado los tres. Basilio, aquel hombre fumador de puros y vicios caros, cuya labor parecía reducirse a calentar la silla de su despacho y posar con su sonrisa ensayada de director gerente en las fotos institucionales, estaba moviendo las fichas del tablero sin que nadie se hubiera percatado. Ahora entendía por qué me dijo que la acompañara. Laura quería que yo fuera la testigo de aquella revelación. Pretendía que alguien de su confianza estuviera presente cuando a Basilio le quitaran la máscara. Así borraría de mi cabeza cualquier sospecha sobre ella, la última persona del club que estuvo con Israel antes de ir al hotel, y mi principal sospechosa hasta ese momento, algo que Laura había intuido.

No hacía falta ser muy listo para darse cuenta de cuánto le gustaba el protagonismo a Basilio y de cómo se desenvolvía entre los compañeros de la prensa. Aquel eterno segundón, con el ego más grande que había conocido, parecía tener una especial relación con Conrado, el ave de rapiña de la información deportiva, y juntos formaban una más que curiosa pareja unidos por intereses que no alcanzaba a comprender. Porque, ¿qué contraprestación obtenía Basilio a cambio de entregar, en bandeja, una noticia tan perjudicial para el club, donde ni siquiera era él el protagonista? ¿Habría sido esta una filtración aislada o, por el contrario, era él quien venía suministrando a Conrado todo cuanto pedía?

Todo eran preguntas. Había preguntas en la mirada desconcertada de Laura, muchas preguntas en el pensamiento embotado de Israel y más preguntas en mi instinto periodístico. Lamentablemente, las respuestas todavía se harían esperar.

El viaje

La rutina es un bien preciado cuando vives instalada en una montaña rusa. Saber qué ocurrirá cada día, dejando poco espacio a la improvisación, puede resultar aburrido para muchas personas pero para mí, era una necesidad, especialmente en los últimos meses.

El del fútbol es un mundo efímero y rápido, donde nada dura más de una jornada. Es un mundo donde todos los entrenadores son despedidos. Es un deporte donde siempre gana el negocio. Es un espectáculo de masas donde la estrella es el balón. Sencillamente el fútbol es fútbol, algo que a mí me costó comprender.

Me gustaba imaginar que vivía instalada en un pequeño submundo dentro del universo que todos conocemos. Un pequeño reino llamado «Real Triunfo», donde Laura era la reina de corazones y el resto de nosotros sus ministros. Imaginaba a Diego como ministro de economía, Basilio el de asuntos exteriores y a mí como la portavoz del gobierno. Un pequeño país con sus propias leyes y una entregada población formada por todos los aficionados. Realmente, si lo pensamos bien, todos vivimos en mundos paralelos que tienen sus propias normas, sus mandatarios y sus plebeyos. Pero aquel en el que yo estaba viviendo era realmente especial, quizá por su hermetismo, o tal vez porque mezclar dinero y pasión puede resultar realmente explosivo.

En aquel club de segunda división no había días de descanso. Los fines de semana estaban dedicados a los partidos y entre semana a los entrenamientos. En lo que a mí respecta, mi labor era igualmente entregada. Había que gestionar entrevistas, acompañar a los jugadores, organizar las ruedas de prensa previas a cada jornada y las posteriores a cada partido, atender a los compañeros que se desplazaban hasta nuestra ciudad cuando jugábamos en casa y viajar cuando el partido se disputaba fuera. Todo ello sin contar que estaba disponible para cualquier imprevisto, vía teléfono móvil, las veinticuatro horas al día. Un ir y venir que, en sí mismo, ya resultaba estresante pero que, con la tensión añadida de las circunstancias que estábamos viviendo empezaba a resultarme especialmente insoportable.

Fue, tras uno de esos desplazamientos de largo recorrido, cuando descubrí algo que jamás hubiese imaginado porque, en aquel pequeño mundo paralelo al resto, todo lo que ocurre dentro también ocurre fuera aunque no con las mismas consecuencias.

Aquel primer domingo tras el incidente del hotel teníamos la suerte de que la jornada se disputaba fuera de la ciudad. La afición estaba muy crispada y hubiera sido bastante desagradable encontrarse con ella en el Estadio El Grande, así que, no jugar en casa era lo mejor que nos podía pasar. Dada la distancia y el hecho de que el partido no era decisivo, serían pocos los «triunfadores» que se desplazarían para apoyar a su equipo.

Nos separaban más de seiscientos kilómetros de la ciudad de destino y, habitualmente, cuando los trayectos eran de tal envergadura, solía fletarse un vuelo para que el viaje no resultara tan pesado y no repercutiera en el terreno de juego. Pero esa práctica costaba dinero, bastante dinero, y el dinero se había resentido en los últimos días en el club. Además, igual que a los niños de colegio cuando no se portan bien en clase, Laura les había impuesto como castigo realizar el trayecto en autobús y no en avión. Realmente, aquella decisión de nuestra presidenta de imponer un castigo colectivo, hacía pagar a justos por pecadores y solo sirvió para añadir más crispación entre la plantilla que, con mucha razón creo yo, consideraba la medida muy injusta.

Los fotógrafos de la prensa se acercaron para plasmar la imagen de la salida del autobús. Los jugadores, vestidos con la equipación deportiva de paseo, un chándal de chaqueta verde y pantalón negro, cargaban sus maletas de viaje y, como los niños cuando van a dormir, llevaban bajo el brazo su almohada, la gran compañera de los largos trayectos. Algunos leían, los menos, y otros escuchaban música. El ambiente no era propicio para la conversación y solo, Ariel, con su inseparable mate en la mano, se dirigió a Israel, uno de los últimos en llegar, y le increpó:

—Escuchame una cosa, pendejo de mierda, ¿quién te pensás que sos pelotudo, la última coca-cola del desierto? No me jodás, pibe, por culpa de vos la jefa nos dejó sin volar. No me gustás y no me volvás a meter el dedo en el culo, ¿me entendés?

—Entendido —se limitó a contestar Israel apretando los dientes. No le había gustado nada escuchar aquella declaración de intenciones tan expresa.

Aquel reproche, que ahora se había evidenciado, era la consecuencia de un cúmulo de circunstancias. La indisciplina y la insubordinación del delantero rompían la cohesión del grupo que, lejos de ser una piña, tenía fisuras importantes que podían hacer que el equipo se desquebrajara y, eso, al míster, no le gustaba nada.

El autobús se puso en marcha rumbo a nuestro destino. Yo tenía por costumbre ocupar alguno de los asientos de la última fila, para poder estirar las piernas. Nos esperaban varias horas de viaje. Solía estar sola porque Laura siempre viajaba por su cuenta y, en esta ocasión, ella sí haría el trayecto en avión. Los chicos se agrupaban según sus afinidades. Diego, siempre junto a Raúl, ocupando los primeros asientos. Basilio, sin embargo, solía pulular en busca de algún compañero de viaje que quisiera compartir con él las largas y tediosas horas del trayecto, tarea esta que cada vez le resultaba más complicada. En cuanto Basilio se subía al autobús, yo me hacía la despistada para poder escabullirme y no verme en la situación de tener que rechazar su invitación de sentarme junto a él y no era la única que lo hacía. Me gustaba estar allí, al fondo, porque me daba una perspectiva que solo la distancia te proporciona. Me sentía como una espectadora observando a través del agujero de una puerta todo lo que ocurría al otro lado.

Israel estaba claramente al margen. Ya se sabe que el peor de los desprecios es el no hacer aprecio y aquel parecía ser el castigo escogido por el grupo para hacerle pagar sus culpas. Israel era el elemento discordante, suplantando en ese papel a Basilio, al menos en aquel viaje pero, a pesar de todo, no pude evitar sentir lástima por él. Yo sabía muy bien qué se sentía al estar desplazada en aquel ambiente y no era, precisamente, una sensación agradable, por eso, podía adivinar qué pensamientos estaban pasando por su cabeza. Así que me alcé como abanderada de las causas perdidas y decidí invitarle a sentarse a mi lado. Cogí mi móvil y le trasladé la invitación en forma de mensaje de texto en un intento de ser discreta.

«Tengo mucho sitio libre aquí atrás. Si en algún momento no quieres viajar solo, te invito a hacerme una visita». Le envié.

Su móvil sonó para avisarle de que había recibido un mensaje. El sonido le hizo despertar de ese cierto letargo por el que había quedado atrapado nada más subir al autobús tras la reprimenda pública de Ariel, y dejó de mirar por la ventanilla para rebuscar su teléfono en el bolsillo derecho del pantalón del chándal.

Yo le observaba y me gustó ver que mi mensaje le había hecho sonreír. No se giró para buscar mi complicidad con la mirada, supongo que para mantener la discreción que nos proporcionaba el teléfono. Parecía estar escribiendo otro mensaje de respuesta que segundos más tarde recibí y que decía así:

«Vaya, veo que eres una chica valiente y que no tienes miedo de hablar con la oveja negra del equipo».

«Que yo sepa, todavía no has matado a nadie. No creo que seas peligroso. Quizá un poco gilipollas, pero nada que no se pueda arreglar».

Le contesté en otro mensaje, y soltó una carcajada al leerlo que hizo que todo el autobús girara la cabeza para averiguar de qué se estaba riendo quien no tenía derecho a hacerlo.

«Prometo visitarte pero no se lo digas a nadie que luego podemos salir en los periódicos».

Y esta vez fui yo quien se rió.

Y cumplió su promesa. Tras hacer una parada para descargar un poco el peso del viaje, emprendimos de nuevo la marcha e Israel aprovechó para trasladar su nuevo asiento, con toda naturalidad, a la última fila. Comenzamos hablando de fútbol para romper el hielo y, como no podía ser de otra manera, terminamos hablando de Laura, tal y como yo pretendía. Me pareció un tipo divertido que ganaba mucho en las cortas distancias. No era especialmente ingenioso pero sí poseía esa chispa necesaria para mantener la tensión de una conversación interesante, mucho más de lo que puedo decir de la mayoría de los futbolistas, cuyas frases más largas no sumaban más de tres palabras. Yo, que me tengo por una chica leída, sucumbí ante sus encantos y por un momento me olvidé del Israel que horas antes nos había abierto la puerta de su casa a Laura y a mí. Creo sinceramente que era algo que no podía evitar. Para él el juego de la seducción era algo irremediable pero contra lo que tampoco luchaba, algo que le resultaba tan natural y sencillo como para Laura el sucumbir a aquella seducción. Realmente era algo primitivo, que no entendía de conveniencias ni razones.

—Me ha dicho Laura que el otro día comisteis juntos —le dije en un atrevimiento por mi parte y haciendo caso, una vez más, a mi natural curiosidad.

—Sí, fue una comida muy agradable con una mujer muy especial. Lástima que no tuviéramos un poco más de tiempo, ya sabes, los compromisos profesionales mandan. —Y suspiró.

—Sí claro, lo entiendo. ¿Puedo hacerte una pregunta personal, Israel?

—Bueno, después de haberme visto casi desnudo y con resaca no creo que haya nada más personal, ¿no? —Y me guiñó un ojo.

—La verdad es que tienes razón pero creo que mi pregunta es incluso más personal que eso.

—Me estás asustando viniendo de una periodista —me dijo sonriendo.

—No te preocupes, te puedo garantizar que la respuesta será «off de record». —Y fui yo quien le guiñó el ojo esta vez para asegurarle que su respuesta sería un secreto para mí—. Como si se tratara de un secreto de confesión, ya me entiendes.

—No tienes mucho aspecto de cura pero está bien, dispara —me dijo en tono divertido.

—Os he estado observando desde hace tiempo a Laura y a ti, y he tenido la sensación de que vosotros dos sois mucho más que jugador y presidenta, ¿no es así? —le lancé la pregunta casi a bocajarro antes de que la prudencia hiciera mella en mí y me aconsejara no dirigir la conversación por aquellos derroteros.

—Vaya, eres una mujer directa, María —dijo, al tiempo que bajaba la mirada y parecía entristecerse—. Creo que lo que podríamos haber llegado a ser, ahora ya no importa después de lo ocurrido en el hotel. Una mujer como Laura no es de las que perdona a un hombre como yo y un hombre como yo no es de una sola mujer, ¿entiendes lo que te quiero decir? Laura es absolutamente impresionante y yo la he decepcionado, eso es todo.

—Bueno, a lo mejor hay una segunda oportunidad —le dije intentando resistirme a que aquella historia de culebrón estuviera ya zanjada incluso antes de empezar.

—¿Quién sabe, princesa? —me dijo con la clara intención de finalizar aquella conversación a la vez que me besaba en la mejilla—. Tengo que dormir un rato que el viaje es muy largo —y se cambió de asiento.

Tuve la sensación de que a Israel realmente le importaba Laura o que, al menos, ella no era una mujer más en su lista de conquistas de jugador engreído. Quizá porque Laura era muy diferente a todas aquellas mujeres que se acercaban a la estrella en busca de la excitación que les producía la fama, el dinero y el glamour. Laura ya tenía la dosis de fama que necesitaba, no le faltaba el dinero y era la dueña del glamour. Laura era para Israel una mujer a la que convencer y no solo a la que poseer, con la facilidad de quien se come un caramelo, tras quitarle el envoltorio, como lo eran el resto. Laura ponía condiciones, mientras que el resto se entregaban incondicionalmente. Laura representaba la satisfacción de las cosas que te cuesta conseguir mientras que las demás eran juguetes de un solo día, a su alcance con el solo chasquido de sus dedos. Y todo aquello, para un hombre tan embriagador como machista, la convertía en un trofeo, tan preciado como inaccesible, que se le había escapado de las manos por una jugada inapropiada.

Raúl

El cansancio fue otro compañero más de viaje aquella jornada. Un cansancio que no era solo físico sino también emocional. El espíritu de grupo que debe permanecer unido para luchar por la victoria en el terreno de juego no había subido al autobús que nos había llevado a nuestro destino aquel día. Ariel tenía un equipo con serias desavenencias entre los jugadores que poco favorecería el partido. Laura, decepcionada como mujer, buscaba la fórmula de reconducir un negocio fallido mientras vigilaba su espalda ante los posibles ataques traicioneros de los que se hacían llamar sus compañeros. Uno de ellos, Diego, enfurecido por el fracaso de un proyecto que prometía ser muy rentable, cocinaba en su cabeza una venganza de las que a él le gustaba servir frías. Otro de ellos, Basilio, estaba jugando a espía barato rebuscando los desperdicios de entre la basura de quien le daba de comer. Y mientras tanto, la afición, veía como los resultados dibujaban una despedida del tan ansiado sueño del ascenso por vigésima cuarta vez consecutiva.

Los pocos «triunfadores» que se habían desplazado para seguir al equipo junto con los periodistas que habitualmente viajaban nos esperaban a las puertas del hotel donde nos íbamos a hospedar. El personal del hotel había habilitado un improvisado pasillo con vallas de seguridad tras las que los aficionados pedían autógrafos y saludaban a los jugadores a su paso. El último en bajar fue Israel, intentando demorar lo más posible aquel momento. A su paso recibió como bienvenida, por parte de ellos, un puñado de abucheos donde una jornada atrás había vítores, mientras que, por parte de ellas, recibió los gritos desaforados de una pasión que parecía haberse incrementado con el escándalo de chico malo del delantero. Israel se acercaba cada vez más a los extremos. Ahora era más odiado por sus detractores pero también más deseado por sus admiradoras.

Solían acomodarse en habitaciones dobles, de dos en dos, para que el coste económico para el club no fuera tan elevado. Jugadores, directivos y cuerpo técnico se organizaban por parejas en las habitaciones, excepto Laura y yo que, aunque podríamos haber ocupado una misma habitación, el privilegio de la presidenta de tener su propia suite, me beneficiaba a mí también. Al ser la única mujer, además de ella, y quedar impar, disfrutaba de una habitación para mí sola.

En esta ocasión Israel tuvo dificultades para encontrar compañero de cuarto por las mismas razones que también las tuvo para encontrar compañero en el autobús. El resto de jugadores le estaban haciendo el vacío por ser el causante de un castigo colectivo.

Laura ordenó que todos que subieran a sus habitaciones y se cambiaran el chándal con el que habían viajado, por el traje de chaqueta que la sastrería les había confeccionado. Tenía previsto dar un paseo por la ciudad y cumplir con algún que otro compromiso institucional antes de la cena y, para ello, debían mostrarse debidamente uniformados con el traje que, por contrato con la sastrería, lucirían en todas las apariciones públicas, como todos los grandes equipos a los que pretendían parecerse. Pero el ambiente de los que se sentían injustamente castigados y obligados a viajar en autobús, en lugar de en avión, no estaba para recibir órdenes de una mujer, por muy presidenta que fuera. Aquel era su momento de rebelión y, con mayor o menor consenso, decidieron en su mayoría, hacer caso omiso de las indicaciones de la presidenta y vestir con su ropa de calle.

El lugar de encuentro era el hall y allí iban llegando, uno tras otro, con miradas desafiantes de niños mimados, intentando mantener un pulso de poder con Laura. Solo unos cuantos vestían el traje, entre ellos Israel, cuya situación no daba para más tirantez, parte del cuerpo técnico y todos los miembros directivos. Laura comprendió de inmediato cual era el juego al que estaban jugando, como comprendió también que debía apostar fuerte para hacer valer su autoridad en aquel club, así que decidió, de momento, que solo la acompañaran aquellos que lucían el traje oficial y que el resto de insubordinados se quedarían en el hotel hasta decidir las medidas disciplinarias que se les aplicaría como consecuencia de aquella rabieta. Pero antes, ante aquel auditorio hostil, y con varios periodistas como público, Laura Prado les dijo:

—Muy bien, señores, entiendo perfectamente lo que esto significa pero no estoy tan segura de que ustedes comprendan qué consecuencias puede acarrearles. Esto es un club de fútbol y no el patio de un colegio y no voy a tolerar que falten a un compromiso contractual y, por supuesto, tampoco voy a consentir que me falten al respeto. Les haré saber en breve el precio de su osadía. Buenas tardes.

Y nos marchamos con ella tan solo unos pocos.

Tras aquel desplante tenía la sensación de que todos caminábamos sobre la cuerda floja y que, en cualquier momento, con solo un mal movimiento de alguno de nosotros, caeríamos todos al suelo. En cualquiera de mis anteriores trabajos jamás se me hubiera ocurrido plantarle cara al jefe con tanto descaro como lo acaban de hacer algunos de los jugadores a menos, claro está, que quisiera que me despidieran inmediatamente. Sin embargo allí, parecía no pasar nunca nada, al menos, nada de lo que pasaría en cualquier otro contexto. El club estaba como sumido en una anarquía pero la anarquía en el Real Triunfo parecía ser su estado natural.

Volvimos al hotel poco antes de la cena. Yo estaba cansada del viaje y del protocolo, que tan poco me gustaba, y me apetecía darme una ducha, ponerme algo cómodo y bajar al restaurante para cenar algo ligero. Mi habitación era la penúltima del pasillo derecho de la cuarta planta, al lado de la de Diego y Raúl que era la última. Ellos dos siempre se hospedaban juntos, como juntos llegaron a aquel club de fútbol. Nadie concebía la figura de Raúl sin la de Diego y viceversa, como las dos caras de una misma moneda. Siempre pensé que Raúl humanizaba a Diego. El Diego que yo conocía era despiadado y rudo en todas sus manifestaciones, pero se me antojaba que incluso aquel ser debía tener, también, su parte más humana cuando era capaz de mantener una buena amistad durante tantos años con Raúl, alguien que por no molestar ni hablaba. Raúl, sin embargo, era un hombre con la mirada limpia, extremadamente tímido, casi temeroso, que parecía sentirse amenazado por todo y por todos excepto por Diego, circunstancia que no dejaba de sorprenderme.

Me quité la ropa, me descalcé y me metí en el cuarto de baño. Solo pensaba en quitarme de encima los kilómetros del viaje y la tensión de los acontecimientos y pensé que para conseguirlo, cambiaría la ducha por un buen baño relajante. Pocas cosas hay tan placenteras como un baño caliente. Cerré los ojos y me abandoné al silencio y la despreocupación sumergida hasta las orejas en agua caliente.

Pero el silencio duró poco y la despreocupación le cedió el paso a la intriga. Empecé a escuchar unas voces que provenían de la habitación de al lado, la de Diego y Raúl, pero no alcanzaba a entender qué estaban diciendo. Discutían y uno de ellos parecía sollozar, pero el sonido no era nítido y no podía distinguir sus voces. De pronto les escuchaba perfectamente. Debieron entrar en el cuarto de baño de su habitación que estaba pegado al mío, tan solo separado por una pared que, a juzgar por la nitidez con la que les escuchaba en ese momento, debía ser muy fina.

—Yo también estoy harto, Raúl, pero sabes que lo que me pides no es posible —le decía Diego al director deportivo mientras este sollozaba—. Quiero que lo comprendas. ¿No entiendes que sería un suicidio profesional?, eso sin contar con todo lo demás.

—Lo sé —contestó Raúl en un tono resignado y entre lágrimas.

—Debemos hacerlo como hasta ahora. Ahora todo está bien, ¿por qué no te vale? Debes asumir que hay cosas que no van a cambiar y tú lo sabes tan bien como yo.

—Pero Diego, quizá….

—Debes asumirlo, te estoy diciendo —le interrumpió Diego— y cuánto antes lo hagas será mejor para los dos. No te martirices de esa manera Raúl, no me gusta verte sufrir así. Este es el mundo del fútbol y ya conoces sus reglas.

—Pero las cosas pueden cambiar, Diego.

—Lo mismo pensaba Fashanu, ¿no te acuerdas? No te olvides de él, era tu amigo.

—Cómo voy a olvidarlo. —Y Raúl se echó a llorar desconsoladamente.

Segundos después ya no se escuchaba nada y yo me había quedado tan helada como el agua de la bañera.

Me sequé apresuradamente a la vez que intentaba poner orden mental a todas las incógnitas que me planteaba aquella conversación. No tenía ni idea de qué estaban hablando. No entendía qué es lo que Raúl debía asumir y desconocía quién era Fashanu. Lo único que tenía claro era que en aquella conversación Diego había sido tajante pero dulce, contundente pero cariñoso, como cuando un padre regaña a su hijo con la intención de corregirle pero no de dañarle. Había escuchado a un Diego que me era ajeno, capaz de desarrollar una empatía que, hubiera apostado, desconocía. Y, sin duda, el tema de aquella conversación debía ser muy importante para que un hombre frío y cruel como Diego dejara aflorar su parte más humana y para que Raúl estuviera afectado hasta el llanto.

Me salté la cena, esa noche me alimenté de curiosidad periodística, y comencé a investigar, ayudada por Internet, por el único dato que conocía, el nombre de Fashanu, con la intención de tirar del hilo.

Tecleé en el buscador «Fasanu», tal y como la había escuchado, desconociendo la incorrección ortográfica y si se trataba de un nombre o de un apellido. Automáticamente, el ordenador me corrigió el error ortográfico y me indicó que había sesenta y dos mil cuatrocientas entradas con ese nombre y que parecía corresponder al apellido de un tal Justin. Y así, a vista de pájaro, pinché sobre una de las primeras entradas sin ser consciente, en aquel momento, de la relevancia de lo que iba a leer.

Justin Fashanu (19 de febrero 1961 – 2 de mayo 1998) Conocido como el primer futbolista negro valorado en un millón de libras en el fútbol inglés y el único jugador profesional de fútbol del mundo, hasta la fecha, que reveló, en 1990, su condición homosexual.

Inglés, de origen nigeriano, Fashanu comenzó su carrera deportiva en 1978 en las categorías inferiores del Norwich City. Pronto destacó como un gran delantero y fue traspasado al Nottingham Forest de Brian Clough por un millón de libras, cifra esta que marcó un récord de traspaso para la época de un jugador negro en el Reino Unido. Pero allí, la relación con su entrenador Brian Clough, no fue buena.

Era conocido por todos que Fashanu frecuentaba locales de ambiente gay y, en el año 1990, hizo pública su homosexualidad concediendo una entrevista exclusiva a *The Sun*, donde afirmó haber tenido una aventura con un miembro del parlamento inglés, conservador y casado.

El propio Brian Clough, que nunca lo aceptó, reconoció en su biografía haber tenido una conversación al respecto con Fashanu que decía así:

«Si quieres una barra de pan, ¿a dónde vas? Al panadero, supongo. Si quieres una pierna de cordero, al carnicero...Entonces, ¿por qué sigues yendo a esos malditos clubes de maricones?»

Tras su salida del armario tuvo que soportar la intolerancia del mundo del fútbol con respecto a la homosexualidad, los chistes maliciosos de sus compañeros en los vestuarios, el rechazo de entrenadores como Clough y los gritos de «maricón, maricón» en los terrenos de juego.

El que fuera el autor del gol del año en 1980 ante el Liverpool, vio marcada, sin duda, su carrera profesional por su condición sexual.

En 1998 fue acusado de abusos sexuales por un joven de 17 años, pero aunque ni siquiera fue detenido, el equipo que entrenaba, el Meryland Mania en EEUU, lo despidió. Este hecho le marcó profundamente, hasta el punto de que, un mes más tarde, el 4 de mayo de ese mismo año, fue encontrado ahorcado en un garaje de los suburbios londinenses con una nota de suicidio que decía:

«Me he dado cuenta de que ya he sido declarado culpable. No quiero dar más preocupaciones a mi familia y a mis amigos. Espero que el Jesús que amo me dé la bienvenida; al final encontraré la paz».

Ahora sí que no entendía nada o, mejor dicho, comprendí que los que entendían eran ellos. ¿Serían ciertas mis deducciones? Si lo eran, Raúl y Diego estaban guardando un secreto absolutamente inconfesable en el mundo del fútbol, un secreto que, de revelarse, podría tener consecuencias muy nocivas para ambos. Eran dos hombres que mantenían una relación homosexual en un entorno absolutamente homófobo e hipócrita, donde nadie se rasga las vestiduras por hablar públicamente de dopaje, excesos, juergas descontroladas, partidos amañados o negocios turbios, pero donde el dedo acusador no duda en señalar para fustigar a quien tenga el valor de declararse homosexual. En el fútbol, de eso, sencillamente no se habla, aunque haberlos, los hay, como en todas partes.

Sabía que Diego era un hombre divorciado y con dos hijas. Y, hasta aquel día, lo achacaba a que, con su carácter, no habría mujer en el mundo que soportara estar con él. Pero, aquella forma de ser tan ruda y desagradable, no me hubieran llevado jamás a conocer su auténtica condición sexual. Supongo que yo misma estaba razonando guiada por prejuicios estúpidos.

Raúl, por su parte, era introvertido hasta el extremo. Tanto, que resultaba muy complicado asomarse a su mirada y jugar a adivinar algo más que no fuera una gran insatisfacción interna que ahora cobraba sentido. Conocía poco de su vida, tan sólo que había sido jugador profesional años atrás. Jugó como defensa durante su juventud, sin demasiada gloria, en distintos equipos europeos. Vivió en Francia, Italia y también en Reino Unido donde, supuse, debió conocer a Fashanu.

Los dos llegaron juntos al Real Triunfo, Raúl de la mano de Diego, quien, en uno de sus constantes viajes supuestamente profesionales, encontró a su compañero y se lo trajo consigo como el Director Deportivo de su equipo. Desde el momento de su llegada el secreto les hizo herméticos, con una vida de puertas hacia dentro y una mentira de puertas hacia fuera.

Quizá cada uno de ellos había digerido ese gran secreto, mantenido a lo largo de los años, de una manera distinta. Debe ser muy difícil negarte a tu propia identidad como si el sólo hecho de existir fuera tu mayor pecado. Ahora de alguna manera me sentía cercana a ellos porque, si había algo más complicado que ser una mujer en aquel lugar eso, sin duda, era ser un homosexual.

El día siguiente amaneció lloviendo. Faltaban pocos días para empezar el triste y frío mes de noviembre y en aquella ciudad parecía haberse instalado ya el invierno. Era un domingo gris en la habitación de un hotel a más de seiscientos kilómetros de casa y, además, era día de partido. Los periódicos recogían en sus páginas, tal y como yo esperaba, el público desencuentro de Laura con algunos de los jugadores de la plantilla el día anterior en el hall del hotel. Al menos en aquella ocasión no había sido solamente Conrado el encargado de rebuscar en el contenedor de los desperdicios algo que publicar y, aunque no fuera demasiado profesional, sí era humano y me produjo mucha satisfacción pensar que aquello le habría fastidiado. Claro que, aunque no fue el único, sí fue el más incisivo en su columna de opinión.

«El motín»

«Un motín a bordo del autobús del Real Triunfo es lo que ocurrió ayer mismo, a escasas horas del partido de hoy, decisivo para arañar puntos en la carrera de ascenso en la tabla de clasificación. Un motín secundado por la inmensa mayoría de los miembros de

la plantilla del equipo que, hartos de ser castigados por pecados
que otros han cometido, decidieron desobedecer a su Presidenta,
Laura Prado, que les había ordenado que vistieran uniformados
con el traje de chaqueta oficial del equipo.

Prado, que se estrena esta temporada en su cargo, parece no
haberse sabido ganar el respeto del equipo. Lo ocurrido ayer no es
más que otra muestra de que Laura Prado no tiene bajo control a
sus chicos que lo mismo le montan una imprudente fiesta en un
hotel hasta altas horas de la madrugada con desagradables consecuencias, que le desacreditan en el hall de otro hotel a la vista de
todo el público allí presente. ¿Qué será lo siguiente?

Mucho me temo que la experiencia de esta mujer de negocios
en el mundo del fútbol no está siendo como ella la imaginaba y
que este desgaste de imagen, de continuar por el mismo camino,
puede pasarle factura».

Pero, aunque sólo fuera como consecuencia de cierto equilibrio
cósmico, no todo podía ser negativo. Ganamos aquel partido en una
espléndida segunda parte gracias a un gol de Israel que sentenció el
encuentro y que pasaría a la historia como uno de los más bonitos de
la temporada. Una preciosa jugada de equipo donde el delantero marcó de cabeza con poco ángulo, fue la que devolvió a Israel a la gloria
cuando, muy poco antes, la afición le estaba quemando en los infier-
nos. Y la vuelta a casa con un triunfo en el equipaje anestesió cualquier
otro sentimiento. La memoria del fútbol es muy corta y convierte a los
villanos en héroes en el mismo instante en que el balón toca la red.

Raúl y Diego viajaron juntos, sin ni siquiera imaginar que ya conocía su secreto. Yo logré esquivar la compañía de Basilio una vez más.
Israel encontró compañero de viaje con facilidad porque ya había redi-
mido sus pecados y, todos juntos, esta vez sí, a bordo de un avión, nos
preguntábamos qué estaría pasando en el autobús en el que viajaban
de vuelta a casa, los rebeldes que no quisieron obedecer a Laura y
vestir el traje de chaqueta.

Las primas

A aquella brillante victoria le siguieron dos jornadas más de mediocres empates y otras dos decepcionantes derrotas. Las matemáticas son una ciencia exacta y no entienden ni de pasiones ni de romanticismo y los números nos auguraban un futuro poco alentador para el objetivo del ascenso. Por cada empate solo sumábamos un punto en nuestra clasificación y, por supuesto, ninguno en las derrotas, lo que producía que los ánimos estuvieran fríos, gélidos, tanto como el temporal de nieve que azotaba el país aquellos días. A pesar de todo, la afición seguía acudiendo en masa al Estadio El Grande. Ni siquiera las bajísimas temperaturas disuadían a un público cuya fe era sólo comparable a la devoción religiosa. Semana tras semana, niños, mayores y ancianos, peregrinaban envueltos en sus bufandas y gorros del Real Triunfo hasta su estadio. Coreaban sus cánticos y vítores todos en una sola voz y vibraban hasta el éxtasis con los goles de su equipo. Pero ni todo aquel calor humano ni aquella demostración de incondicional entrega, conseguía despertar al equipo de aquella especie de letargo en el que parecía estar sumido en las últimas semanas. El único analgésico eficaz para nuestro mal eran las victorias.

Tras los árbitros, los segundos grandes culpables universales del mal funcionamiento de un equipo, son siempre los técnicos y Ariel lo sabía muy bien. Los entrenadores son como los domadores de leones, su deber consiste en mantener a ralla a veintitrés fieras para que, en primer lugar no se ataquen entre ellas, las luchas de egos pueden ser muy peligrosas, en segundo lugar, consigan trabajar, a ser posible, en equipo y, por último pero no por ello menos importante, le respeten como el jefe y tomen su criterio en el juego como el único válido para la victoria. Me divertía pensar que Ariel tenía más el aspecto de un domador de circo que el de un entrenador de fútbol que había cambiado el látigo por el mate.

—¿Vos creés, mamita que esta panda de pelotudos ganarán el encuentro del domingo? —me preguntó aquella mañana de entrenamiento, como pensando en voz alta.

—Eso espero Ariel —le dije.

—Eso espero yo también. No me gustá ni un pelo que canten mi nombre diez mil personas para invitarme a marchar, ¿sabés? Me dan ganas de gritarles a esos cobardes lo mismo que dijo mi «Dios» —refiriéndose a Maradona— ¡Que la chupen! ¡Que la sigan chupando! Con perdón de la dama, me entendés.

—Lo comprendo, supongo que no debe ser nada agradable, pero no deberías adelantar acontecimientos, quizá la suerte esté de nuestra parte la próxima jornada, además, jugaremos contra los últimos en la clasificación y ellos están peor que nosotros, ¿no?

—No podés contar con la suerte, es un amante muy infiel, ni tampoco debés subestimar al enemigo, mamita. En el campo no estamos solos. La rabia de quien no tiene nada que perder es más peligrosa que el mejor de los delanteros del mundo.

—Ya, eso también. —Me quedé reflexionando.

—¡Venga boludos! ¡No paren y sigan corriendo! —les increpó a los jugadores que aprovechaban que Ariel hablaba conmigo para reducir el paso en las carreras de calentamiento.

—Bueno, tengo que seguir —le dije—. Te hago una foto para la página web y te dejo con el entrenamiento, ¿vale? Sonríe.

—Vos tenés suerte de que no tenga veinte años menos. Debés tener más fotos mías que del novio. —Y me dedicó una sonrisa picarona y un poco forzada para la foto envuelta en su galanteo argentino.

—Pues sí, ahí llevas razón, mira, entre otras cosas porque no tengo novio. Estoy por ponerme una foto tuya en mi cartera, ya ves.

—Pero, ¡por Dios! —exclamó— qué pasá en este país, una mujer tan relinda como vos y sin novio…. Bueno niña, vos no desesperés, siempre tendrás a este viejo argentino si me necesitás. —Y volvió a ser el Ariel de siempre, aparcando su preocupación por un momento.

—Ya lo sé Ariel. Me quedo mucho más tranquila —le dije.

Y le devolví una sonrisa irónica y cómplice sabiendo que le encantaba jugar al juego del galanteo conmigo, pero le noté afectado. En los últimos dos partidos, los de las derrotas, todavía no habían transcurrido ni diez minutos de la primera parte cuando la afición se puso en pie y empezó a corear, «Ariel vete ya, pibe vete ya». De aquellos cánticos a la destitución fulminante había muy poca distancia. Las destituciones suelen producirse con alevosía y nocturnidad. Son más bien decisiones en caliente, tras un partido fracasado, muy influenciadas por una afición tan enfadada como irracional que pide una cabeza que cortar para calmar su profunda insatisfacción. Ariel era hombre de fútbol, nacido en la tierra donde este deporte es elevado a la categoría de religión, y conocía muy bien las consecuencias de aquellos cánticos contra su persona. Era cuestión de tiempo y del grado de paciencia de Laura que, quizá por ser una presidenta peculiar, sopesaría especialmente decisiones tan drásticas como aquella.

Pero lo que estaba claro era que algo había que hacer para darle un giro al equipo. De alguna manera había que motivar a aquel grupo de hombres para que sacaran la rabia de dentro y la volcaran en el juego. Y no hay nada que motive más a un jugador de fútbol que el aroma de una suculenta prima, y si eso no lo consigue, es muy probable que ninguna otra cosa lo haga.

Laura ordenó una reunión para poner sobre la mesa ese tema. Las cuentas del club no estaban precisamente boyantes tras algunos negocios fallidos y tras los gastos excesivos en la contratación de jugadores «vedetts», difíciles de rentabilizar, como había demostrado la experiencia. En la reunión estábamos todos, Laura, Diego, Raúl, Basilio y yo. Me senté a la derecha de Laura, que presidía la gran mesa de roble de su despacho e hice lo posible para que la silla de al lado la ocupara Raúl. Basilio, frente a mí, intentaba desplegar todo el aire de superioridad que era capaz de fabricar su enorme ego. Se hinchaba como un palomo, supongo que para impresionarme, cuando lo que realmente yo sentía era repulsión. Diego se sentó frente a Raúl y en sus miradas, concientemente reprimidas, adivinaba su lenguaje secreto. Había aprendido a mirar al implacable Diego con otros ojos. Tras conocer su secreto, del que era esclavo, me sorprendí a mí misma justificando sus despiadadas acciones. Sé que no era justo y que hay cosas que son injustificables, pero sentía lástima de aquel hombre que no era más que la víctima de sí mismo.

—Por favor Basilio, ¿puedes apagar el puro? —inicié la reunión de una forma un tanto atípica intentando reprimir el impulso de aplastarle el puro en la cara.

—Claro, nena, lo que tú mandes.

—A este paso, voy a tener que empezar a exigir la aplicación de la Ley antitabaco —le dije con mucha sorna.

—¡Uy! Qué legalista nos ha salido la directora de comunicación —me respondió en el mismo tono. A estas alturas nuestras diferencias eran ya tan evidentes como insalvables. Pero, mi actitud hostil, lejos de incomodar a Basilio, parecía motivarle. No cesaba en su sutil acoso a mi persona.

—¿Empezamos, o van a seguir ustedes con la charla? —nos interrumpió Laura con buen criterio porque, de lo contrario, no hubiera podido controlarme mucho más tiempo. Basilio conseguía aflorar lo peor de mí.

—Diego por favor, ponnos al día sobre la situación económica en la que nos encontramos —le indicó.

Estamos absolutamente deficitarios. Exactamente en números rojos. —contestó.

—Pero, ¿las subvenciones públicas todavía no se han recibido? —preguntó Laura conocedora de las importantes cantidades que se destinaban, como a todos los clubes, a sustentar entidades deportivas.

—Todavía no. Deberían hacernos el ingreso en los próximos días, antes de fin de año, que es la fecha tope, pero de las administraciones no te puedes fiar para cobrar. Estuve hablando con alcaldía y me confirmó que, en principio, todo seguía igual, tal y como se estipuló en el contrato, pero hay rumores de que las arcas municipales están incluso peor que nosotros y que muchos de los pagos se prorrogarán al próximo ejercicio, eso con suerte.

—Encárgate de estar encima de ese asunto. Necesitamos el dinero. Y, ¿qué hay del Gobierno autonómico? —siguió preguntando Laura.

—Exactamente lo mismo o peor, si cabe, porque ahí acuden otros clubes de la comunidad y somos más a repartir. No te preocupes, Laura que estaré también encima de ellos para que nos tengan los primeros de la lista.

—Bien. Raúl, por favor, preséntame en breve un informe sobre la conveniencia o no, según tu criterio, de hacer uso del mercado de invierno y, en caso de ser afirmativo, quiero nombres y cifras. Quiero saber con qué gasto me voy a encontrar y con qué ingresos puedo contar.

—Sí, claro. —Asintió Raúl con la cabeza.

—Basilio, ¿Tienes alguna gestión de marketing que nos pueda aportar algún ingreso?

—Pues algo tengo entre manos, algún negocio que espero que cuaje a primeros de año. Tengo amigos interesados en patrocinar al equipo con publicidad en la trasera del pantalón de los jugadores y de ahí podemos sacar un buen pellizco.

—Pero, ¿hay algo cerrado?

—Bueno, estamos hablando como caballeros, ya me entiendes, Laura. —Y le dedicó una sonrisa intentando hacerse el interesante hombre de negocios que realmente no tenía nada cerrado.

—Quiero sobre mi mesa un informe sobre la empresa que pretende el patrocinio y las condiciones de la propuesta publicitaria que le has ofertado. ¡Ah!, no olvides incluir un nombre y un teléfono de contacto, ya me entiendes, Basilio. —Y le devolvió la sonrisa.

A Laura no le gustaban nada los trapicheos de Basilio, sin contratos de por medio, sellados con apretones de manos que, al menos en el caso de nuestro director gerente, tenían el mismo valor que el papel mojado. Diego, encargado de supervisar las entradas y las salidas de dinero en el club, conocía muy bien los reiterados incumplimientos de aquellos contratos verbales de los que era especialista Basilio, eso sí, con su conocimiento y consentimiento.

—Una cosa, Laura, la empresa encargada del mantenimiento del césped nos reclama sesenta mil euros de la temporada pasada y el personal eventual del club, los porteros y demás personal que trabajan los días de partido, no han cobrado tampoco los tres últimos encuentros —indicó Diego.

—Pero, ¡cómo es posible esto! —Se indignó Laura, harta de heredar deudas incomprensibles de su antecesor en el cargo y un sistema de gestión que ni era sistema ni gestionaba.

—Bien, —dijo— en cuanto ingresemos las primeras subvenciones, paga a los del césped y, en cuanto a los trabajadores hazlo inmediatamente, con lo que se recaude de taquilla el próximo partido. No quiero que estas cosas manchen el nombre del club. Debemos tener una buena gestión si queremos ser un club de primera. Esto no es un cortijo, ¿me entienden, señores? O por lo menos, va a dejar de serlo.

Junto con la marcha deportiva del equipo, la gestión interna del Real Triunfo era uno de los caballos de batalla de Laura. No podía consentirse que en aquel corral hubiera tanto gallito dispuesto a ser el amo y señor. Laura era una mujer de negocios con una mente analítica y estructurada que ahora era la encargada de gestionar el caos que suponía, a niveles administrativos, aquella sociedad deportiva sumida en la más pura de las anarquías. Era su primera temporada y las cartas con las que jugaba, llamadas Diego y Basilio entre otras, le habían venido impuestas, por ello tuvo que jugar muchas veces de farol. Otras veces simplemente se hacía la tonta, como si no se enterara de lo que ocurría a su alrededor, confiando en que ni Basilio ni Diego, alcanzaban a comprender que para hacerse el tonto hay que ser muy listo.

La reunión acabó con la conclusión de que si la situación deportiva no era buena, todavía era mucho peor la financiera. Necesitábamos el balón de oxígeno de las subvenciones públicas que aún estaban por llegar pero, mientras las esperábamos, las primas debían salir de los bolsillos privados de los miembros del Consejo de Administración. Pero los Consejeros suelen ser muy amigos de sacar pecho, salir en la foto, calentar el asiento del palco e invitar amigotes a los encuentros, pero muy poco de rascarse el bolsillo. Laura, como máxima accionista del Real Triunfo, era consciente de ello, muy a su pesar y, sabiéndose además, poco respaldada como presidenta, decidió actuar tal y como se sentía, en solitario. Laura Prado, adelantaría a los jugadores y cuerpo técnico una nada despreciable prima por cada uno de los partidos ganados en los próximos tres encuentros.

Así, de esta manera, aparecía en escena el aliciente estrella de los clubes de fútbol, una medida para intentar enmendar el trabajo mal hecho por un equipo, trabajo por el que, además, ya cobran muchísimo dinero. Un premio por no fracasar. Un premio para mediocres que no conocen la satisfacción del trabajo bien hecho en sí mismo, mientras otros, como porteros y personal eventual, se acercaban a las Navidades sin haber recibido sus mínimos honorarios. La noticia, que lejos de parecerme buena, y mucho menos lógica y coherente, se daría a conocer en rueda de prensa el día siguiente.

Basilio

Estaba de mal humor. Tras la reunión del día anterior tenía la sensación de haber perdido el tiempo a lo largo de mi vida. Si volvía a nacer elegiría ser hombre y me dedicaría al fútbol. Trabajaría dos horas al día, me jubilaría antes de los treinta y cinco y con el dinero ganado, viviría de mis inversiones el resto de mis días. Viajaría por el mundo y sería un ídolo de masas deseado por las mujeres y me pasearía, por ahí, subido a un descapotable del color de la despreocupación más absoluta. En lugar de eso, era una mujer que luchaba contra su reloj biológico por culpa de dedicarme en exceso a labrarme un presente y un futuro profesional. Me había pasado la mitad de mi vida estudiando. Mientras lo hacía, había soportado trabajos insufribles que me permitieron pagar el alquiler de un pequeño apartamento compartido. Tras mi licenciatura trabajé de sol a sol por poco más de mil euros al mes, e incluso gratis, por el placer y la necesidad de aprender. Había soportado jefes babosos, compañeros arpías y despidos injustos que llamaron improcedentes. Conocía muy bien la incertidumbre de quien está parado y nunca jamás me premiaron por cumplir con mi deber, es más, la mayoría de veces ni me lo agradecieron. Ahora, estaba a punto de celebrarse la rueda de prensa en la que Basilio daría a conocer a los medios de comunicación la decisión de conceder una prima a los jugadores y eso me enfurecía.

Me había puesto ya el abrigo para salir de casa y rebuscaba las llaves del coche en el caos de mi bolso cuando sonó el móvil del trabajo. No era frecuente que alguien llamara tan temprano y menos un día que estaba ya todo organizado. Era Laura.

—¿Sí?

—Nos la ha vuelto a hacer —me contestó.

—¿De qué hablas?

—De Basilio.

—¿Basilio? No te entiendo, por favor, Laura, explícate que me estás empezando a poner nerviosa.

A veces Laura pecaba de misteriosa en sus conversaciones. Yo, quizá por aquello de ser periodista, siempre daba todo lujo de detalles en mis explicaciones. Cumplía al pie de la letra aquello del quién, dónde, cuándo y hasta el por qué. Así que me desesperaba cuando tenía que jugar a las adivinanzas y especialmente aquella mañana que no me acompañaba el humor.

—Basilio ha reventado la rueda de prensa de hoy y le ha filtrado al impresentable de Conrado todos los detalles de las primas.

—¿Qué ha hecho qué? El muy hijo de... —Y apreté los labios.

Si me faltaba algo aquella mañana era lo que estaba escuchando. No es que fuera más grave que el resto de las ocasiones, pero sí era la definitiva, al menos para mí. Me tenía harta. Todos tenemos nuestros límites y conviene conocerlos para saber el precio que pagaremos si los rebasamos. Pero, qué estaba escuchando al otro lado del teléfono. Era Laura que no dejaba de reírse. Francamente, no era capaz de verle a aquella situación la parte divertida.

—¿De qué te ríes, Laura? Esto no tiene nada de gracioso —le dije molesta.

El director gerente del club era un chivato de Conrado y a la Presidenta le hacía gracia. No entendía nada.

—Todo lo contrario, María, realmente es muy gracioso. El idiota de Basilio ha picado el anzuelo. ¿No lo entiendes? Le hice estar presente en la reunión solo para que supiera lo que allí se iba a hablar. Él no me hacía falta para nada, con hablar con Diego me era más que suficiente, pero quise ponerle a prueba y corroborar mis sospechas. Luego te ordené a ti que prepararas la rueda de prensa para hoy y que omitieras el tema que se iba a tratar en ella porque quería que fuera sorpresa. Con todo eso le puse en bandeja una primicia para que se la filtrara a Conrado.

—Vaya —le dije asombrada— un plan muy inteligente.

—Muchas gracias.

—Pero, ¿has pensado en los daños colaterales?, ¿qué va a pasar con la rueda de prensa? —le dije preocupada porque sabía muy bien que el resto de compañeros de los medios de comunicación estaban al límite de su paciencia con respecto a estas filtraciones, al igual que lo estaba yo.

He pensado en todo. Tranquilízate. En circunstancias normales hubiera sido yo misma quien diera esa rueda de prensa, al fin y al cabo el dinero de las primas va a salir de mi bolsillo, ¿no?, pero le dije a Basilio que prefería no parecer pretenciosa y le pedí que fuera él, tan acostumbrado a las cámaras y los micrófonos, quien se expusiera a la prensa. Hoy Basilio será el cazador cazado—. Y volvió a soltar una carcajada cargada del placer de la victoria.

No salía de mi asombro. Ni por un momento adiviné los planes de Laura. Sí había aprendido a aquellas alturas de la película que Laura no dejaba nada a la improvisación. Aquella rubia tenía un cuerpo de infarto y una mente precisa y me lo había demostrado una vez más.

Llovía a cántaros y esa mañana se suspendió el entrenamiento. Los jugadores realizaban ejercicios en el gimnasio del Estadio y estudiaban alguna jugada estratégica mientras repasaban vídeos con Ariel. Lo primero que hice al llegar a mí despacho fue pedirle la prensa a Salvador.

—Hoy viene calentita, Srta. Moreno —me comentó mientras me entregaba el montón de periódicos.

—Sí, algo me han adelantado ya, Don Salvador —le dije con una sonrisa para recordarle que debía tutearme o yo le trataría a él de don, algo que odiaba.

—Vale, María —me dijo mientras me sonreía— que tengas un buen día, ya vuelvo más tarde.

—Te espero.

Me apresuré a buscar el artículo de Conrado y allí estaba.

Incentivos para la victoria

La presidenta del Real Triunfo F.C., Laura Prado, sabedora de la imperiosa necesidad que en estos momentos tiene el equipo de encadenar victorias tras los fracasos de las últimas jornadas, ha decidido motivar a sus jugadores con unos suculentos incentivos en forma de prima por cada uno de los partidos ganados en las próximas tres jornadas. Según fuentes del club, a pesar de la delicada situación económica que atraviesa la entidad deportiva, la prima por jugador y partido será de cinco cifras y si el resultado es positivo, no se descarta tomar más medidas de este tipo para futuras jornadas.

La noticia no ha sentado demasiado bien entre algunos colectivos del Real Triunfo. Los trabajadores eventuales del club, que llevan varias jornadas sin percibir su sueldo, califican esta decisión de «agravio comparativo» con respecto a su trabajo, de vital importancia en cada uno de los encuentros.

Además, los distintos acreedores de la entidad, que no son pocos, han manifestado a este diario que «si hay dinero para primas que lo haya también para pagar las deudas».

Parece que Laura Prado no termina de satisfacer a todos los triunfadores, ni siquiera a una mayoría de ellos, a pesar de su empeño por hacerse un hueco en la presidencia del histórico club de fútbol.

Esta iniciativa tomada ayer en una reunión de urgencia, será presentada hoy ante los medios de comunicación en rueda de prensa prevista para las once de la mañana.

Efectivamente aquel artículo no solo reventaba la rueda de prensa sino que además, y como venía siendo habitual en la línea editorial de Conrado, atacaba directamente a Laura. Me resultaba increíble la maquiavélica habilidad que tenía aquel personaje para darle la vuelta a una buena noticia y convertirla en arma arrojadiza contra Laura. La presidenta era su objetivo era evidente, o tal vez Conrado tan solo obedecía las órdenes de su chivato como medio de pago por la información que este le proporcionaba… aún no lo tenía muy claro.

Respiré profundamente en un intento de retener en mis pulmones un instante de aquella calma que había en mi despacho. Me haría falta un par de horas más tarde en la rueda de prensa. Aquellas oficinas destilaban tensión por todos los rincones. Creo que nunca escuché a nadie reír, a excepción de Laura el día de la llegada de Israel y ya me sonaba como un recuerdo lejano. Tampoco se pronunciaban palabras amables y los tímidos y escasos «buenos días» parecían dirigidos al cuello de la camisa de quien las pronunciaba. Por eso me agradaba tanto encontrarme cada mañana con Salvador, porque era alguien sin más pretensiones que la de ser feliz. Para el resto, Salvador era un pobre hombre sumido en el fracaso pero, a mí me parecía un hombre sabio, poseedor de la sabiduría que solo la vida es capaz de enseñarte. Un deportista que, a pesar de perder la batalla, supo ganar la guerra, aprender de la derrota, un hombre fiel a sus principios y, sobre todo, un hombre fiel a sí mismo.

Alguien tocó a la puerta de mi despacho con los nudillos.

—Adelante —contesté.

—¿Se puede? —me preguntó Salvador asomando discretamente la cabeza.

—Estás en tu casa.

—¿Ya has terminado con la prensa?

—Sí.

—¿Vamos?

—Vamos —le dije.

Me puse el abrigo, cogí el paraguas y me marché con Salvador.

Los días de lluvia eran especiales para nosotros dos. Aprovechábamos que no solía haber entrenamiento para dejarnos abrazar por la grandiosidad del estadio. Era algo que Salvador me enseñó poco después de llegar al club, un día de tormenta estival. Nunca le contó a nadie más aquel ritual y a nadie más le hizo partícipe de él, excepto a mí. Quizá sabía que solo yo era capaz de apreciar el significado de aquello que no se compra con dinero como suele ocurrir con las cosas importantes de la vida. Salvador abría los pesados portones de hierro de la puerta cero de El Grande, atravesábamos los pasillos de acceso a los vestuarios que daban al túnel de salida al campo y allí estaba, un viejo gigante dormido como lo hace un volcán antes de cada erupción. El sonido de las gotas de lluvia sobre los treinta y cinco mil asientos del estadio hacía las veces de banda sonora en percusión de aquella estampa. El césped olía a mojado, a fresco, a puro. Ni siquiera el frío me impedía disfrutar del momento. Debajo de mi enorme paraguas, me acurruqué agarrada al brazo de Salvador, que se mostraba orgulloso de enseñarme su pequeño secreto de los días de lluvia. Caminamos hasta el centro mismo del campo. Me sentía chiquitita e insignificante pero, al mismo tiempo, protegida como cuando un padre te abraza y te asegura que todo irá bien. Podía sentir las vibraciones de aquel lugar, necesitaba sentir lo profundo de una inmensidad difícil de explicar para comprender lo superfluo de todo lo demás. Y allí, los dos juntos, sin palabras que adornaran ese instante, permanecíamos cada día de lluvia, en perfecta comunión con el Estadio El Grande.

Se acercaba la hora de la rueda de prensa y ya había dejado de llover. El día era gris como si al sol no le apeteciera asistir al bochornoso espectáculo que se iba a producir poco después. Los periodistas comenzaban a llegar como de costumbre para poder tener tiempo de instalar sus micrófonos y cámaras en la sala de prensa. Pero aquel día también pidieron explicaciones. Querían saber por qué el contenido de una rueda de prensa que todavía no se había celebrado ya estaba publicado en el diario *Noticias a fondo*. Querían saber por qué aquella situación se producía intermitentemente temporada tras temporada y, sobre todo, querían saber quién era la persona responsable de las filtraciones. Y yo les di la respuesta a todas sus preguntas tal y como me había pedido Laura que hiciera. Mi dedo acusador, ajeno a cualquier remordimiento, le puso nombre y apellido al culpable de aquellos despropósitos y de mi boca, todos los periodistas allí presentes, con la clara ausencia de Conrado, supieron que el chivato del Real Triunfo se llamaba Basilio García.

—Basilio, es la hora de la rueda de prensa, te están esperando.

—Ya voy, preciosa —me dijo confiado y sin sospechar que le iba a llevar a su propia trampa.

Sacó un frasco de colonia del primer cajón de la mesa de su despacho y se echó en las manos. Extendió la colonia por el pelo, intentando arreglarlo un poco, ajustó el nudo de su corbata y se subió los pantalones por encima de su prominente barriga. El olor de su colonia se solapó con el de su puro haciendo de aquella mezcla una desagradable sensación.

—¿Estoy guapo? —me preguntó.

—Estás ideal —le contesté, con el cinismo que caracterizaban a nuestras escasas conversaciones, mientras pensaba que estaba ideal para morir mediáticamente.

—Pues vamos al lío, nena —y me cedió el paso haciendo un gesto con la mano.

—Gracias —le contesté mientras me relamía de placer anticipando lo que minutos más tarde iba a suceder.

Los pocos metros que separaban el despacho de Basilio de la sala de prensa se me presentaron como el corredor de la muerte. Sé que puede sonar dramático, pero de alguna manera yo era el verdugo de aquella ejecución pública. Había entregado en bandeja la cabeza del director gerente del club, a unos periodistas ávidos de venganza, cumpliendo así órdenes de la presidenta. Basilio, envuelto en su característico aire de soberbia, era una presa fácil para quienes antes habían sido sus víctimas y caminaba confiado hacia el final de su diseñada imagen en la prensa local. Después de aquello nada sería igual para él. Sería el principio de su declive. Saber nadar y guardar la ropa es algo fundamental que debe aprender alguien que ansía tener una impecable proyección pública y Basilio ya había pisado demasiados charcos.

La Sala de Prensa estaba vacía. Todos los periodistas esperaban fuera sin la más mínima intención de entrar. Hicieron un pasillo humano para recibir a Basilio. Las cámaras en el suelo en señal de protesta. No hubo fotos, ni imágenes, ni notas, ni grabaciones. Sí hubo pitos y abucheos al paso del director gerente, por si le quedaba alguna duda de que aquel plante era una protesta en toda regla. Estaban todos a una, algo ciertamente difícil en una profesión de mucha rivalidad. Alguien le tiró a la cara un ejemplar del *Noticias a fondo* y el resto aplaudió aquel gesto de reproche.

Basilio, con el rostro desencajado, intentaba balbucear algo ininteligible. La vergüenza le desmontó el personaje y dejó al descubierto al hombre mediocre que, sabedor de serlo, vive consumido por una gran frustración. Ese halo de grandeza que alimentaba su ego cada vez que era el centro de atención de periodistas y cámaras, se había esfumado en ese mismo instante. Ahora ya no le esperaban las cámaras sino tan solo las miradas de reproche. Y como suelen hacer los cobardes, se limitó a escapar y salir corriendo.

A partir de ese momento, volvió cierto equilibrio al Real Triunfo. Basilio contaba con el apoyo de Conrado y el periódico de mayor tirada local para el que trabajaba, sin embargo, tenía en clara oposición al resto de medios de comunicación de la ciudad. Por el contrario, Laura, que era evidente que no gozaba de las simpatías de Conrado, muy hábilmente había sido capaz de poner de su parte a todos los demás. De esta forma, el partido que Laura y Basilio habían disputado con la prensa había terminado con un empate.

Diego

Pase lo que pase la vida siempre continúa. El tiempo tiene la fea costumbre de no parar para esperarnos y somos nosotros los que debemos adaptarnos al transcurrir de sus días con más o menos acierto.

El mes de diciembre había llegado y en el Real Triunfo estábamos en pleno proceso de adaptación, al menos en mi caso. Tras siete meses en mi puesto en aquella mi primera temporada, que tal vez sería la única, todavía sentía que todo lo que allí sucedía me era totalmente novedoso. Por sorprendente que me pudiera resultar, según me contaron, situaciones como las que estábamos viviendo, se repetían cíclicamente a lo largo de los años en aquel mismo lugar y aunque los hombres solemos tropezar dos veces con la misma piedra, no me resultaba comprensible que se repitieran los mismos errores año tras año sin que nadie hiciera nada por remediarlo.

Laura tenía buena fe, al menos a mí me lo parecía. Le ponía entrega, sentimiento y una gran dosis de humanidad, que buena falta le hacía, a aquel negocio del fútbol con apariencia de deporte. Pero esa entrega por parte de la recién llegada, que nunca se pudo quitar la etiqueta de extraña, parecía no convencer demasiado a los allí instalados en sus reinos de Taifas. Las luchas de poder pueden resultar mucho más crueles y sangrientas que una batalla librada cuerpo a cuerpo. Pero Laura tenía un carácter tenaz, difícil de minar, al menos en ese aspecto de su vida. Era resistente como el roble pero flexible como el junco y por muy fuerte que soplaran los vientos en su contra, ella era capaz de doblarse pero nunca se quebraba. Claro que todos tenemos un punto débil, un talón de Aquiles, que nos parte en dos, irremediablemente, al mínimo roce. Los buenos estrategas saben muy bien que, ese algo que nos hace ser tan vulnerables como un bebé, no lo debe conocer nunca nuestro enemigo porque, de lo contrario, nos podemos dar por muertos. Laura lo sabía perfectamente quizá por eso nunca pude adivinar su punto débil hasta que ella misma me lo desveló meses más tarde.

Sin embargo sí conocía ya la debilidad de Diego y Raúl. Tenía en mi poder la más valiosa de las armas, la información, pero, había decidido guardarla en un cajón por si me resultaba útil en algún momento. Diego y yo trabajábamos juntos pero no revueltos. Él se sumergía en sus cuentas y contratos y yo me manejaba entre periódicos y televisiones. En principio nos movíamos en parcelas paralelas con ningún interés en común salvo que la noticia fuera de carácter económico, claro, y lamentablemente lo sería. Si bien siempre procuré que nuestros caminos no se cruzaran más allá de lo imprescindible, en honor a la verdad he de decir que, hasta el momento, no me había causado ningún problema. Yo simplemente no me sentía cómoda junto a él. Era como un sexto sentido, una intuición, una barrera imperceptible entre ambos, no lo sé muy bien, pero Diego me resultaba frío y distante, oscuro y perturbador y tras conocer su secreto, ese que le comía por dentro, pasé de sentir miedo a sentir cierta lástima por él, un cambio que, por otra parte, no creo que fuera para mejor.

Las primas ofrecidas por Laura no surtieron el efecto esperado. De los tres partidos para los que fueron pensadas, solo uno acabó con victoria, el siguiente con un empate y el último lo perdimos por goleada del contrario en nuestro propio campo. Parecía como si hubiéramos ido perdiendo fuelle jornada tras jornada, como si, al olor del dinero el equipo hubiera conseguido encontrar la motivación necesaria para arrancar y más tarde, ir desinflándose poco a poco.

Habíamos bajado de la barrera psicológica de la mitad de la tabla de clasificación. Del total de los veintidós puestos posibles, ocupábamos el número trece con tan solo veintiún puntos en nuestro poder. Demasiado lejos de los tres primeros, esos que rozan la gloria e invitan a desplegar a sus aficionados todo el romanticismo impulsivo del que son capaces. Ariel caminaba por la cuerda floja y todos vivíamos rodeados de un pesimismo colectivo difícil de vencer.

Aquella mañana Diego tenía una reunión con el alcalde de la ciudad. El club necesitaba dinero tanto como ganar partidos y las subvenciones públicas todavía no se habían ingresado en las cuentas del Real Triunfo a falta de quince días para finalizar el año. Había que presionar y Diego para eso era todo un maestro. Lo sorprendente fue que me pidió que le acompañara a aquella reunión. Me llamó para que fuera a su despacho, el mismo que siempre tenía las puertas cerradas.

El despacho de una persona dice mucho de ella. He visto lugares de trabajo anárquicos, donde el desorden imperaba como ley absoluta pero donde también había espacio para la libertad, para cierto grado de improvisación. Suelen ser los despachos de gente más creativa que metódica, con un espíritu libre que no se siente amenazada por cierto caos, es más, podría asegurar que hasta lo necesita para sentirse cómodo.

El de Diego era, sin embargo, un despacho ordenado y limpio rayando la neurosis. El orden como sistema de control más absoluto de una inseguridad tan profunda como patológica. El miedo disfrazo de pulcritud. Era frío a pesar de la calefacción y oscuro a pesar de la luz natural que entraba por las ventanas. La mayoría de los despachos del Real Triunfo no tenían luz natural, aquel era un privilegio que no todos parecíamos merecer en aquel lugar. Eran pequeños zulos con tanta humedad que a veces el aire se volvía irrespirable. El despacho de Diego estaba protegido por dos cerraduras. Una venía ya con la puerta, pero la otra, de seguridad, a modo de cerrojo, la instaló él mismo como si no se fiara de Salvador que era quien solía hacer esas chapuzas. Ni siquiera el despacho de Laura tenía dos cerraduras. La explicación que daba él ante estas exageradas medidas de seguridad, teniendo en cuenta que le club tenía un sistema de alarma, era que Diego manejaba documentación de vital importancia que, bajo ningún concepto, debía caer en manos de lo ajeno. Además, en la pared del fondo, justo detrás de la silla de su despacho, había colgado un falso cuadro. Un enorme escudo del club, bordado a mano por una aficionada, que servía para ocultar, tras de sí, una caja fuerte encastrada en la pared. Aquella caja de seguridad ocultaba en su interior tal cantidad de fajos de billetes que la primera vez que se abrió delante de mí me quedé tan parada, que no fui capaz de entender lo que aquello significaba. Salvador tenía copia de todas y cada una de las llaves que abrían las cerraduras del club, excepto de la caja fuerte y de las dos cerraduras de la puerta del despacho de Diego.

Toqué a su puerta y me dijo que entrara.

—¿Me has llamado? —le pregunté.

Sí, María. Coge tus cosas que te vienes conmigo a ver al alcalde —me ordenó.

—¿Y eso?

—Eso lo digo yo y punto.

—¿Lo sabe Laura? —pregunté buscando cierta garantía de que aquello no era idea suya exclusivamente.

—Ya sé que tú no mueves un dedo sin que Laura te dé permiso —me dijo en un tono muy inquisidor mientras me miraba a los ojos taladrándome con la mirada— pero creo que debes ir aprendiendo a hacer las cosas por ti misma, María, porque, de lo contrario, tienes los días contados aquí dentro. ¿Me has entendido?

Me sonó a advertencia, como si en su cabeza estuviera adelantando alguna jugada y el subconsciente de su lenguaje me diera alguna pista. Quise entender que en un futuro, más o menos lejano, habría movimientos en las piezas de aquel ajedrez y que yo, como peón que era, debía saber cómo posicionarme, bien con el rey o bien con la reina o, de lo contrario me sacrificarían en la batalla.

—No, si lo digo solo por si ella me necesita aquí esta mañana —me excusé haciéndome la tonta que era el rol que estaba acostumbrada a desempeñar entre aquella gente.

—No te va a necesitar. Le he sugerido que me acompañes a esta reunión. Sería interesante que tomaras nota de lo que allí se va a hablar y luego lo traslades a los medios de comunicación en un oportuno comunicado de prensa. Quiero que mañana la noticia de todos los diarios sea que el ayuntamiento todavía no nos ha pagado la subvención que nos debe. A estos políticos solo les importa lo que sale en los papeles. A ver si así nos pagan de una puta vez.

—Ah, ¡claro! Era por eso, ya entiendo —contesté aliviada. Por un momento pensé que Diego tramaba algo con intenciones bastante más oscuras—. Vale, eso está hecho.

El alcalde no era hombre de fútbol pero el cargo público obliga. Le gustaba más el baloncesto o el tenis, pero el deporte estrella de aquella pequeña ciudad era el fútbol y el equipo que levantaba pasiones era el Real Triunfo, por lo que se veía obligado a ocupar un asiento de honor cada quince días en el palco de El Grande, más por obligación que por placer. El populismo atrae los votos a las urnas y esa es una labor de fondo que hay que ir mimando, sin descuidar, a lo largo de cuatro años de legislatura. El fútbol mueve a las masas como pocas otras cosas son capaces de hacerlo y las masas votan y eso es algo que tenía muy claro el alcalde. Era un tipo afable en las cortas distancias pero con una imagen pública prepotente que difuminaba sus muchas cualidades personales. La política te hace pasar muchas veces por un filtro que te distorsiona irremediablemente, bien por obediencia a un partido, defendiendo posturas con las que quizá personalmente no comulgues, bien por la posible seducción de una peligrosa dama llamada corrupción, bien porque, sencillamente, diseñes un personaje público como defensa para el desgaste, que poco tiene que ver con tu persona. El caso es que yo había coincidido en numerosas ocasiones con él por motivos de trabajo e incluso tuve la oportunidad de hacerle una entrevista para el periódico en el que trabajé hacía ya dos inviernos, y me parecía un hombre con buen fondo metido a político, con todo lo que ello supone.

La reunión fue un tira y afloja entre dos titanes. Hubo muchas promesas por parte de uno y muchas exigencias por parte del otro. Tres cuartos de hora con más de lo mismo. Por parte del alcalde lo reproches era previsibles. Que si no había dinero en las arcas municipales, que si para qué contratábamos a jugadores tan caros en lugar de gestionar mejor el dinero y que si «papá ayuntamiento» no podía sacarnos de todos los problemas. Diego esgrimía la baza de la afición. Que si la población era mayoritariamente «triunfadora», que si el contrato estaba firmado desde primeros de año y de no cumplirlo, la afición quedaría muy decepcionada con su alcalde, que si eso se paga y que si no vale la pena por unos euros.

La conclusión fue que antes de fin de año se efectuaría el ingreso, algo que, por otra parte, es lo que venía estipulado en el contrato. Nada nuevo.

De vuelta al club, Diego tenía peor humor del habitual. Supongo que estaba enfadado por no haber conseguido una respuesta más contundente por parte del alcalde. Él conducía y yo iba en el asiento del acompañante. Su mirada enfurecida me provocaba pavor. En aquel silencio tenso que se interrumpía por algún bocinazo para increpar a los conductores, Diego barruntaba algo poco agradable en su cabeza a juzgar por los gestos de su cara y uno de sus puños cerrados, como si quisiera pegarle a alguien, mientras sujetaba el volante con la otra mano.

—Ya verás como paga pronto —le dije, metiéndome en un charco que no me correspondía, pero era incapaz de soportar el peso de aquel silencio.

—¡Tú qué coño sabrás! —me increpó.

— Es buen tipo y no creo que esto sea algo personal, simplemente tendrá muchos frentes que cubrir y a veces las cosas son solo cuestión de prioridades.

—Es un político —como si aquella palabra fuera suficiente para definirlo y no precisamente de manera positiva.

—¿Sigues queriendo que mande una nota de prensa? —le pregunté.

—Por supuesto, esa será la puntilla. Redáctala acusando al ayuntamiento de incumplimiento de contrato y yo te la firmo. No olvides usar un poquito de esa demagogia barata que tanto os gusta usar a vosotros los periodistas.

—Pero, ¿no debería firmarla Laura?, al fin y al cabo es la máxima autoridad del club —me atreví a preguntar.

—¿Qué coño no entiendes, María? ¿Eres tan tonta como pareces o es que te lo haces? —¡Uy! me había pillado—. Laura pasará y otros nos quedaremos. Este club no es para mujeres —y me miró, dándose cuenta de que estaba hablando con una mujer— al menos en su presidencia —matizó—¡Ah! Y cuando lleguemos dile a Israel que quiero hablar con él en cuanto acabe el entrenamiento. Ese cabrón… —Y enmudeció intencionadamente para que no escuchara lo que estaba pensando, en aquel momento, de nuestro delantero estrella.

Para empezar todo aquello me planteaba dos problemas. Uno, enviar una nota de prensa que, sin lugar a dudas, enfurecería a un alcalde. No conviene crearse ese tipo de enemigos en mi trabajo porque, de hacerlo, puedes pasar al ostracismo profesional con solo una llamada de teléfono. Y otro, bastante más inminente, me situaba en un dilema moral con respecto a Laura. ¿Debía contarle lo que me había pedido Diego? De no hacerlo, ¿suponía aquello posicionarme al lado de Diego y sus oscuras estrategias?

Me fui directa a mi despacho hecha un lío. Salvador me saludó amablemente, como siempre, pero le contesté con un desganado gesto con la mano. Quería desaparecer. Creo que el gran filósofo Nietzche estaba pensando en mí y en aquella misma situación cuando dijo su famosa frase «si miras al abismo, el abismo te devuelve la mirada». Allí estaba yo, al borde del abismo, mirándole a los ojos, sin saber muy bien qué hacer, si lanzarme a él y dejarme llevar de una vez por todas, o resistirme a sabiendas de que terminaría cayendo, como todos allí dentro en aquel submundo.

Me puse manos a la obra con la nota de prensa y minutos después ya la tenía en mis manos.

Oficina de Comunicación del Real Triunfo F.C.
Nota de Prensa
El Consistorio incumple lo pactado con el Real Triunfo

En el día de la fecha, el director financiero del Real Triunfo F.C., Diego Fernández, ha mantenido una reunión con el alcalde de la ciudad y miembros de su gabinete, con el fin de resolver el convenio de colaboración que el ayuntamiento firmó en su momento con este club de fútbol.

En dicho convenio, como viene ocurriendo desde hace más de tres temporadas, el consistorio se compromete a subvencionar económicamente a esta entidad deportiva, con el objetivo de fomentar el deporte rey en nuestra ciudad. El club, por su parte, ha puesto durante todo este tiempo, todo su empeño, dedicación y buen hacer de empleados, jugadores y afición, en organizar diversas actividades deportivas para todos los públicos, a lo largo del año en esta ciudad. Igualmente se ha prestado, sin ningún inconveniente, la imagen de los jugadores de este equipo para diversos actos municipales, labor esta que han realizado por el placer de satisfacer a la afición y, en definitiva, a los ciudadanos, sin tener ninguna obligación de hacerlo.

A pesar de todo lo expuesto, a falta de tan solo quince días para que finalice el año, fecha tope para recibir dicha subvención municipal, el Real Triunfo no ha visto compensado, de ninguna de las maneras, el esfuerzo de todo un año, poniendo, de esta forma, en una grave situación económica al club, que debe seguir cumpliendo con la sociedad y con sus acreedores.

En cualquier caso, el director financiero del Real Triunfo, confía en que, tras la reunión de esta mañana, se aceleren los trámite para poder saldar dicha colaboración, confiando plenamente en la palabra dada por el alcalde de esta ciudad.

De haber presentado esta nota de prensa en cualquier examen de la facultad, me hubieran suspendido seguro. Cuánta diferencia había entre el bucólico mundo del estudiante y el cruel y despiadado mundo del trabajador a las órdenes de mediocres con poder. Si Diego quería demagogia la tenía y si buscaba titulares en la prensa, estaban cantados. Se la presenté para que la leyera, me diera su visto bueno sobre si contenía la suficiente dosis de veneno y, de ser así, para que la firmara. Le gustó tanto como a mí me horrorizaba.

Pero la duda me comía por dentro y finalmente sucumbí a mi conciencia. Me estaba empezando a convertir en una de ellos y el abismo me estaba devolviendo la mirada. No podía darle la espalda a Laura y ocultarle todo aquello. Debía escuchar al corazón que es insobornable. Al fin y al cabo yo estaba allí gracias a la confianza que, sin conocerme apenas, Laura había depositado en mí, y la confianza es algo muy valioso, mucho más que cualquier puesto de trabajo. Así que la llamé por teléfono.

Dentro de aquellas oficinas desarrollé cierto grado de paranoia que me hacía desconfiar de todo y de todos. Algo que empezaba a preocuparme seriamente. Me preguntaba si los teléfonos podrían estar pinchados o si Diego estaba detrás de la puerta escuchando mi conversación. No sé si eran planteamientos absurdos que indicaban que todo aquello me estaba afectando porque, de natural, suelo pecar incluso de ingenua, pero, por si acaso, pensé que sería mejor llamarla desde el móvil y en un lugar lejos de allí a pesar de que Laura estaba en el despacho de al lado pero, si iba hasta él podría resultar demasiado sospechoso.

Se lo conté todo como quien cuenta al confesor todos sus pecados y espera redimirse. Me sentí aliviada. Le expliqué lo de la nota de prensa y todo lo que Diego tenía en mente para permanecer en el club sin que ella lo hiciera. Aquella pequeña parcela de poder lo era todo para él y si para conservarla tenían que rodar cabezas, rodarían. Laura comprendió mi situación y me agradeció, muy sinceramente, que la hubiera llamado. Sin embargo a ella no le había sorprendido en absoluto nada de todo aquello, es más, recuerdo que me dijo, «previsible, Diego es previsible» y me recomendó, para no tener problemas, que enviara la nota de prensa tal y como él me había ordenado.

Con solo un clic en el ordenador aquel mensaje presionando al alcalde para que nos considerara una prioridad en los pagos municipales llegó a todas las redacciones de periódicos, emisoras de radio y televisiones de la ciudad. A todas menos a una, la redacción del diario *Noticias a Fondo*. Basilio, a quien los compañeros de la prensa ya habían apodado, con una buena dosis de guasa, «Don Filtrator», recibió su merecido escarnio público y ahora, Conrado Martínez, iba a probar, por una vez y de mi mano, su propia medicina. Su periódico sería el único en no publicar aquella noticia al día siguiente sencillamente porque yo, concediéndome el placer de la venganza y desoyendo cualquier criterio de profesionalidad, había decidido no enviarle la nota de prensa. Ese sencillo acto de consecuencias imprevisibles, era mi particular respuesta a siete meses de puñaladas por la espalda y era también la prueba de que yo estaba cambiando en aquel lugar. Jamás me hubiera planteado hacer algo así antes de todo aquello pero, en el amor y en la guerra todo vale y yo estaba en plena batalla.

Mensajes y enfrentamientos

El entrenamiento terminó y me acerqué al vestuario para avisar a Israel de que Diego quería verle en su despacho. Desconozco qué asunto debían tratar pero me molestó especialmente que yo tuviera que hacerle el recado. Mi trabajo no pasaba por hacer los mandados a nadie y, menos, a un director financiero porque, puestos a enarbolar la bandera de los cargos, yo también era directora de comunicación, y jamás se me hubiera ocurrido pedirle a Diego que me trajera un café o que avisara a nadie de que viniera a mi despacho. Claro está que en todo aquello había una sustancial diferencia entre Diego y yo, él era un hombre y yo una mujer. En otras circunstancias no hubiera accedido a ello pero, mi cuota de atrevimiento ya la había consumido en el mismo instante en que llamé a Laura para contarle todo el entramado que se estaba cocinando a sus espaldas. La mañana había sido muy intensa y no me quedaban ni ganas, ni fuerza para un nuevo desafío por algo que solo dañaba mi espíritu feminista.

Los vestuarios de El Grande eran territorio vetado para mí y no porque no me hubieran invitado a entrar en numerosas ocasiones. Normalmente acumulaba alguna que otra gestión de los medios de comunicación que debía resolver con algún jugador o con el mismo Ariel. Los compañeros de la prensa me solicitaban entrevistas o invitaciones a actos públicos y yo debía trasladar aquellas solicitudes a sus respectivos destinatarios. Lo más sencillo hubiera sido hacerlo a través del teléfono pero, pretender hacerlo por el medio más rápido y simple, allí no era posible. La mayoría de los jugadores habían aprendido, como el perro de Paulov, a modo de estímulo y respuesta, que una llamada mía implicaba una gestión con la prensa o, lo que es lo mismo, un trabajo extra para ellos, por lo que optaban por no coger el teléfono incluso, los más osados, por desconectarlo directamente a partir de finalizar el entrenamiento. Por eso, si quería asegurarme de que los recados les llegaban personalmente, no me quedaba más remedio que plantarme, libreta en mano, en el rellano del vestuario y atacarles justo a la salida.

—¡No te quedes ahí fuera, María, pasa y me ayudas a rascarme la espalda! —me gritó uno de ellos repitiendo la misma gracia por enésima vez.

—¡Eso María, no te cortes! ¡Entra! —coreaban los demás.

—¡No tengas miedo nena, que puedo ser muy cariñoso! ¡Ven que te voy a hacer una entrevista en profundidad! ¡Ah, y no traigas micrófono que ya lo pongo yo! —me gritó otro con las consiguientes carcajadas del grupo.

—Pero qué estáis diciendo —les repliqué— si sois todos una panda de niñatos que todavía no sabéis lo que es una mujer de verdad. Ya quisierais vosotros que entrara…

—¡Hummm… Cómo me gustan las mujeres maduras! —Me pareció escuchar en la voz de Israel cuando Ariel interrumpió.

—¡Andate a la concha de tu madre! La Srta. Moreno es demasiada hembra para vos. Así que, ¡callate ya, boludo! Son todos unos pelotudos sin educación. —Y todos reían a carcajadas como niños pequeños en el patio del colegio.

Mientras daban rienda suelta a sus muchas hormonas y poco gusto, allí estaba yo, como en otras muchas ocasiones, en la puerta del vestuario escuchando las sandeces de un puñado de hombres encantados de haberse conocido y cuyas neuronas parecían haberse instalado, definitivamente, de cintura para abajo de su cuerpo.

Tenía alguna amiga y muchas conocidas que, en el mismo instante en que sabían que trabajaba en el Real Triunfo, hubieran dado cualquier cosa por ocupar mi lugar. Me solían preguntar por este o aquel jugador, por los coches que conducían, por la ropa que llevaban y también por lo abultado de sus contratos y por su estado civil. Al fin y al cabo siempre está abierta la veda para la caza de un buen partido y quién quiere casarse con el investigador de la vacuna contra el sida si un futbolista gana mucho más dinero. Así es la vida, una sucesión interminable de desigualdades.

Salió Israel, envuelto en un halo de perfume y con el pelo mojado. Se había peinado la melena hacia atrás lo que le resaltaba especialmente sus expresivos ojos oscuros. Bajo su brazo derecho sostenía un neceser y en la mano izquierda las llaves de su deportivo.

—Hola, princesa, dime cosas.

—Hoy no tengo nada de prensa para ti. Solo quería decirte que Diego quiere que pases por su despacho antes de irte.

—¿Diego? —Frunció el ceño.

—Sí, dice que es urgente.

—¿Está Laura en su despacho? —me preguntó.

—Pues sí, bueno, hace unos minutos estaba allí, si no se ha marchado en este rato que te he estado esperando… —le contesté un poco dubitativa, sin terminar de comprender muy bien el porqué me estaba preguntando por Laura si yo le hablaba de Diego.

—Vale, pero creo que tendremos que dejarlo para mañana, ahora mismo tengo mucha prisa. Dile a Diego que mañana vendré antes del entrenamiento y me pasaré por su despacho —me contestó con cara de circunstancia.

—¡Ah, no, eso sí que no, guapo! A mí no me dejes con ese marrón. Lo que le tengas que decir se lo dices tú mimo —le contesté enfadada y harta de que todo el mundo me considerara su recadera.

—Vaya qué genio. Perdone usted si la he molestado, Srta. Moreno. —Y sacó al Israel encantador al que nadie puede resistirse—. Es que si se lo digo yo me va a hacer entrar y de verdad que hoy no puedo. Seguro que contigo no se cabrea. Además, si me haces ese pequeño favor, solo hoy, te deberé una —me dijo mientras me guiñaba el ojo.

—Bueno, pero solo por esta vez. Me tenéis harta entre todos.

—Gracias, eres la mejor. —Me plantó un beso en la mejilla y salió al trote hacia su coche.

—¡Me debes una! —le grité—. ¡Y me la pienso cobrar!

Una vez más Israel se había salido con la suya con su embaucador encanto. Diego tendría que esperar hasta el día siguiente y yo debía decírselo, cosa que no me apetecía nada. La verdad es que yo también sentía curiosidad por conocer qué es lo que le tenía que decir Diego a

Israel y si el hecho de que este preguntara por Laura, significaba que guardaba cierto interés por ella, a pesar de todo lo ocurrido. Al fin y al cabo acababa de confesar que le gustaban las mujeres maduras. Supongo que todavía conservaba en mi interior un poco de mi espíritu romántico.

Laura me llamó y me dijo que me pasara por su despacho para ultimar algunos flecos que quedaban pendientes en la organización de la comida de Navidad que el club ofrecía cada año a los periodistas. Quedaban muy pocos días y como mujer detallista que era, quería ser ella misma la encargada de decidir el menú.

—Creo que el entrecot es una apuesta segura para la carne y el rodaballo es perfecto para quien prefiera pescado. Algo de marisco en las entradas y jamoncito del bueno que no falte, ¿no te parece?

—No sé, a mí me parece bien. Creo que tu criterio será mucho mejor que el mío. Al fin y al cabo tengo entendido que tienes negocios en Francia relacionados con la restauración —le dije intentando sonsacarle información sobre su hermética vida y aprovechando el ambiente distendido de la conversación.

—Veo que las noticias vuelan —sonrió—, pues sí, tengo varios restaurantes de comida española en el país de la «belle cuisine», ¿curioso, verdad? Francia, el paradigma de la exquisita cocina, se pirra por la tortilla de patata y el jamón de pata negra. Así de simple. Cuando yo era niña, al emigrar mis padres a Francia, abrieron una pequeña tasca donde daban comidas caseras a buen precio. Mi madre cocinaba y mi padre servía las mesas. Normalmente comían allí otros españoles que también habían emigrado. Era algo así como un pequeño paraíso de comida española, la de la abuela de cualquiera de ellos, en mitad de un país extraño. Allí la gente se sentía como en casa y además podía expresarse en su lengua materna. La verdad es que aquello no era nada refinado. Se servían lentejas, cocidos, tortilla de patata, paellas…lo que se cocina en cualquier casa de este país. Pero, eso sí, era muy entrañable. Y así crecí yo, entre fogones y olor a aceite de oliva. Pero pronto algunos franchutes empezaron a probar aquella comida y el negocio empezó a crecer. Ahora tenemos una cadena de restaurantes. ¿Sabes cómo se llaman?

—Cómo.

—«Ñ». La única letra del alfabeto que solo existe en nuestro idioma.

—Muy original.

—Gracias. Pero bueno, a lo que estamos, creo que así el menú quedará perfecto. Elegimos un vino tinto y otro blanco de la carta que tenga el restaurante y listo. ¿Ya has concretado cuántas personas van a venir?

—Normalmente se suele especificar que están invitadas dos personas por cada medio de comunicación. Más que nada para delimitar un poco la afluencia de gente. Suele ocurrir que hay medios que no aparecen por aquí en todo el año y ni siquiera cubren un solo partido pero que no se pierden una comida gratis, ya me entiendes.

—Bueno, gente con mucha cara hay en todas partes. ¡Ah!, se me olvidaba, prepárales una agenda con el escudo del club para hacerles un regalito. Conviene tenerlos contentos.

—¿Crees que vendrá Conrado? ¿Te lo ha confirmado?

En ese preciso instante que Laura me hacía aquella pregunta, a la que yo tendría que contestar, si no quería mentir, que Conrado estaría demasiado enfadado conmigo como para venir a confraternizar a una comida navideña, tocaron a la puerta. Era Diego.

—Perdona que te interrumpa, Laura, tengo al teléfono de mi despacho al presidente de la Liga de Fútbol Profesional. Dice que quiere hablar contigo y que es importante.

—Bien, pues pásame la llamada.

—No puedo pasártelo desde allí. Hay no sé qué problema técnico. Tienes que venir a hablar a mi despacho, si no te importa, claro —le explicó.

—Voy enseguida. Ahora mismo vuelvo, María.

Se levantó para acompañar a Diego. Yo no sabía si era normal que el presidente de la LFP llamara para hablar con la presidenta de un club, pero el tono de Diego era serio. Me sorprendía cómo mi querido director financiero era capaz de guardar las formas con Laura. Delante de ella Diego era la corrección absoluta, la caballerosidad en persona, el perfecto «gentleman», mientras que, a sus espaldas, la sed de poder y el deseo de destronar a la reina de corazones le transformaban en un tipejo de suburbio.

Sonó el teléfono móvil de Laura, que estaba sobre su mesa, y la pantalla se iluminó. Me acerqué, llevada más por la inercia que por la curiosidad, y pude leer «mensaje de 9». Automáticamente se accionó el interruptor de mi cabeza que daba rienda suelta a mis conjeturas. Israel tenía el dorsal número nueve y tal vez Laura utilizaba ese número para referirse al delantero de una forma discreta. Entonces recordé que, minutos antes, Israel me había preguntado por Laura cuando fui a darle el recado de Diego. Me moría de ganas por leer ese mensaje, seguro que era suyo. Pero, ¿y si volvía Laura en ese momento?, ¿y si me pillaba in fraganti cotilleando su móvil?. No debía hacerlo pero tampoco podía resistirme. Una cosa está clara, nunca dejes un secreto al alcance de un periodista porque, para nosotros, los secretos no existen si son dignos de contar. Cogí el móvil y el pulso se me puso a mil. Me agradó aquella extraña sensación de lo prohibido, era excitante. Me sudaban las manos y los nervios me volvían torpe con las teclas. Le di la confirmación a leer el mensaje y apareció en la pantalla:

«Lo dejamos para otro día. Diego me busca y me he marchado. Lo siento. Te compensaré».

Me satisfizo comprobar que mis sospechas eran ciertas y que el mensaje era de Israel y su contenido me invitó a las suposiciones. Suponía que Laura e Israel se habían dado una segunda oportunidad, que habían quedado para algo, tal vez para comer juntos, y así poder hablar de sus cosas. Suponía que Laura apostaba, en un alarde de valentía, quizá de inconsciencia, por una relación tan romántica como complicada y suponía también que todo aquello era un secreto, un amor clandestino y que, quizá, lo sería siempre.

Inmediatamente borré el mensaje, qué otra cosa podía hacer. Si lo dejaba allí, constaría como mensaje abierto y solo yo me había quedado aquel rato a solas con el móvil de Laura. Demasiado evidente. Era mejor que pareciera que nunca lo había recibido, a que pensara que yo lo podía haber leído, esos errores en las comunicaciones pueden ocurrir y me pareció la mejor excusa dadas las circunstancias.

Laura regresó al despacho con una expresión pensativa en su cara. Me dijo que la dejara, que le habían surgido gestiones urgentes que solucionar. Así que me marché ensimismada en mis pensamientos y la dejé a solas con sus gestiones y sus secretos.

—¿Le has dicho a Israel que venga a verme? —Me asaltó Diego en el pasillo dándome un susto de muerte.

—¡Qué quieres!, ¿matarme?, Menudo susto me has dado, no te he oído —le dije.

—Es que vas pensando en las musarañas —contestó muy desagradable—. Dime, ¿qué pasa con Israel que es tardísimo y no me coge el teléfono? —insistió.

—¡Ah, sí!, Israel, claro. —Se me había olvidado por completo darle el recado— Se ha tenido que marchar urgentemente, tenía asuntos que no podía demorar, cosas de familia, no sé —me inventé—. Dice que vendrá mañana a verte.

Diego guardó unos segundos de silencio que parecieron años y luego dijo en un tono sereno pero amenazante.

—Ese chaval no sabe dónde se mueve ni con quién. Luego vendrán los lamentos. —Y se marchó.

Casi prefería que Diego gritara y se enfureciera, me resultaba más humano y menos psicópata, al fin y al cabo, todos nos enfadamos alguna vez, pero que mantuviera esa calma tensa me producía escalofríos.

La mañana no dio más de sí y la tarde respetó mi merecido descanso. Pero el día siguiente fue de tal intensidad en aquella maraña de conspiraciones y secretos, reproches y enfrentamientos, que me hizo empezar a pensar que todo aquello no estaba hecho para mí.

Era viernes y día previo a un partido en casa. Aquella jornada se disputaría un sábado, lo que me permitiría tener el domingo libre. Esa era una de las pocas satisfacciones que me endulzaban la vida de tanto en tanto. Además, como era habitual, Ariel daría su rueda de prensa previa a cada encuentro para explicar a qué jugadores convocaría, qué opinión tenía del contrario o cómo se vive con la presión de saberse más fuera que dentro del club. Pero antes de aquello me quedaba disputar mi particular enfrentamiento con Conrado.

La mañana adelantaba unos cuantos rayos de sol a primera hora, algo que se agradecía especialmente en el frío y triste mes de diciembre. Parece que las cosas se ven menos grises si el sol está de tu parte. Como siempre comenzaba mi mañana con el café y los periódicos diarios. Con su inseparable gorra de trabajo y su enorme rastrillo para limpiar las hojas secas, Salvador lucía su cálida sonrisa de siempre, tan sincera que no encajaba en aquel lugar, dándome la bienvenida a un nuevo día en la anarquía del Real Triunfo. Recuerdo que aquella mañana me paré a mirarle unos segundos, mientras él, ajeno a mis pensamientos, se afanaba en su trabajo, y al observarle, deseé ser como él. Por un instante quise sentirme serena como él, satisfecha como aquel hombre que recogía hojas y libre, sobre todo libre, de cualquier ambición que hipotecara mi presente y mi futuro. Quería amar lo que hacía por encima de todo y de todos y alimentar mi rutina con ese amor como él tan bien sabía hacer. Quería aprender de Salvador el secreto de la felicidad.

Los titulares de la prensa no decepcionaron mis expectativas. El tema del día era extradeportivo como no podía ser de otra manera. El enfrentamiento entre el alcalde de la ciudad y el club local ofrecía la suficiente sangre como para escribir toda una semana. «Pulso del Real Triunfo», «El club local pone contra las cuerdas al alcalde» o «La deuda del ayuntamiento» eran alguno de los titulares más significativos. Pero para mí, lo más significativo era la ausencia absoluta sobre este tema en el *Noticias a Fondo* de Conrado. La venganza ya estaba consumada y me gustaba la sensación de vértigo que estaba experimentando. Miedo y placer se habían mezclado en un cóctel con efectos estimulantes. Miedo por la reacción de Conrado y también por el daño colateral que podría causarme a medio plazo el enfrentamiento con el alcalde. Y placer por el dulce y adictivo sabor de la venganza al que me estaba enganchando. Pero todas las drogas tienen sus efectos secundarios y la venganza no era una excepción y no tardaría demasiado tiempo en pasarme su factura.

Sonó el teléfono. Me llamaban desde recepción. No sabía quién podía ser porque a esas horas no había llegado el personal administrativo.

—¿Sí? —pregunté.

—María, el Sr. Martínez va para tu despacho —me dijo algo nervioso Salvador que estaba al otro lado del teléfono.

—El Sr. Martínez. —Me quedé pensando—. ¿Qué Sr. Martínez?

—Conrado, el periodista. Está muy enfadado. No he podido pararle.

—¿Ha venido hasta aquí a estas horas? —pensé en voz alta—. Gracias Salvador, pero por favor, no te vayas muy lejos.

—Tranquila, me quedo por aquí.

Nada más colgar el teléfono, la puerta de mi despacho se abrió bruscamente. Era Conrado que no tocó primero ni pidió permiso para entrar.

—¡Vaya, qué sorpresa!, buenos días, Conrado. Pasa, no te quedes ahí en la puerta, estás en tu despacho. ¿A qué debo esta visita tan madrugadora? —le dije desplegando todo el cinismo que fui capaz de acumular.

—Sabes muy bien qué es lo que hago aquí. Vengo a por una explicación que espero, por tu bien, que sea convincente.

—¿Una explicación?, ¿sobre qué? —le pregunté mientras era capaz de mantenerle fija la mirada.

—No juegues conmigo, María, no lo hagas. Sabes que no he recibido la noticia que todos los demás han publicado hoy, absolutamente todos menos yo. ¿Tienes algo qué decir a eso?

—Pues sí, seguramente habrá sido un error informático. Ya sabes, esto de los ordenadores es estupendo hasta que fallan. La verdad es que me ha extrañado un poco que no publicaras nada al respecto, pero como tú eres un periodista de raza, tienes tus propias fuentes y vas por libre, pues tampoco le he dado más importancia. No pensarás en ningún momento que yo he obviado remitirte la nota de prensa intencionadamente, ¿verdad, Conrado?

—¿Sabes una cosa, María?, esto te viene demasiado grande. No sabes dónde te has metido. Te avisé hace meses, cuando llegaste, pero no me has hecho caso.

—¿Sabes una cosa, Conrado?, no sé si alguna vez te han dicho que, «perro no come carne de perro», ¿entiendes?, y tú estás resultando ser demasiado caníbal para esta profesión. Desconozco qué intereses tiene Basilio o quién quiera que te filtre la información que publicas en tu folletín de prensa amarilla que haces llamar periódico, pero ya me he cansado de este juego —le advertí con contundencia y sin titubear ni un segundo.

—Si te pones en medio y molestas, habrá que quitarte de ahí —me dijo tajante mientras me taladraba con su mirada.

—¿Me estás amenazando? —contesté aguantando el tipo.

—Solo te estoy advirtiendo, como te advertí el día que llegaste. Si eres lista y como mujer, seguro que lo eres, sabrás retirarte a tiempo.

—Sabes una cosa, Conrado, ahí tienes razón. Como mujer que soy, soy un rato lista, pero también te puedo decir que en este lugar, lleno de hombres, las únicas que tenemos los huevos bien puestos somos

Laura y yo —y eché el resto de arrojo y valor en aquella respuesta que sentenció la conversación.

No dijo ni media palabra pero la rabia le desbordaba. Sudaba ira. Salió y dio un portazo tras de sí y yo me quedé allí, temblorosa como una hoja y asombrada por la entereza que había demostrado en aquel enfrentamiento. Ahora ya era un poco más importante que antes, porque ahora tenía un nuevo enemigo.

Cuentas pendientes

El resto del día me refugié en mi despacho. Había consumido las fuerzas y toda mi energía en una lucha por reivindicar mi espacio como profesional. Lo fácil hubiera sido dejar a Conrado hacer y deshacer a su antojo, al fin y al cabo era lo que había hecho en los últimos años, incluso, tal vez, hubiera sido lo más inteligente si lo que quería era estar tranquila, pero las injusticias me superaban y activaban en mi interior mi espíritu más bélico. Allí dentro, había aprendido a vivir en permanente alerta y al acecho. Me sentía como una liebre en una cacería organizada que corre y corre a sabiendas de que al final la van a alcanzar. Por eso, mi despacho era mi guarida cuando necesitaba reponer fuerzas para continuar corriendo.

El club vivía frenéticamente aquellos últimos días del año. Internet bullía con las noticias de un equipo que parecía casado con el fracaso. Los foros de los «triunfadores» eran utilizados para vomitar todo el desencanto acumulado en aquella media temporada bajo el cobijo que te proporciona el anonimato. Todos opinaban y aleccionaban a jugadores, técnicos y directivos sobre cómo hacer las cosas. Todos parecían sentirse en posesión de la verdad y la gran mayoría pedía la cabeza de Ariel que, por el momento, seguía gozando de la confianza de Laura, tal vez porque no había dinero para contratar a un sustituto.

Las estrategias de marketing iban encaminadas a recaudar unos ingresos que no llegaban. Se intentaba captar la mirada de los empresarios locales que ponían sus ojos en otras plataformas si de lo que se trataba era de promocionar sus negocios. Nadie quiere unir su marca al nombre de un equipo que está aliado con la derrota. El suculento contrato que Basilio tenía entre manos para poner publicidad en los pantalones de los jugadores nunca se cerró. Israel pasó de la fama y el alboroto durante los meses siguientes a su contratación, al ostracismo mediático casi absoluto. La estrella perdió su brillo y se resguardó en la oscuridad de la noche y su vida nocturna. El club, en un intento desesperado de acumular liquidez, acordó ofrecer publicidad en el campo con ofertas de supermercado del tipo dos vallas por el precio de una, anúnciese ahora y pague el año que viene o su anuncio aquí a pagar en cómodos plazos sin intereses. Además, aprovechando que casi nos encontrábamos en el ecuador de las cuarenta y dos jornadas de la liga, comenzó a diseñarse la campaña para vender los abonos de media temporada, una especie de tarifa plana para mover a las masas a acudir a los partidos disputados en casa. Pero como los resultados no invitaban a la euforia, los ingresos por abonos y por publicidad tampoco lo hacían. Ante este panorama lo que el club necesitaba era una acción agresiva que atacara directamente al corazón de la afición, el mismo que latía incondicionalmente tanto en las victorias como en las derrotas y, para alcanzar esa fibra sensible, se contrataron los servicios de una prestigiosa agencia de publicidad local.

La agencia ya tenía experiencia trabajando con el Real Triunfo, tanta, que solicitó que se le pagara por adelantado la mitad de lo presupuestado por su trabajo o, de lo contrario, tendríamos que buscarnos a otra que desconociera la fama de mal pagadores que nos precedía como institución, tarea complicada en una ciudad donde todos se conocen. Laura aceptó, un tanto avergonzada por una reputación heredada que le molestaba profundamente, y le ordenó a Diego que le extendiera un cheque a la agencia para que empezara a trabajar lo antes posible. El gerente de la agencia, un tal Ricardo al que los amigos llamaban Richard, era un viejo conocido de Diego. Al parecer, aquel niño bien que ya no cumpliría los cuarenta y cinco, con melena de chaval de instituto, metido a experto en marketing, había sido años atrás, miembro del Consejo de Administración del equipo. Richard, apodado «el melenas», parecía haber detenido el tiempo en su adolescencia. Por mucho que le pesara jamás sería Don Ricardo, a pesar de su dinero y su posición social de familia acomodada, a pesar de codearse con lo más selecto de la ciudad, porque para todos los demás miembros de la corte de la sociedad bien de aquel lugar, siempre sería un niño pijo, un tanto díscolo y rebelde a quien su papá le buscó un acomodo en un negocio, tan amplio y subjetivo, como el de las agencias de publicidad. El negocio se cerró con un apretón de manos, como hacen los caballeros o los que juegan a serlo, y con un cheque de por medio, como manda el sentido común.

El entrenamiento terminó temprano no fuera a ser que los chicos se cansaran demasiado el día anterior a un partido que había que ganar sí o sí. Los jugadores se fueron al vestuario en busca más de un refugio frente a las incisivas preguntas de la prensa sobre la mala marcha del equipo, que de una ducha. Eran avestruces buscando dónde esconder la cabeza. Ariel, sin embargo, no tenía más remedio que dar la cara, semana tras semana, en su rueda de prensa previa al partido. Era algo que le iba en el sueldo y lo asumía como tal, como un gaje del oficio más, con su sentido del humor, un tanto agriado por las circunstancias.

—Hola, pibe, ¿estás preparado para lanzarte a los leones? —le dije intentando quitarle un poco de seriedad al asunto.

—Contigo al fin de mundo, mamita —me contestó haciéndose cómplice de mi broma.

—Pues te espero dentro de una hora en la sala de prensa, aún hay tiempo, hoy habéis terminado muy pronto.

—Vos no sabés cómo están los ánimos de los chicos. Mejor no forzar la máquina, ¿me entendés? Si una copa de cristal la apretás demasiado fuerte la rompés, y estos boludos son más delicados que el cristal.

—Un poquito de mano dura es lo que creo yo que necesitan. Los tenéis demasiado mimados. Si no ganan mañana deberías mandarlos al monte a correr un par de horas pasando frío a ver si espabilan. —Ariel se rió a carcajadas.

—Cuando a mí me manden al carajo, deberían ficharos a vos como entrenadora. Una mujer con carácter seguro que los pone firmes, que me lo digan a mí que mi ex mujer mandaba más que un general de infantería.

—Se lo diré a Laura a ver qué le parece tu idea. Bueno, Ariel, te veo luego.

Ok. ¡Ah! ¡No vayás por el sol que los bombones se derriten! —me gritó mientras me alejaba.

Las noticias se sucedían tan rápido como se escapaban los días de aquel año. Laura había recibido la llamada de alcaldía. El alcalde en persona había reaccionado ante lo publicado en la prensa y anunció, mediante un comunicado, el pago inmediato de las subvenciones que se nos adeudaban. Aquella pequeña batalla era como una partida de pin pon, el club había lanzado la pelota el día anterior acusando de incumplir un contrato al ayuntamiento y hoy era el consistorio el que nos devolvía el tiro alegando que siempre hubo intención de pagar y que los plazos para ello no se habían agotado todavía. Sea como fuere, el caso es que por fin llegaba una buena noticia que nos daba un respiro. Aunque me costara reconocerlo, la maniobra de Diego había dado el resultado esperado. La presión ejercida mediante la opinión que genera en la afición una noticia de este calibre en los periódicos era una apuesta casi segura. Laura suspiró de alivio y ordenó que, en cuanto el ingreso fuera efectivo, lo que sucedería pasada una semana, se pagara al personal eventual que trabajaba en El Grande y que hacía ya varios partidos que no cobraba. Los porteros, personal de limpieza, taquillas y seguridad, estaban al borde de la huelga con toda la razón del mundo. Sin ellos un partido no se podría disputar lo que les situaba, a mi modo de entender, en la categoría de imprescindibles, tanto como pudieran serlo los jugadores pero con muchos menos privilegios, por no decir ninguno.

Pero las alegrías siempre eran efímeras, como si allí dentro les faltara el aire y para poder sobrevivir tuvieran que salir en busca de un respiro.

Decidí ayudar a Salvador a preparar la sala de prensa. Siempre que el tiempo me lo permitía disfrutaba haciéndolo. Colocar el panel de publicidad requería de la fuerza de dos personas aunque Salvador siempre se las apañaba solo. Conectar y comprobar el sonido, activar el marco digital que reproduce los logotipos de los anunciantes, colocar botellines de agua para los periodistas, toda aquella rutina me templaba los nervios antes del teatro que suponía enfrentarse a aquel público inquisidor. Además me servía de excusa para salir de las oficinas del club y echarme una charla con Salvador.

—Voy al almacén a por el agua. Aquí sólo quedan unos pocos botellines —me dijo.

—¿Quieres que te acompañe?

—No, por favor, ya puedo yo solo —me contestó un poco molesto porque mi pregunta ofendía su caballerosidad.

—Yo soy una chica fuerte, no te preocupes tanto por mí.

—Si, lo sé, pero no hace falta, de verdad. Mejor te quedas aquí y compruebas que el sonido funcione que yo no tardo nada.

—Hecho.

Pero sí tardaba y me inquieté, faltaba poco para que los periodistas empezaran a llegar. Así que fui en su busca al almacén, situado justo debajo de la sala de prensa, tal vez sí necesitaba ayuda.

En la planta de abajo había varios cuartos cerrados con llave que se utilizaban como trasteros. En uno se guardaba todo el material de entrenamiento, en el de al lado se apilaban las cajas de cartón que contenían los productos de merchandising que se vendían en la tienda del Real Triunfo, y el más pequeño se utilizaba para almacenar las cajas de agua y bebidas isotónicas que se utilizaban en el entrenamiento. Salvador debió escucharme bajar las escaleras de metal que delataban a cualquiera que las pisara por el ruido que hacían. Me cogió de la mano, me hizo un gesto con el dedo en sus labios para que guardara silencio y me metió en el cuartito del agua con la luz apagada. Estaba un poco asustada porque no era propio de Salvador actuar de aquella manera, pero supe inmediatamente el porqué me mandó guardar silencio. Justo al lado, en lo que correspondía al cuarto del merchandising, se escuchaban unas voces.

—Son Israel y Diego —me susurró Salvador al oído—. Llevan un rato discutiendo.

—Pero, ¿qué hacen ahí?

—¡Shiii! ¡Calla, que te van a oír! Muy pocos tienen llave de ese cuarto, entre ellos Diego, supongo que buscaban un sitio discreto, no sé.

La conversación no tenía mucho sentido para mí, al menos en aquel momento. Sabía que Diego hacía días que buscaba una charla con Israel y que este la estaba evitando pero desconocía qué asuntos les había llevado a hablar en un cuarto de almacén.

—¡Ya te he dicho que yo no te debo nada! —increpaba Israel a Diego— Tú eras el primer interesado en que yo viniera a este equipo. Sabes muy bien que tenía otras ofertas.

—¡Otras ofertas! —repitió Diego en tono muy cínico—. Dime cuántas ofertas de tres millones de euros tenías tú sobre la mesa. Te lo diré yo, ninguna.

—Bueno, si la presidenta lo ha pagado es porque lo valgo.

—¡Tú no vales una mierda! Tu querida presidenta se creyó todo lo que yo le conté sobre ti. ¡La muy imbécil es una romántica del fútbol! Pero lo cierto es que para lo único que sirves es para tirarte a toda la que se te pone por delante. —Le seguía atacando Diego.

—¡Por lo menos yo sirvo para eso, no como otros!

Tras aquella frase sonó lo que interpreté como el sonido de un puñetazo y me llevé la mano a la boca para intentar no dejar escapar ningún sonido.

—Te has pasado, Diego, —dijo Israel tras unos segundos de silencio— aunque me alegra saber que no pegas como una nenaza, ¡pedazo de maricón! Esto no va a quedar así, ¡estás muerto! Pero sería demasiado fácil pegarte aquí y ahora.

Y se escuchó un portazo que hizo retumbar las paredes.

Salvador y yo permanecimos en silencio un tiempo que no sabría calcular. En aquel cuarto oscuro, casi en estado de shock, no era capaz de susurrar palabra. Salvador me había cogido de la mano fuertemente supongo que porque intuía que estaba muerta de miedo. Cuando volvimos a escuchar cerrarse la puerta de nuevo, supusimos, Diego se había marchado, y decidimos salir a hurtadillas de nuestro improvisado escondite.

Sin soltarme la mano, como dos niños pequeños, subimos de nuevo las escaleras metálicas que nos llevaban a la sala de prensa haciendo el menor ruido posible. Entramos y cerramos la puerta. El corazón parecía galopar en mi pecho y mientras intentaba recuperar la respiración, Salvador me miraba fijamente, con ojos de asombro, como si acabara de ver a un fantasma o, más bien, de escucharlo. No decía ni media, solo respiraba fatigado mientras asimilaba lo que acababa de descubrir. Por un momento me recordó a mí el día que conocí el secreto mejor guardado de Diego y Raúl y me dio un ataque de risa nerviosa.

—¿De qué te ríes? —me preguntó sin entender nada.

—Vaya, si no te has quedado mudo —le contesté con sarcasmo.

—Es que… —Intentó explicarse pero no sabía muy bien qué decir.

—No te preocupes, no sabes cómo te entiendo. Cuando yo me enteré me quedé de piedra igual que tú. Quién lo iba a decir, ¿verdad?

—Pero… ¿Es que tú lo sabías? —preguntó con asombro.

—Mi querido amigo Salvador, yo valgo más por lo que callo que por lo que hablo. Además, ni te imaginas quién es su pareja.

—¿Alguien del club?

—Sí, señor. —Y se quedó pensativo un par de segundos con la mirada hacia el techo hasta que, de repente, su mirada se iluminó y supe que había dado con la respuesta.

—¡No! —me dijo incrédulo.

—¡Sí! —le contesté. —Raúl y Diego son mucho más que compañeros de trabajo. Siempre están juntos, viajan juntos, se hospedan juntos y para Diego su amigo Raúl es intocable. ¿A que ahora te cuadra todo?

—Pero si Diego está casado y tiene hijos.

—No seas ingenuo, Salvador —le reproché, —Además está divorciado. Y qué mejor excusa para esconder su homosexualidad que casarse y tener hijos. Es la tapadera perfecta. ¿No te das cuenta? Pero dime una cosa, ¿de qué estaban discutiendo? ¿Has podido escuchar algo más de la conversación?

—Diego le reclamaba a Israel no sé qué dinero de una comisión por su contrato con el Real Triunfo pero Israel dice que no le paga nada. Le ha dicho que si tiene algún problema que lo hable con su representante pero Diego dice que fue un trato entre caballeros y que el representante no pinta nada en esto. Un asunto feo con dinero de por medio María, te lo digo yo. Luego ha sido cuando le ha echado en cara ya sabes, lo otro —me dijo como si ni siquiera pudiera pronunciar las palabras—. ¡Esto es un desastre, Dios mío! —exclamó asustado echándose las manos a la cabeza y adelantando las consecuencias de que se conociera la noticia— ¡Esto no puede estar pasando en mi Club!

—Tranquilízate, Salvador que tampoco es para tanto, digo yo. Los asuntos de dinero seguro que se solucionan, además, sólo es dinero, y de lo otro… Estamos en el siglo XXI, ¿qué va a pasar si se sabe? Hay gays en todas partes, ¿o no? No es nada de lo que avergonzarse, son personas igual que tú y que yo. Sinceramente Salvador, creo que lo estás magnificando —le dije intentando tranquilizarle, pero yo sabía muy bien lo que aquello suponía dentro del fútbol.

Los compañeros de la prensa empezaban a llegar y a ocupar los asientos de la sala y tuvimos que interrumpir nuestra conversación.

Las cámaras y los micrófonos iban tomando posiciones y aquella rueda de prensa se hizo sin agua para los periodistas.

No estuve muy atenta a las preguntas porque andaba perdida en mis pensamientos. Por una parte, me sentía aliviada al poder compartir con alguien mi secreto sobre Diego pero, por otra, también estaba sorprendida al comprobar que Israel conocía esta información. Quizá era un secreto a voces o tal vez no era una noticia tan exclusiva como yo me pensaba. Israel había amenazado de muerte a Diego tras recibir un puñetazo por parte de este. Después de aquel enfrentamiento por una comisión de dudosa legalidad que le reclamaba Diego, y de unos reproches de aquel calibre por parte de Israel, era muy posible que el delantero decidiera dejar de guardar silencio y pasara a la acción utilizándolo como arma arrojadiza, a sabiendas de que sería una bomba. No en vano alguien dijo una vez que el lugar más homófobo y machista del mundo es el vestuario de un equipo de fútbol.

Vacaciones

Quien dijo aquello de que después de la tempestad siempre viene la calma no conocía la excepción que toda regla tiene por definición. El Real Triunfo era un mar de aguas turbulentas donde los momentos de calma se presentaban como pequeños oasis que parecían espejismos.

Uno de aquellos oasis fue la victoria de nuestro equipo en el último partido del año, el mismo que se disputó justo al día siguiente del incidente entre Diego e Israel. Cuando los ánimos estaban perdidos, el Real Triunfo marcó cuatro goles a un rival de cierta categoría en el Estadio El Grande. El campo se convirtió en un fortín que arropó a los jugadores hasta llevarlos en volandas a una de las victorias más rotundas de nuestro equipo en aquella temporada. Aquel partido supuso un broche de lujo para la primera mitad de una liga con demasiados momentos agridulces y una trayectoria poco definida. Los altibajos son perturbadores y en nada ayudan a mantener el optimismo que la afición necesita. La victoria también ayudó a Ariel a mantener el equilibrio en aquella cuerda floja por la que caminaba en las últimas semanas. Resulta sorprendente comprobar cómo cambia la opinión de la gente tan solo con que un balón toque la red del contrario en más ocasiones en las que el balón del contrario toca tu propia red. Los abucheos en el estadio dirigidos al entrenador dejaron de escucharse a partir de que el marcador indicara un dos a cero, justo en el minuto veinte de la primera parte. La lenta agonía de Ariel se prolongaba, al menos hasta el año próximo porque, tras aquella jornada había unas, merecidas o no, vacaciones de invierno.

La tradicional cena de Navidad que el club ofrecía a la prensa deportiva fue una fiesta. Hubo más halagos que reproches quizá porque la memoria era demasiado corta como para recordar los incidentes acaecidos meses atrás. Conrado no asistió y el resto de compañeros lo agradecimos. Tampoco asistió Basilio que estaba desaparecido o escondido como una comadreja tras el escarnio público. Se le veía poco por el club y no volvió a dar una rueda de prensa. Necesitaba tiempo para lamerse las heridas. Pero aquella actitud me resultaba sospechosa viniendo de un hombre tan amigo de la proyección pública. Tanto silencio y esa prolongada ausencia me hacía sospechar que se estaba rearmando para el contraataque. Por su parte, Diego jamás acudía a aquellos actos, donde no había dinero ni negocio que rascar, y si Diego no asistía, Raúl tampoco. Por una vez, Laura y yo fuimos las estrellas de la fiesta, más Laura que yo porque ella siempre eclipsaba a cualquier mujer que estuviera a su lado. Para aquella noche había elegido un elegante vestido negro de punto, que se ceñía peligrosamente a su figura, con incrustaciones de pedrería plateada. Sus interminables piernas lucían una medias de rejilla negra que potenciaban su natural sensualidad. Los periodistas deportivos, en su gran mayoría hombres, quedaron fascinados cuando Laura se quitó el abrigo de piel que ocultaba su figura enfundada en aquel vestido. Los destellos de la pedrería lanzaban pequeños rayos de luz y la hacían brillar más todavía. Todos la adulaban y la piropeaban y la belleza de aquella mujer volvió a poner el marcador a su favor. Comimos entrecot, bebimos vino, reímos, conversamos, confraternizamos, bailamos y disfrutamos de un ambiente distendido, que tanta falta nos hacía a las dos. Tras la cena, Laura me llevó a casa en su coche.

—Gracias por llevarme. Iba a coger un taxi —le dije.

—No hay de qué. Si llego a beber una sola copa más hubiésemos tenido que coger un taxi las dos. Ha estado bien la fiesta, te felicito por la organización.

—Gracias, pero el mérito es también del restaurante que trabaja estupendamente. Ya lo conocía de otras celebraciones y pensé que sería el sitio ideal. Me alegra que te haya gustado.

—¿Tienes pensado marcharte a algún sitio estos días? —me preguntó.

—Pues no, la verdad, pensaba quedarme en casa y descansar, no leer ni un solo periódico y devorar algún que otro libro que tengo pendiente. Estoy deseando tener tiempo para no hacer nada. Han sido unos meses muy estresantes, la verdad.

—Sí, la verdad es que sí.

—¿Y tú?, ¿tienes previsto algo? —le devolví la pregunta.

—Mañana mismo cojo un avión para Francia y no vuelvo hasta el cuatro de enero. Necesito estar un tiempo allí para atender directamente los negocios. Además, hace mucho que no veo a mi familia y mis padres ya están muy mayores.

—Claro, supongo que tiene que ser duro estar tan lejos.

—Sí, lo es. Necesito pedirte un favor, María. —me dijo utilizando un tono que, fuera lo que fuera, me impedía negarme.

—Tú dirás —le contesté intrigada.

—Quiero que estos días que yo estaré fuera te conviertas en mis ojos y mis oídos en el club. Me consta que Diego y Basilio no se irán de vacaciones, como mucho se ausentarán algún fin de semana, pero me temo que aprovecharán mi ausencia para hacer de las suyas. Eres la única persona en la que puedo confiar y no quiero dejar ese cortijo a merced de los señoritos.

—Bueno, no sé —titubeé desconcertada ante aquella proposición. No sabía que Laura me tenía en tan alta estima, era bastante reservada, pero me sentí alagada.

No hace falta que hagas tu horario normal, puedes entrar y salir a tu antojo, y si algún día no quieres ir no importa. Simplemente no quiero dejar el club solo tanto tiempo. Te recompensaré con otras vacaciones más adelante.

—Sí, sí, claro, no te preocupes, cuenta con ello —le contesté en cuanto reaccioné. —Seré tus ojos y tus oídos.

—Gracias, María, así me marcho mucho más tranquila. Para cualquier cosa tienes mi teléfono y mi dirección personal de correo electrónico. Estaré conectada todos los días. Bueno, ya hemos llegado. Que pases buena noche. —Se despidió en la puerta de mi casa.

—Buenas noches y buen viaje —le deseé.

Pero la noche no fue buena. No podía dormir. No me quitaba de la cabeza la idea de estar más de dos semanas intentando ocupar un discreto segundo plano para hacer de espía entre las peores de las fieras. Sería una partida de dos contra uno y eso sin contar con lo satélites que ambos tenían por allí. La única parte positiva que era capaz de encontrarle a aquella situación era que al menos no tendría que madrugar.

Las oficinas durante aquellos días de vacaciones cobraron un aspecto un tanto fantasmagórico. Eran silenciosas, más de lo habitual, húmedas como de costumbre y solitarias. El sonido del teléfono era el único que interrumpía, de tanto en tanto, el letargo en el que estaba sumida. Tenía muy poco trabajo, aparte del de espiar, claro. Ariel no estaba, Salvador tampoco, los aficionados habituales que nos visitaban con regularidad habían desaparecido al no estar los jugadores y el personal administrativo era el mínimo necesario para garantizar el buen funcionamiento del club. Por allí solo pululábamos Diego, Basilio y yo, cada uno en su despacho.

El timbre sonó con fuerza, con insistencia, como si quien estaba llamando tuviera una urgencia que no podía esperar. Salimos los tres de los despachos, un poco alarmados por esa forma de llamar, pero fue Basilio el que llegó primero a la puerta y abrió. Era Richard, «el melenas», enfurecido hasta las cejas y fuera de sí.

—¡Eres un cabronazo, Diego! ¡Veo que en este club de segunda hay cosas que nunca cambian! ¿Qué pretendías, tomarme el pelo como haces con todo el mundo? —le dijo muy airado dirigiéndose directamente hacia Diego.

—Tranquilízate, Richard. Pasa a mi despacho y hablamos de lo que te preocupa, seguro que no es tan grave —le contestó manteniendo esa fría calma que tan poco me gustaba.

—¿Qué no es grave? Para empezar es un fraude y también una tomadura de pelo. El cheque que me firmaste no tiene fondos, pero, eso tú ya lo sabías, ¿verdad? No te estoy contando nada nuevo porque lo has hecho muchas otras veces con mucha otra gente, ¿a qué sí? Pensaba que conmigo era otra cosa, aunque solo fuera por el tiempo que pertenecí a esta institución. Veo que aquí las cosas nunca cambian.

—Cálmate, seguro que hay una explicación para todo.

—¡Te voy a dar yo la explicación! La explicación es que eres un sinvergüenza y todos lo sabemos, pero lo peor es que yo he sido un gilipollas por fiarme de ti. Así de claro.

—Bueno Richard no te lo tomes como algo personal —intentó mediar Basilio—. Si de lo que se trata es de que se te pague el cheque, se te paga y punto. ¿Verdad que sí, Diego?

—Claro que sí... —Y se dirigió a su despacho, dejando la puerta abierta.

Richard estaba furioso quizá por haber caído en la trampa en la que, muy probablemente, él había participado en otras ocasiones cuando formaba parte del Real Triunfo. Se había dejado engañar por Diego y su forma de actuar para los negocios y se sentía estúpido. No creo que aquel cabreo tuviera como base un problema de dinero al haber recibido un cheque sin fondos, sino más bien, un problema de amor propio. Basilio le rodeó con el brazo y le puso la mano en su hombro intentando confraternizar, pero Richard rechazó este gesto y se apartó hacia un lado sin perder de vista el fondo del despacho de Diego. Yo, fiel a mi papel de espía sin experiencia, no me perdía detalle de aquella situación manteniendo un silencio incómodo. Diego abrió la caja fuerte que estaba en la pared de su despacho, oculta tras el cuadro bordado del Real Triunfo, y sacó un par de fajos de billetes.

—Toma. Creo que con esto está todo el importe del trabajo, no solo la mitad que venía en el cheque. Y toma también una pequeña compensación por las molestias causadas. Quédatelo y aquí no ha pasado nada, ¿de acuerdo? —le dijo mientras le entregaba los dos fajos de billetes.

—Claro, tu dinero secreto, se me había olvidado —contestó Richard con ironía mientras cogía el dinero sin dudarlo ni un segundo—. Cualquier día os van a denunciar por estas cosas. No se puede ir por ahí dando cheques sin fondos o dejando de pagar a la gente porque sí, y todo ese dinero, que no consta en ningún sitio…

—Toma un purito, por los viejos tiempos —le ofreció Basilio para interrumpir aquel sermón—. ¿Quieres uno tú también, María?

—Ya sabes que no fumo. Yo me marcho que tengo cosas que hacer.

Sabía que me había ofrecido aquel puro como una forma sutil de decirme que no pintaba nada en aquella conversación y que me marchara. Estaba escuchando demasiado. Supe entender el mensaje y me retiré a mi despacho.

Los días siguientes se sucedieron sin incidentes destacados. La ciudad iluminada por el colorido propio de la Navidad y ambientada con villancicos y el ir y venir de la gente cargada con las compras propias de estas fechas, contrastaba con el club que parecía aletargado a la espera de retomar de nuevo el ritmo natural de la liga. Yo entraba y salía a mi antojo. Las horas en la soledad de mi despacho me parecían una condena. A veces ponía la radio solo por tener una voz que me acompañara. Diego y Basilio parecían trabajar juntos pero no revueltos. De vez en cuando salían a tomar un café. Supongo que huían de mi indiscreta presencia porque se sabían observados, buscando el refugio de la soledad que te ofrece estar rodeado de gente desconocida, donde a nadie le importa nadie.

Laura me escribió un correo electrónico desde Francia. Me gustó que lo hiciera, sobre todo porque me contaba cosas de su vida y no mencionaba nada del trabajo. Creo que eso significaba que me consideraba su amiga. Era un correo de Laura a María y no de la presidenta del club a la directora de comunicación. Me hizo sentirme bien. Decía así:

«Hola María:

Espero que estos días de Navidad estén siendo bonitos para ti. Aquí, en el país vecino, las cosas van bien. Para mí personalmente no es la mejor época del año, supongo que le pasa a mucha gente, porque me acuerdo de los momentos difíciles y, sobre todo, de las personas que ya no están. Mi madre dice que eso me pasa porque me estoy haciendo mayor y creo que tiene toda la razón. La Navidad es más para los niños, aunque cuando era niña tampoco me gustaban mucho, tenía demasiados problemas por aquel entonces que me impedían disfrutarlas, pero esa es otra historia.

Hace mucho frío y echo de menos las cálidas temperaturas de España, menos mal que la comida es estupenda, ya sabes que en eso tengo ventaja. Los restaurantes están a pleno rendimientos estas fechas y todo marcha viento en popa.

Estoy aprovechando el tiempo para visitar a los viejos amigos y a los sobrinos que crecen muy deprisa. Llevo un ritmo frenético pero es bonito estar con gente que te quiere.

Ya quedan pocos días para que nos veamos. ¡Ah!, una pregunta, ¿qué color te gusta más, el rojo o el azul?

Un abrazo.

Laura».

Yo todavía no le había escrito ninguno, ni siquiera la había llamado por teléfono, así que pensé que contestar a su correo era una buena excusa para contarle el incidente de Richard, al fin y al cabo no tenía nada más que ofrecerle.

«Hola Laura:

Me alegra saber que lo estás pasando bien. A mí tampoco me gusta mucho la Navidad así que no me estoy perdiendo gran cosa.

El club está tranquilo. Hay muy poco movimiento. Diego y Basilio vienen casi a diario, pero el que no aparece es Raúl, ¿sabes si se ha marchado de vacaciones?

El otro día hubo un incidente con Ricardo, el de la agencia de publicidad. Parece ser que el cheque que le dio Diego no tenía fondos y eso le enfadó muchísimo. Finalmente todo se arregló porque Diego le pagó con dinero de la caja fuerte de su despacho, supongo que sabes a qué dinero me refiero.

Por lo demás todo en calma, casi demasiada diría yo. No te preocupes por nada y aprovecha los días de descanso que te quedan. ¡Ah! Me gusta más el color rojo, ya sabes, el de la pasión.

Otro abrazo para ti.

María».

Y tras darle a un clic el mensaje le llegó a Laura.

Pensé que me merecía un descanso, aquella calma me estaba matando lentamente, aunque nunca imaginé que me cansara de la tranquilidad, cuando unos días antes tanto la ansiaba. Decidí dedicarme las próximas dos horas y darme un paseo para hacer algunas compras, la parte que más me gustaba de la Navidad.

Las instalaciones del club estaban muy cerca de un mercadillo callejero que habitualmente y a lo largo de todo el año se colocaba tres días por semana pero que, de manera excepcional y por ser las fechas que eran, durante las dos semanas navideñas ponían todos los días. Me gustaba pasearme por sus callejuelas, dejándome empapar de los olores de la fruta y la verdura y rebuscando entre los montones de los puestos de baratijas y ropa. Era el orden del caos. Pocas veces compraba algo pero disfrutaba infinitamente perdiéndome entre la gente, la mayoría mujeres que, en su ir y venir, eran tan ajenas a mi realidad y yo a la suya, que me hacían sentir una más de un grupo heterogéneo. A veces miraba a una de ellas y me imaginaba qué historia se escondía detrás de aquella mujer que empujaba su cargado carro de la compra. Tal vez su vida era digna de ser contada o tal vez era tan feliz que, de contarlo, resultaría hasta aburrido. El colorido y el bullicio dibujaban una estampa viva de otra vida más allá de la propia, que me raptaba al menos por un rato, de mi monocromática realidad.

Compré algo de fruta fresca y un pañuelo de seda para Laura, supuse que me preguntaba mi color preferido para hacerme algún regalo, así que pensé que estaría bien corresponderla. Acabé el paseo y regresé a mi despacho. Pero cuando me dispuse a entrar me di cuenta de que la puerta estaba entornada, cuando yo la había dejado cerrada y, si la memoria no me fallaba, incluso había echado la llave. Con la mano izquierda sujetaba la bolsa de la fruta y con la derecha abrí bruscamente y al hacerlo sorprendí dentro a Basilio.

—¡Ah! Hola. María —me dijo intentando disimular.

—¿Qué haces aquí? —le pregunté muy tajante.

—Venía a ver si tenías los periódicos para echarles un vistazo y cómo he tocado y no había nadie, me he permitido entrar. La puerta estaba abierta. Espero que no te moleste.

—Ahí tienes los periódicos —le dije mientras le señalaba con el dedo la pequeña mesa auxiliar que estaba en un rincón del despacho y que yo utilizaba para apilar la prensa de la semana. Los montones de periódicos atrasados eran más que visibles, así que estaba claro que Basilio me estaba dando una excusa y lo que buscaba en mi escritorio era otra cosa.

—Bueno, pues me los llevo.

—No los necesito, así que no hace falta que vuelvas a traérmelos y, una cosa Basilio, la próxima vez que necesites algo y yo no esté en mi despacho, te agradecería mucho que me llamaras al móvil antes de entrar. ¿Te queda claro o necesitas que te lo explique?

—Clarísimo. ¿Sabes una cosa? Me gustan las mujeres con carácter —me dijo con su mirada lasciva y se marchó.

Me senté en la silla de mi escritorio molesta por aquella intromisión de Basilio y al levantar la mirada vi que en el ordenador estaba abierta la página del correo electrónico que, un par de horas antes, había enviado a Laura y que yo misma había cerrado antes de marcharme de compras. Aquello era, sin duda, lo que estaba leyendo Basilio. Había estado rebuscando entre mis archivos y mi correo y había dado con aquel mail que debió parecerle muy interesante, en tanto en cuanto me delataba como la aliada de Laura.

Aquella situación me hacía sentir desprotegida, un tanto desamparada. Tenía la sensación de ser cada vez más vulnerable y al mismo tiempo, mucho más fuerte que meses atrás, cuando todavía no había pasado a formar parte de todas aquellas intrigas; intrigas que, por otra parte, yo no había buscado. Supongo que lo que no te mata te fortalece y eso era lo que me estaba pasando a mí, pero en el fondo de mi corazón deseaba con todas mis fuerzas que Laura volviera cuanto antes para refugiarme en su imperturbable seguridad.

Ahora las cartas, nunca mejor dicho, estaban sobre la mesa, y en esta partida ya nadie podría jugar de farol. Laura me tenía como apoyo frente al extraño tándem formado por la alianza de poder de Basilio y Diego y los cuatro conocíamos el juego. Ahora todo dependería de la suerte, un elemento demasiado caprichoso como para tomarlo en serio y de cómo jugáramos la partida.

El pacto

La realidad de aquellos días me daba bofetadas de tanto en tanto, bofetadas en forma de artículo periodístico o de intrigas de segunda categoría o también en forma de secretos mucho más públicos de lo que pensaba. Nada ni nadie era lo que parecía ser en el Real Triunfo y la realidad era la primera que se disfrazaba para no ser reconocida con facilidad.

La ajetreada vida nocturna de una ciudad de costa, con buen clima y muchas mujeres guapas entregadas a la pasión, fue un cebo demasiado tentador para un pez de carne tan débil como Israel. Con unos cuantos días de vacaciones por delante que le dejaban exento de los compromisos horarios, de los entrenamientos de Ariel y, además, sin la mirada vigilante de la presidenta, como él mismo llamaba a Laura, supongo que el jugador se sentía como un adolescente viviendo solo en casa, incapaz de dejar pasar aquella estupenda oportunidad de convertir su vida en una gran fiesta. Pero Israel cometía el mismo error una y otra vez, un error que quedaba impreso en tinta en las páginas de un periódico para, más tarde, dormir eternamente en las hemerotecas de la historia deportiva de aquella ciudad. Un error difícil de borrar.

El delantero parecía no saber sopesar el alcance de todos y cada uno de sus actos, dentro y fuera del campo, fueran o no deportivos. Israel no entendía que tener un precio tan elevado como el que se había pagado por él, difumina sensiblemente la línea entre lo privado y lo público y eso Conrado sabía aprovecharlo al máximo. Puestos a tener pocas noticias que publicar que fueran estrictamente deportivas al estar el equipo en período de vacaciones, aquellos días fueron más bien, la crónica rosa o amarilla de las entradas y salidas de Israel en la noche local. De hecho el nuevo año comenzó con la narración, en la columna de opinión de Conrado, de la intensa Navidad de nuestra estrella.

«Marcando goles fuera del campo»

Si el deber inexcusable de un delantero millonario es marcar goles nada podemos reprocharle a Israel Buendía, el delantero de los delanteros del poco afortunado Real Triunfo. Claro que, si esos goles deben marcarse dentro del terreno de juego para que sumen en la tabla de clasificación, sin perjuicio de los que pudiera marcarse fuera de este, aquí las cuentas ya no las tenemos tan claras.

Israel ha sabido integrarse a la perfección en nuestra ciudad, eso es algo que no podemos negar. Esa capacidad de adaptación que, en principio sería una buena cualidad para un jugador, Buendía parece desarrollarla, más y mejor, en los locales de ocio nocturno que en el propio vestuario de su equipo.

Se cuenta, se dice y se rumorea, sin intención de otorgarle la categoría de noticia, que el ariete es un gran goleador nocturno, amigo de sus amigas y encantador donde los haya. Cualidades estas que no parece que prodigue de la misma forma entre sus compañeros de equipo, con los que, según parece, no se siente tan cómodo ni querido.

Sin ir más lejos y según he podido saber, Israel Buendía fue la estrella de la fiesta de fin de año que se celebró en una conocida sala nocturna. Hubo de todo y no faltó de nada y en tan completa celebración, Israel estuvo rodeado de mujeres que sucumbían a sus encantos.

No podríamos objetar nada en absoluto a este comportamiento, al fin y al cabo quién no ha sido joven alguna vez, si no fuera porque su capacidad goleadora no resulta ser tan eficiente en el terreno de juego. Quizá llega cansado o tal vez desmotivado, pero el caso es que echamos en falta esa entrega en el campo.

¿Qué opinará Laura Prado, la presidenta del Real Triunfo, de tanto entrenamiento fuera de horario de su principal fichaje? ¿Le pedirá cuentas en privado? ¿Sabrá Israel recompensar sus excesos?

Todas estas incógnitas se desvelarán en el año que acabamos de estrenar que, esperemos, traiga muchos triunfos a nuestro equipo local.

Aunque a aquellas alturas de la película yo ya había perdido la capacidad de sorprenderme, todavía me quedaba algo de sensibilidad para sentir vergüenza ajena por aquel artículo. La columna de opinión de Conrado era cobarde porque aprovechaba la ausencia de Laura; sibilina, porque decía demasiado sin decir nada; ruin, por atacar sin argumentos y nada profesional, porque elevaba a la categoría de noticia lo que eran solo rumores escudándose en ser tan solo una opinión. Aquel artículo te invitaba a leer entre líneas y empezaba a apuntar a un terreno muy peligroso.

Tras leer aquel atentado contra el periodismo estaba claro que a Conrado le habíamos ganado una batalla pero no la guerra, lo mismo que a Basilio, y ambos, habían sabido rearmarse tras un pequeño período de tiempo que, con seguridad, habían utilizado para buscar nuevos aliados. Volvían a la carga y tal vez con más fuerza y menos escrúpulos.

Laura se encontró con esta columna nada más aterrizar. Fue la agridulce bienvenida a casa, la vuelta a la realidad. Me llamó para que fuera a recogerla al aeropuerto y así poder comer juntas y ponernos al día. El aeropuerto era un ir y venir de gente, como un hormiguero donde cada hormiga carga su maleta y acelera el paso esquivando a otras hormigas. Unos venían para encontrarse con la gente querida y otros retornaban de sus encuentros, como Laura. Me fue fácil encontrarla entre aquella multitud porque sin duda ella era la hormiga reina. Nada más encontrarnos con la mirada, nos sonreímos mutuamente. Cuando llegó hasta mí, dejó el equipaje en el suelo y me dio un cariñoso abrazo que me supo a amistad igual que el correo que me escribió días atrás. Yo le correspondí.

—¿Qué tal el viaje? —le pregunté.

—Muy bien, hoy en día no hay distancias, es una maravilla. Gracias por venir a recogerme, es todo un detalle que tendré que compensar, así que voy a tener que invitarte a comer.

—Para mí no es ninguna molestia, Laura, ya lo sabes, pero aceptaré tu invitación encantada —le dije mientras observé que llevaba un ejemplar del *Noticias a fondo* bajo el brazo—. ¿Lo has leído?

—Sí, lo he leído. Han repartido los periódicos en el vuelo.

—Esto parece que no tiene arreglo —comenté intentando trasladarle mi sentimiento de impotencia con respecto a aquella situación.

—Tranquila, María, en esta vida todo tiene arreglo menos la muerte, te lo digo yo por experiencia. A Conrado hay que hacerle el caso justo. Ni más ni menos. Ya sabes que muchas veces escribe a las órdenes de quien le paga un sobresueldo —sentenció ella—. Pero, debes tener hambre, ya es tarde. Dejemos el tema hasta tener el estómago lleno. Te aseguro que con el estómago vacío todo parece mucho más grave y complicado de lo que realmente es. Vámonos a comer algo, conozco un sitio por aquí que te va a encantar.

Laura parecía haber aprovechado muy bien sus vacaciones. Venía renovada, con fuerzas y con mucho optimismo, como si volviera de un retiro espiritual en vez de volver de unas vacaciones familiares. Envidiaba ese estado de ánimo, tan alejado de la crispación que yo había vivido. Estaba incluso más bella, más radiante, como la primera vez que la vi.

Cargamos el equipaje en mi modesto coche y conduje hasta el restaurante que estaba a tan solo cinco minutos del aeropuerto. Me sorprendió al elegir un restaurante de comida mejicana, picante, intensa y especiada, como ella.

— ¿Te gusta la comida mejicana? Vengo de comer comida española en Francia y me apetece algo un poco más exótico —me explicó—. Este lugar es fantástico.

— Pues entonces habrá que probarlo. —Y nos acomodamos en una pequeña mesa situada en un rincón del local, atestado de adornos autóctonos alusivos a Méjico.

—¿Sabes?, estás estupenda. Te han sentado fenomenal estas vacaciones, creo que me das mucha envidia —le confesé.

—Muchas gracias —me contestó luciendo una amplia sonrisa—. No hay nada como aparcar las preocupaciones y rodearte de la gente que quieres, es la mejor de las medicinas y el mejor tratamiento de belleza. ¿Pedimos un buen vino?

—Elije tú. —Y con el dedo le indicó al camarero uno de los que aparecía en la carta de vinos que estaba sobre la mesa.

—Mira, María, sé que estos meses están siendo complicados para ti, pero necesito que seas fuerte. Las cosas no tienen por qué seguir siendo como hasta ahora, es más, es preciso que todo cambie para mejor. Este es nuestro primer año para ambas y por lo tanto, es solo una toma de contacto con la situación. Debemos analizar y aprender para luego cambiar todo aquello que no nos guste —me dijo mientras le hacía un gesto al camarero—. ¿Ya sabes lo que vas a comer?

—Lo mismo que tú —le contesté porque ni siquiera había ojeado la carta y estaba más pendiente de sus palabras que de cualquier otra cosa, la verdad.

—Bien, pues nos va a traer unas botanas variadas como entrante, un consomé de res de primero que hoy hace bastante frío y nos va a sentar fenomenal y… ¿Has probado el arroz a la mejicana alguna vez?

—No.

—Pues hoy te estrenas. Y de segundo arroz a la mejicana. Dígale por favor al cocinero que lo prepare como le gusta a Laura, él ya me conoce —le dijo—. Muchas gracias.

—No te hacía viniendo a este tipo de restaurantes —le comenté.

—Hay muchas cosas de mí que no conoces todavía. Este sitio lo descubrí en uno de mis primeros viajes. Me lo recomendó una azafata en uno de mis vuelos y, ya ves, ahora ya soy clienta habitual. Soy una persona bastante fiel a mis afectos.

—Entiendo.

—Me gusta corresponder a la gente que está conmigo, en lo bueno y en lo malo, y eso va también por ti. Voy crear un equipo fuerte y profesional para hacer del Real Triunfo lo que se merece, un club de primera, dentro y fuera del campo, y para ello necesito tener a mi lado a personas de mi confianza. Sé que has estado conmigo y quiero que continúes estando. La situación no es fácil porque tenemos el enemigo en casa, ya lo sabes, pero esto es una carrera de fondo y hemos de aguantar hasta el final de esta temporada.

—Pero, Laura, no entiendo por qué no tomas medidas ahora mismo. ¿Para qué esperar a que termine la temporada?

—Muy sencillo, porque no puedo. Te aseguro que no es por falta de ganas. Me lo impide el contrato que firmé cuando me hice cargo del club.

—¿El contrato? —le pegunté intrigada porque no entendía a qué se refería.

—El antiguo presidente y accionista mayoritario del Real Triunfo no solo me vendió sus acciones y por lo tanto el control del club. Junto con las acciones tuve que aceptar otras condiciones.

—¿Condiciones?

—Era un paquete que debía comprar en su conjunto o, de lo contrario, no había trato. El acuerdo consistió en que, además de las acciones del equipo debía comprar unos cuantos inmuebles que su empresa de construcción tenía en excedente, fundamentalmente pisos y bungalow como en el que viven Israel y otros jugadores, así como mantener en su puesto de trabajo a unas cuantas personas que él mismo colocó allí.

—Basilio y Diego —contesté comprendiendo la situación en su conjunto y en particular el porqué conocía tan bien el camino a la casa de Israel.

—Y Raúl y Salvador y otros más, pero fundamentalmente los que me preocupan son Basilio, un tipo peligroso, sibilino, y Diego, cuñado del anterior presidente y una persona sin escrúpulos. No he sido bien recibida, eso es evidente y tú tampoco porque has venido de mi mano. Además, este mundo es mucho más masculino de lo que me imaginaba. Yo no quería que llegáramos a esta situación, te lo aseguro, pretendía que las cosas fueran más cordiales entre todos, pero creo que ellos lo tenían claro desde el principio. No les importa el equipo, solo les interesa subir a primera para poder mangonear y lucrarse a mayor escala, aunque para ello tengan que jugar con los sentimientos de toda la afición. A estas alturas esto se ha convertido en una batalla entre ellos y nosotras y me consta que harán todo lo que esté en su mano para que me marche y así volver a tener el control del club. Nos quedan seis meses para que acabe la temporada y debemos mantenernos unidas y muy conscientes de que nos atacarán hasta el desgaste. ¿Estás conmigo en esto?

—Claro que sí —le contesté—. Y en junio, ¿qué pasará?

—En junio haré una buena limpieza, empezando por Diego y Basilio.

—¿Y qué pasará con Conrado?

—Conrado solo es un peón en toda esta trama y siempre tendrá un precio. Lo que menos le importa a él es quién se lo pague, te lo puedo asegurar. Él solito caerá en cuanto caigan los otros dos. Cuando sus confidentes no estén ya no tendrá fuente de la que beber y entonces pasará al ostracismo más absoluto. Ese será su particular purgatorio, eso o servirnos a nosotras dos desde su periódico.

—Has mencionado también a Salvador —le indiqué preocupada por su futuro.

—Salvador es un hombre del club, un buen trabajador y una persona honrada. No te preocupes, no está en mi lista, sé que tienes una buena relación con él… Y ahora brindemos por un club de primera, a todos los niveles, con buena gente. —Alzó su copa de vino y me invitó a brindar con ella por aquel difícil y, tal vez, utópico proyecto.

—Brindo por ello. —Y sellamos con un vino, del color de la sangre, un pacto de presente con impredecibles consecuencias de futuro.

La comida fue un acto de consolidación de nuestra amistad y reciente alianza pero me quedé con las ganas de preguntarle por Israel como haría con cualquiera de mis amigas, pero eché mano de la prudencia y me guardé el tema para otra ocasión. Me hizo un regalo, un precioso vestido de color rojo y yo le correspondí con el pañuelo de seda que había comprado para ella. Le conté lo ocurrido con Basilio en mi despacho pero ella le restó importancia. Laura fue capaz de contagiarme su entusiasmo y sus ganas de hacer las cosas bien y yo bebí de todo aquel optimismo para calmar mi sed de un futuro mejor para ambas. Hablaba con tanto aplomo que necesariamente todo lo que decía debía ocurrir tal y como lo tenía planeado. No podía ser de otra manera. Era como si me estuviera narrando una película con final feliz donde los malos siempre pierden, donde el villano es castigado y vence la justicia y el amor. Tal vez el equipo subiera la próxima temporada, Laura y yo continuáramos en el equipo trabajando mano a mano por una buena gestión y, por qué no, Israel y ella formaran la pareja de amor que toda buena historia precisa. Pero la vida se asemeja más a un culebrón cargado de escenas truculentas, héroes desterrados y villanos victoriosos y solo ella decide los finales.

Me gustaba pensar que tal vez la sociedad ya estuviera preparada para tener a una mujer tan eficiente y profesional como bella, al frente de un equipo de fútbol sin que eso fuera noticia de portada. Unas pocas lo habían intentado con anterioridad e incluso alguna ya lo había conseguido. Yo era muy joven pero tengo un marcado recuerdo de los titulares que aparecieron en la prensa cuando María Ignacia Hopplicher se estrenó como presidenta del Lorca Deportiva en la temporada 80/81. Ella fue la pionera. Una presidencia que vino de la mano de su marido y también entrenador del equipo y que fue capaz de reflotar a un equipo de fútbol, que entonces militaba en la tercera división, hasta hacerlo subir a segunda. Más tarde le siguió Ana Urquijo, esta vez en un equipo de primera como es el Athletic de Bilbao, en el año 2006. Ana fue una presidenta transitoria y accidental, ocupando tan honroso puesto en el club rojiblanco hasta la celebración de las elecciones, a las que no se presentó, en julio de 2007. Ahora, solo Teresa Rivero, presidenta del Rayo Vallecano, parece consolidar su puesto de honor en el palco, puesto al que accedió también, al igual que María Ignacia, de la mano de su esposo.

Laura seguía el camino abierto por estas mujeres, con el esfuerzo que siempre implica romper moldes y esquemas sociales. Era luchadora y profesional, emprendedora e inteligente y, por si esto no fuera suficiente, también era hermosa. Yo la admiraba y me había convertido en su aliada, su compañera y su amiga. Me sentía un poco como el ayudante que todo superhéroe tiene a su lado. Me sentía importante aunque, como nadie en aquel mundo, sabía muy bien que no era imprescindible, ni tan siquiera necesaria porque la vida sigue y no te pide permiso para avanzar.

Queridos Reyes Magos

Recuerdo cuando era niña la tremenda e indescriptible ilusión con la que vivía los días previos a la llegada de sus majestades los Reyes Magos de Oriente. Nada más acabar el año, mi mirada, mi deseo, toda mi expectación estaba puesta en el día de la magia, donde todo es posible y lo mágico es tan real como la fe de un niño. Pero el tiempo es el mejor de los billetes de un viaje sin retorno a la pragmática realidad, donde hacía ya mucho tiempo me había instalado.

Las vacaciones terminaron porque todo tiene un fin, por tediosas y permanentes que, en ocasiones, nos puedan parecer las circunstancias. Volvimos a la vida cotidiana y a una liga de fútbol que, personalmente, estaba deseando que acabara porque ese fin supondría el inicio de una etapa esperanzadora para Laura y para mí. Empezamos a vivir la segunda parte de aquel partido que ya duraba muchos meses y que bien podría servir para el guion de una película. Siempre la realidad supera la ficción. En aquella segunda parte, la trama y los personajes eran los mismos que en la primera y ya se sabe que segundas partes nunca fueron buenas.

Lo tenía todo preparado para cumplir con un compromiso más que el equipo tradicionalmente organizaba por aquellos días de enero. Jugadores, cuerpo técnico y algunos miembros de la directiva se convertían en los portadores de la magia de la Navidad entre los niños hospitalizados. Los convenios de colaboración que Diego y Basilio firmaban con diversas empresas jugueteras nos permitían recoger, año tras año, un buen puñado de juguetes que aquel siete de enero nos encargaríamos de hacer llegar a los niños hospitalizados. Era, sin duda, una buena forma de empezar el año y también una estupenda ocasión para dulcificar la imagen del equipo y de alguno de sus miembros, que no pasaban por su mejor momento. A aquel acto social por supuesto estaba convocada la prensa, para dar fe de la generosidad de nuestro equipo y hacerle saber a la ciudadanía en general y a la afición en particular, las bondades del Real Triunfo para con los más desfavorecidos. Eso siempre enternece y anestesia los sentimientos encontrados de una afición insatisfecha en lo deportivo.

Me encargué de intentar que todos y cada uno de los asistentes al hospital lo hicieran vestidos con el traje de chaqueta oficial del equipo que tantos dolores de cabeza me estaba reportando desde el mismo momento de su confección. Una vez más hubo una negativa generalizada. Tan insistente rechazo me hizo pensar que, tal vez, el sastre utilizó algún material susceptible de producir alergia a los jugadores porque, de lo contrario, no entendía muy bien tanta resistencia. También podía tratarse, simplemente, de un caso severo y crónico de alergia a la elegancia, un mal que padecía la mayoría de la plantilla.

Para no tener que escuchar que no se habían dado por enterados de la orden directa de Laura de tener que vestir el traje en aquel acto oficial como era la visita al hospital, redacté un comunicado por triplicado y se lo entregué a Ariel para que lo colocara en el vestuario y que además diera también la orden verbal, bajo amenaza de castigo en caso de incumplirla, como a los niños pequeños.

—Por favor, Ariel, encárgate de que todos lean este comunicado que luego dicen que no se han enterado y me cae la bronca a mí —le dije.

—Si vos me lo pedís es para mi una orden, mamita.

—¡Ah! Y adviérteles de que deben ponerse zapato negro y calcetín negro también, preferiblemente modelo ejecutivo, que luego me traen los calcetines blancos y se quedan tan panchos. Diles que por muy de «Armani» que sean no sirven los calcetines blancos, que me duele la vista de mirarlos. Con lo guapos que van con el traje…

—Te voy a tener que contratar de asesora de imagen. Seguro que si me aconsejás vos, tendría más éxito con las pibitas.

—Algo se te puede mejorar, empezando por cortarte esa melena. Ya no tienes edad para esos pelos, Ariel, asúmelo —le dije bromeando.

—A estos cabellos se agarran las pibas cuando cabalgan en el amor y están a punto de desfallecer de placer. Además, ¿vos me estás llamando viejo? —preguntó haciéndose el ofendido.

—¡Dios me libre! Solo digo que un buen corte de pelo te favorecería mucho más y las pibitas que se agarren donde buenamente puedan. Si quieres que yo sea tu asesora de imagen tendrás que hacerme caso, ¿no?

—No sé cómo me las arreglo pero siempre termino a las órdenes de una mujer. Parece que es mi sino.

—Pero si en el fondo te encanta.

—Ahí tenés toda la razón, me encantá en el fondo y también en la superficie, ¿viste? No tengás problema que les haré llegar el mensaje.

El mensaje debió llegar, no dudo del empeño que puso Ariel en la labor, pero algunos hicieron oídos sordos y llegaron a la puerta del hospital vestidos con su ropa deportiva en la que se podía leer, a kilómetros de distancia, el nombre de la marcas, de mucho prestigio pero de dudosa estética, que ocupaban toda una manga o la totalidad de la espalda o el pecho.

El dueño de la sastrería había colmado su dosis de paciencia ya que, tras aquellos meses de acuerdo, todavía no se había producido ni una sola ocasión en la que todos, sin excepción ninguna, aparecieran como debían, vestidos con el traje de la discordia. Además, tampoco se cumplió por parte del club, el compromiso de realizar una fotografía oficial de todo el equipo, vestidos de traje y posando en el césped de El Grande. De haberse realizado, aquella fotografía se hubiera repartido, de forma gratuita y en tamaño póster, junto con una edición dominical del *Noticias a fondo*, con el fin de dotar de una categoría de primera al Real Triunfo y de paso, contentar por lo que ello implicaba de promoción, a la sastrería, que una vez más se quedó con las ganas.

La jornada tenía ambiente festivo. Vinieron muchos aficionados a ver y a tocar a sus ídolos para comprobar que eran de carne y hueso como el resto de los mortales. Los niños pedían autógrafos y todos querían hacerse fotos. Una comitiva del hospital nos recibió en la puerta principal. En el centro estaba el director médico, acompañado de dos doctores más y tres enfermeras jefas de servicio. Ellos sí iban uniformados con sus batas blancas y estaban colocados en hilera delante de la puerta como preparados para las cámaras. Laura se acercó para saludar oficialmente a la comitiva médica que nos daba la bienvenida y los flashes dispararon ininterrumpidamente. Le siguió Basilio, deseoso por buscar un hueco en aquella fotografía, sacando pecho. Tras saludarle a él también, el director médico le pidió amablemente que apagara el puro antes de entrar en el hospital porque, como le indicó, está prohibido fumar allí. Salvador había aparcado delante de la entrada la furgoneta cargada con los juguetes y equipaciones infantiles del Real Triunfo y con mi ayuda y la del personal del hospital, empezamos a descargarlo todo, intentando clasificarlo por edades para facilitar el reparto.

Recorrimos los silenciosos pasillos del hospital intentando llevar un poquito de ilusión a la mirada de aquellos niños y también, por qué no decirlo, adjudicándonos una buena dosis de marketing a nuestra maltrecha reputación. Al fin y al cabo ese era mi trabajo y se daba bastante bien. Laura saludaba con mucha ternura a los padres e intercambiaba unas palabras cariñosas con los niños. Después cada jugador elegía un juguete del enorme carro donde los habíamos cargado y se lo entregaba, a ser posible, con fotografía de por medio.

Muchos, los más pequeños, no entendían muy bien quiénes eran aquellos señores que le habían traído un regalo y a los que todo el mundo les hacía fotos. Sus papás, entregados a la causa, les explicaban pacientemente que eran jugadores de fútbol, los del Real Triunfo, como los que salen en la televisión y que habían venido enviados por sus majestades los Reyes Magos de Oriente para traerles un regalo por ser tan valientes. Para otros, sin embargo, el mayor de los regalos era poder verlos en persona, tan de cerca, poder estrecharles la mano e incluso, poder hablar con ellos. Al mirar a sus ídolos su rostro se iluminaba de ilusión. Eran pequeños «triunfadores», las nuevas generaciones de una afición incombustible a pesar de los fracasos y las miserias de aquel club.

Ariel estaba en su salsa. Se mostró tierno y paciente, tanto que supo encajar con mucha deportividad y el mejor de los sentidos del humor, las innumerables críticas que los niños le hacían sobre su forma de dirigir el equipo. Allí dentro Israel no había perdido ni un ápice de su brillo como estrella. Todos los niños querían que el gran delantero visitara su habitación y les firmara un autógrafo. Todos querían que fuera él quien les entregara su regalo. Estoy segura de que si hubiesen aparecido en persona los mismísimos Melchor, Gaspar y Baltasar, no hubieran tenido tanto éxito los tres juntos, como lo tuvo Israel. Le gustaba sentirse admirado y querido, se le notaba en la mirada y él correspondió a aquellos sentimientos sacando la mejor de sus caras, la del chico amable, encantador y entregado. Nada que ver con la chulería del niño rico y mimado que otras veces yo misma había visto.

En aquella primera parte del reparto nos quedamos algo cortos y faltaron juguetes y sobre todo equipaciones, que era el regalo más solicitado, y todavía había algunas habitaciones por visitar. Le dije a Salvador que yo me encargaría de traer el segundo carro que habíamos dejado a buen recaudo en el box de las enfermeras. Laura me acompañó parte del trayecto y se desvió para ir al baño, mientras tanto, los jugadores continuaron su ronda acompañados del equipo médico. De vuelta, mientras empujaba aquella montaña de juguetes por los pasillos asépticos y de olor penetrante a productos químicos de hospital, pensaba que situaciones como la que estaba viviendo en esos instantes, daban sentido a mi trabajo y anestesiaban, en mucho, todos los malos momentos que tenía que soportar. Llegué a mi destino, como un paje real y entre todos terminamos de hacer el reparto. Como broche final tocaba inmortalizar aquel momento. Era la hora de las fotografías de familia, las mismas que decorarían el resto del año los corchos de las salas de trabajo y los distintos despachos y consultas. Primero con las enfermeras, que andaban revueltas con los jugadores, después con los celadores, y por último los médicos que no quisieron ser menos. De esta forma, dejando a un lado las tensiones y las luchas de poder, aquella particular cabalgata de Reyes recorrió todas las habitaciones de la planta de pediatría del hospital.

La vuelta al despacho no me seducía en absoluto pero era inevitable. Laura se marchó a casa pero yo volví a las oficinas. Eran muchos los asuntos que nos aguardaban a todos tras las vacaciones.

La campaña de abonos de media temporada comenzó a lanzarse en los medios de comunicación. Una campaña que Richard «el melenas» había cobrado en metálico del dinero de la caja fuerte del despacho de Diego. Los periódicos, las televisiones y la radio bombardeaban constantemente a los pocos aficionados rezagados con un mensaje directo a la fibra sensible. Todo ingreso que le club recibiera de aquella fuente sería bienvenido.

El equipo lo tenía más complicado. Para ellos lo único válido serían las victorias, las mismas que impulsaran al Real Triunfo a conseguir arañar puestos en la tabla de clasificación para al menos, no perder la dignidad deportiva.

Por ese mismo razonamiento Ariel era el mayor interesado en reconducir la trayectoria de sus chicos. La paciencia es un bien escaso y demasiado frágil como para jugar con ella y desconocíamos qué cantidad de paciencia le quedaba a Laura con respecto a ese tema.

En cuanto a Basilio y a Diego, su partida era más de póquer que de fútbol y tal vez jugaran de farol en un intento por desplazar a su oponente del poder del Real Triunfo. Raúl, como siempre, se mantenía a la sombra de su pareja y los satélites de ambos, como Conrado, no dudaban en serles serviles a cambio de un precio razonable. Pero pronto ambos harían suya la frase del emperador romano Julio César «Divide y vencerás», o al menos, lo intentarían.

Ya estaba a punto de dar por finalizada la jornada cuando Basilio me llamó y me pidió, con exceso de amabilidad y un tono de voz forzado y empalagoso, que me acercara al despacho de Diego. Necesitaba consultarme algo. Las voces de alarma de mi interior se dispararon. Algo tramaba. La capacidad de adaptación al medio y sus peligros que todos los seres vivos tenemos y que yo había desarrollado especialmente aquellos meses, dado el entorno en el que me movía, me hizo ponerme en alerta. Tal vez era una tontería pero tanta amabilidad me pareció sospechosa, muy sospechosa. Decidí activar la función de grabadora de mi teléfono móvil y así, por si acaso, me aseguraría de poder justificar lo que pudiera ocurrir allí dentro. Además, como yo siempre llevaba el móvil en la mano por cuestiones profesionales, seguro que no levantaría sospecha alguna.

Toqué a la puerta y entré. Yo ya sabía que ambos estarían dentro, de lo contrario Basilio me hubiera citado en su despacho. Diego estaba sentado en la silla de su mesa de despacho, presidiendo la sala, casi como un jefe de estado, o más bien como un dictador en su poltrona. Basilio al otro lado de la mesa en una de las sillas que se disponen para las visitas. A su lado había otra silla libre, la que esperaba mi visita.

—Ya estoy aquí —les dije intentando parecer despreocupada.

—Pasa, mujer, no te quedes ahí. Ven, siéntate aquí a mi lado —me dijo Basilio dando unas palmaditas en el asiento de la silla que tenía al lado de la suya y frente a la que ocupaba Diego. Yo obedecí y me senté procurando disponer el altavoz de mi teléfono móvil de tal forma que captara lo mejor posible la conversación que estaba a punto de producirse y tapando con la mano el piloto rojo que indicaba que estaba grabando.

—Bueno, ya estamos todos —comenzó Diego con la misma falsa amabilidad que había utilizado Basilio y que tanto me desconcertaba de él.

—Vosotros diréis.

—Mira, María, Diego y yo hace tiempo que queremos hablar contigo pero nos ha sido difícil encontrar el momento. Queremos mantener esta conversación contigo porque te apreciamos y valoramos mucho el trabajo que estás realizando en el club. Pero también te pedimos que seas discreta y que lo que se hable en este despacho quede entre estas cuatro paredes. ¿Entiendes?

Yo asentí con la cabeza y comprobé discretamente con la mirada la posición de mi móvil mientras que Basilio proseguía.

—Este mundo es muy complicado, seguro que tú ya te has dado cuenta, es algo así como una telaraña tejida con hilos muy finos pero a la vez muy resistentes que atrapa todo lo que cae en ella. Muchas de las cosas que atrapa, pasan a convertirse en las presas de la araña que vive en ella, pero otras simplemente se quedan entrelazadas en los hilos y, si a la araña no le interesa porque no las considera comestibles, se quedan ahí sin molestar siendo un elemento más de la telaraña. ¿Me captas?

—Pues mira, Basilio, es que no me gustan demasiado las arañas ¿sabes?, te agradecería que fueras un poco más explícito —le dije yo intentando ir al grano de la conversación aunque había comprendido perfectamente el significado de las petulantes palabras de Basilio.

—A ver. Digamos que el Real Triunfo es la telaraña y tú, como todos nosotros, has caído en sus hilos. Ahora solo depende de ti que te conviertas en una presa de la araña o no.

—Y la araña fea y peluda quién eres, ¿tú? —le dije intentando provocarle y adoptando una actitud desafiante pero poco inteligente por mi parte.

—Muy graciosa. ¡Creo que estás eligiendo ser presa, una estúpida presa que yo me merendaré en un santiamén! —me contestó molesto.

—¡Déjate ya de historias de animalitos y de gilipolleces! ¡Me pones de los nervios! —replicó Diego que hasta ese momento estaba callado observándonos—. ¿Es que no eres capaz de explicar las cosas con sencillez? ¡Qué gran político ha perdido esta ciudad! ¡Dios mío! —Y Basilio sonrió al entender aquella frase como un cumplido en lugar de cómo una cínica burla. Diego respiró profundamente, se recompuso y prosiguió.

—Verás, María, está claro que en este lugar no hay sitio para tanta gente y alguien tiene que abandonar su asiento y esos no vamos a ser nosotros. Este club es historia de esta ciudad y nosotros formamos parte de esa historia. Mi cuñado, como bien sabrás, fue uno de los presidentes del Real Triunfo con más prestigio y entrega, en lo personal y en lo profesional y nunca quiso abandonarlo. Las circunstancias le obligaron porque las cosas no marchaban como en otros tiempos y tuvo que sacrificar, muy a su pesar, el sueño de su vida, ser el Presidente y propietario del Real Triunfo, el equipo que veía jugar de niño en el Estadio El Grande.

—Bonita historia. Pero, ¿qué tengo que ver yo con todo esto?

—Mi cuñado quiso que la gente de su confianza se quedara trabajando para este equipo cuando tuvo que vender sus acciones y por eso Basilio y yo estamos aquí. De alguna manera nosotros somos los guardianes en su ausencia. Tenemos una responsabilidad con él y también con la afición. Yo estoy seguro de que, en breve, él volverá a retomar su actividad para con este equipo, sólo necesita algo de tiempo para recomponer su economía y cuando lo haga conseguirá que el Real Triunfo suba a primera división.

—Algo así como La Reconquista, ¿no?

—No seas estúpida, María. Tú puedes ser una de las personas que viva ese momento desde dentro, trabajando para el equipo ganador, te estamos tendiendo la mano para ello. Si eres inteligente sabrás que apostar por nosotros es apostar por la victoria segura.

—Mira, Diego, yo me limito a hacer mi trabajo lo mejor posible cada día y no apuesto por nadie. No quiero líos —le dije intentando parecer neutral.

—¿Qué te ha ofrecido ella? —preguntó Basilio.

—¿Quién? —contesté intentando ganar unos segundos que me permitieran buscar respuestas apropiadas.

—Sabes que me refiero a Laura. Sé que sois muy amiguitas, a mí no me engañas, pero sea lo que sea lo que te haya prometido, nosotros podemos mejorar la oferta. ¿A que sí Diego?

—¿Me estás intentando comprar, Basilio?

—Mujer, no te lo tomes así, sería más bien una justa compensación por tu apoyo —matizó Diego.

—Yo no estoy en venta —les contesté ofendida.

—Todos los estamos, sólo debemos conocer nuestro precio.

—Pues yo debo ser la excepción que confirma esa regla.

—Chorradas. Digamos que, como gran profesional que eres, querrás seguir teniendo trabajo en esta ciudad, ¿verdad? Seguro que no te gustaría que tantos años de facultad y luego de becaria, que tantos años de esfuerzo en las redacciones de los periódicos y las radios, quedaran en nada porque alguien llamara por teléfono y sugiriera que no te contrataran más porque, de hacerlo, alguien muy influyente de la ciudad dejaría de gastarse el dinero en publicidad en su medio de comunicación. ¿Qué crees que pasaría?

—¿A dónde quieres llegar, Diego?

—Quiero decir que me basta una llamada para que no vuelvas a trabajar. Sin embargo, si tomas la decisión correcta, yo sé de un importante grupo de construcción, que anda necesitando una buena Directora de Comunicación. Si yo le digo a mi cuñado que tú eres la mejor, ese puesto puede ser para ti.

—Ya.

—¿No te parece una importante proyección profesional? —me preguntó.

—Y, dime una cosa Diego ¿qué me costaría si, supongamos, me interesara que hicieras esa llamada para que yo fuera la directora de comunicación de ese importante grupo empresarial?

—Digamos que necesitamos que tu actitud, a partir de ahora, sea como la de esos monos. —Y me señaló un cuadro situado a su derecha, en la que aparecían los tres monos místicos del santuario de Toshogu de Tokio, donde cada uno de ellos ocultaba con sus manos su boca, sus oídos y ojos respectivamente.

—Explícate.

—Muy sencillo. Debes ver, oír y callar.

—¿Y si no acepto? —pregunté.

—¡Te irás a la puta calle con tu amiguita Laura! —respondió Basilio alterado por la adrenalina que su cuerpo estaba produciendo en exceso como consecuencia de aquella tensa situación.

—Ya ves, María —continuó Diego frío e impasible— en tu mano está tenerlo todo o no tener nada.

—Puedes ser parte de la telaraña o ser la presa, ¿lo entiendes ahora? —replicó Basilio mientras se encendía un puro.

Salí de aquel despacho con la sensación de sentirme vencida en una batalla de dos contra una. Ninguna de las posibles salidas de aquel laberinto en el que estaba perdida me satisfacía. No me apetecía nada aceptar la oferta por suculenta de fuera. Sabía que aquel plato tan exquisito sería de difícil digestión para mis principios. Pero tampoco me seducía la idea de pasar a ser la periodista vetada de esta pequeña ciudad. Mis filias estaban del lado de Laura y mis fobias muy cercanas a aquella pareja de mafiosos del fútbol. Pero no sabía muy bien qué hacer. La estrategia estaba clara. Era tan simple como estar con ellos o contra ellos en una lucha a muerte por reconquistar su pequeña parcela de poder y a esas alturas yo sabía muy bien que el poder es una droga dura.

En la soledad de mi casa escuché la grabación millones de veces, intentando encontrar, entre los recovecos de las palabras, alguna pista sobre lo que debía o no hacer. Finalmente decidí escuchar a mi corazón. Llamé a Laura y le reproduje la grabación. Yo ya había elegido, ahora solo podía desear que ganaran los buenos.

El accidente

El frío mes de enero se nos escapaba entre los dedos y mientras Laura y yo seguíamos con la mirada puesta en el mes de junio, todo se sucedía con aparente normalidad, la normalidad de un fracaso más para nuestro equipo. El Real Triunfo inauguró el nuevo año con dos derrotas encadenadas que convirtieron el mes, en uno de los peores en lo deportivo, aunque sospechosamente tranquilo en lo referente a su situación interna. La liga había llegado a su ecuador y, lejos de situarnos como campeones de invierno, que hubiera sido lo deseable para un equipo que aspiraba al ascenso, éramos ya uno de los equipos colistas luchando por no descender. A los jugadores parecía pesarles los excesos navideños y Laura ya había abandonado definitivamente el sueño del ascenso en aquella su primera temporada como presidenta. Ahora toda su energía estaba centrada en salvar aquel barco del naufragio porque para llevarlo a buen puerto ya habría tiempo.

El último partido de aquel negro mes de enero se jugaba en casa y todos cruzábamos los dedos para que nos fuera favorable. Curiosamente el objetivo de la victoria era algo que nos unía a todos, algo en lo que todos estábamos de acuerdo, lucháramos en el bando que lucháramos. Era un domingo frío y húmedo y poco pudieron hacer para caldear el ambiente las escasas cinco mil personas que asistieron. La euforia de la afición se desinflaba por momentos y se sumía en un estado depresivo del que era muy difícil salir. También había menos reporteros de las cadenas de radio y televisión que dieran la previa recogiendo las impresiones de los jugadores momentos antes del inicio del encuentro. Israel fue titular y posó junto con sus otros diez compañeros para la foto del once inicial y, desde el palco tan solicitado en los momentos de gloria, pocos consejeros y muchos menos amigotes de lo habitual hicieron los honores de acompañar moralmente a un equipo que ya lo tenía todo perdido.

Ariel ejerció de psicólogo en el vestuario antes de pisar el césped. Yo, desde la puerta del vestuario, le escuchaba vociferar dando órdenes a sus jugadores en un tono casi desgarrado, desesperado. Su trabajo le iba en ello. Con sus palabras intentaba escarbar en la esencia de aquellos deportistas para rescatar el espíritu de lucha que seguro tenían escondido en algún lugar de su interior. Cuando ya no queda nada por ganar todavía quedan cosas por perder y ellos estaban a punto de perder el respeto como profesionales. El árbitro marcó el inicio del partido y comenzó el espectáculo.

Basilio ocupaba uno de los asientos del palco, junto a Raúl y Diego. En las últimas semanas, a aquella extraña pareja formada por el discreto director deportivo y su controlador y desconcertante director financiero, parecía haberse convertido en un trío, cuyo tercero en discordia era el mismísimo director gerente. Laura, elegante como siempre a pesar de las bajas temperaturas, acompañaba al presidente del equipo rival, ejerciendo como nadie de relaciones públicas del Real Triunfo. A mí me gustaba sentarme en un discreto segundo plano donde, a pesar de la distancia, no me pasó desapercibida la actitud nerviosa de Basilio. Tras mi negativa por omisión de respuesta a unirme a su bando, Basilio marcaba las distancias conmigo, algo que, por otra parte, yo agradecía. Estaba especialmente inquieto, se frotaba las manos y parecía no poder mantenerse en su asiento más de dos minutos. Miraba hacia todas partes y no se centraba. En el partido y en una de esas miradas se giró hacia atrás y sus ojos desorbitados y con las pupilas dilatadas, me impactaron sobremanera. No era la primera vez que lo veía en aquel estado, pero sí nada más comenzar el encuentro. Yo ya sabía que a Basilio le gustaba alternar el canapé del descanso servido en la sala vip, con un whisky y alguna raya de cocaína, eso lo descubrí el mismo día del partido de presentación, pero daba la sensación, por su estado de ansiedad, que en esta ocasión el whisky y la raya se los había traído puestos de casa.

La situación ya era conocida por Laura y sus tentáculos también. Laura me contó que Basilio no solo consumía sino que también trapicheaba con clientes tan insospechados como Alfonso El Grande, el ultra presidente de la Peña «En el triunfo y hasta la muerte». Un explosivo cóctel de personas y sustancias del que era mejor alejarse. Al parecer Basilio le entregó a Alfonso la caja de un juguete el mismo día que el equipo visitó a los niños del hospital, justo en la puerta de los baños de caballero. Laura puedo verlos en el momento que ella salía del baño de señoras y al escuchar cómo Alfonso sopesaba aquella caja y le preguntaba sobre la «calidad de la mierda» entendió que dentro no había ningún juguete. Un mediocre como Basilio metido a narcotraficante con clientes tan peligrosos como Alfonso me producía un escalofrío cada vez que lo pensaba.

La afición, ajena por completo al estado de Basilio, centraba su energía en gritarle a Ariel, en un improvisado coro formado por cinco mil personas, «Ariel vete ya, pibe vete ya», como un cántico que ya nos era habitual en cada partido. Pero el Real Triunfo marcó un gol en el minuto siete de la primera parte y la magia de la euforia sobrevenida resucitó una pasión que parecía haberse dormido.

Aquella excitación añadida no le hizo ningún bien a Basilio. Su agitación ya era extrema antes del tanto y cuando el marcador se puso a favor nuestro, Basilio pasó a un estado casi de delirio. Estaba fuera de control, eufórico y exacerbado. Gritaba y aplaudía. Insultaba al contrario y al árbitro y sus palabras, a veces ininteligibles y siempre desproporcionadas, llamaron la atención de la prensa que comenzó a hacer fotografías. Diego estuvo rápido y le cogió del brazo fuertemente para sacarlo del palco con la mayor discreción posible, bajo la atenta mirada de demasiada gente y la vergüenza ajena de unos cuantos. Tras aquel incidente ni Diego ni Basilio volvieron al palco.

Al gol que desató la locura de Basilio, le siguieron dos más a favor nuestro en el marcador, uno de ellos de penalti en la segunda parte, aunque ninguno de ellos lo marcó Israel porque el técnico decidió que abandonara el terreno de juego a la media hora de haber comenzado el partido. El resultado final de tres a cero acalló las voces contra Ariel, al menos hasta el partido siguiente. La victoria del encuentro supuso para la afición una pequeña luz en aquella habitación oscura.

Todos estaban satisfechos con aquella desahogada victoria excepto Israel, a quién no le había gustado nada que lo sentaran en el banquillo y le restaran protagonismo. El delantero no era una persona dócil, especialmente si lo que se atacaba era su ego y tampoco gozaba de las simpatías de Ariel, algo público y manifiesto. Cuando no hay química entre un jugador y un entrenador poco se puede hacer por evitarlo y mucho para intentar disimularlo aunque en aquel caso era algo más que evidente. Lo ocurrido en el partido fue la gota que colmó el vaso e Israel estalló sin esperar, siquiera, a llegar al vestuario para hacerle partícipe a su entrenador de su profundo malestar. Allí mismo, en el túnel de entrada al campo, a la vista de todos los que allí se agolpaban, prensa, jugadores del Real Triunfo y del equipo rival, aficionados y equipo arbitral, Israel empujó con violencia a Ariel y le reprochó su actitud.

—¿Qué coño has hecho, capullo? Este partido era mío.

—¡No me toques y ten un poco de respeto! —le gritó Ariel intentando preservar su autoridad como entrenador—. ¡Si tenés algo que decirme me lo decís en privado!, ¿entendés? ¡Yo mando en la cancha y no vos! ¡Yo digo quien entra y quien sale y vos salís cuando a mí me salga de las pelotas! ¡Y no volvás a tocarme en tu puta vida!

—¡Te voy a…!

Israel estaba rojo de ira y envalentonado con Ariel dispuesto, a partirle la cara allí mismo, algo que sin duda hubiera sucedido de no ser por sus compañeros que lo cogieron por los brazos y se lo llevaron al vestuario. Ariel se marchó por otro lado, intentando calmarse. Minutos más tarde tendría que ofrecer la rueda de prensa posterior a cada partido y necesitaba recomponerse para contestar a las preguntas de los periodistas que, sin duda, ahondarían en este incidente.

Ya en la sala de prensa yo temía a las preguntas. Lo ocurrido con Basilio en el palco y con Israel en el túnel de jugadores habían conseguido enturbiar el excelente resultado del Real Triunfo y lo que hubiera sido una rueda de prensa para hablar de nuestra victoria, se iba a convertir en una exposición pública, una vez más, de nuestras miserias.

Tras una valoración del partido por parte de Ariel comenzaron las preguntas.

—David Hernando de *Radio Informaciones*. Míster, dígame, ¿por qué ha realizado ese cambio de Israel cuando estaba en lo mejor de su juego? ¿No es cierto que ha sido un castigo por su mala actitud?

—Vos me ofendés con esa pregunta. Yo no soy Dios, yo no castigo a mis jugadores. Israel puede ser un pelotudo muchas veces pero también es un excelente jugador. Si lo cambié fue porque pensé que era lo mejor para el juego como ha demostrado el resultado del partido y no hay más nada detrás de esa decisión.

—Sí pero se dice por ahí que no hay química entre usted y el delantero y eso influye en sus decisiones.

—Ya contesté a esa pregunta, ¿qué querés más? —dijo tajante mientras buscaba entre los periodistas a otro que tuviera la mano alzada. Le hizo un gesto a uno de los que tenía a su izquierda para que preguntara.

—Antonio López del *Diario Deporte*. Enhorabuena, mister por esta victoria.

—Gracias.

—¿No cree que la afición lleva razón cuando le corea para que se marche porque aquí ya no tiene nada que hacer?

—La afición es soberana y no me gustan los coros ni en la misa, ¿viste?, pero la afición también se equivoca —respondió molesto—. Si no hay más peguntas, gracias señores —dijo mientras hacía el gesto de levantarse para marcharse, pero en ese mismo instante Conrado intervino para clavar la puntilla.

—Una última pregunta míster, por favor. Conrado Martínez, del *Noticias a fondo*. Me consta que tiene usted los días contados como entrenador del Real Triunfo porque ha acumulado la peor estadística de los últimos años y por si eso no fuera suficiente, hay jugadores que no le tienen ni el más mínimo respeto. Sin ir más lejos, algunos de nosotros hemos sido testigos hace unos minutos de un lamentable espectáculo. Me estoy refiriendo al encontronazo que ha tenido con Israel que de no haber sido por sus compañeros, hubiera llegado a las manos, ¿Qué tiene que decir a eso?

—Tengo que decir que a mi me consta que vos sos un periodista vendido y pendejo así que andate a meterle el dedo en el culo a otro gilipollas que se preste porque yo ya me cansé de vos. Es todo.

Ariel se levantó enfurecido y dejó a Conrado clavado en la silla con una repugnante sonrisa de satisfacción en sus labios y al resto de los asistentes a esa rueda de prensa totalmente boquiabiertos. Conrado había conseguido lo que buscaba, hacer estallar al entrenador y evidenciar así, la fragilidad del vestuario que, al fin y al cabo, no era más que el reflejo de la fragilidad de todo un club. Aquella respuesta desairada eclipsaría la mayoría de los titulares del día siguiente y dejaría una gran victoria del Real Triunfo en noticia de segundo plato.

Me marché a casa hastiada por la situación. De camino, me preguntaba qué habría sido de Basilio tras abandonar precipitadamente del brazo de Diego el palco de El Grande. No me quitaba de la cabeza lo que Laura me había contado sobre los trapicheos de este con Alfonso. Me apenaba también la situación de Ariel a quien tenía aprecio. No me parecía nada justo cómo se le había tratado ni por parte de la prensa, ni por la afición, ni por parte de Israel en quién, estaba claro, tenía un enemigo, uno más en la lista del delantero en la que ya estaba escrito el nombre de Diego. Pensé también en Laura y en aquel mensaje de su móvil que recibió antes de Navidades. No sabía nada más de aquella historia, en caso de que la hubiera, pero temía que Israel le hiciera daño a mi amiga. Además sentía cierto temor por nuestro futuro, el de Laura y el mío, y la cabeza empezaba a darme vueltas con tanto pensamiento entrelazado. Todo era demasiado complicado e intenso para mí. Desconecté el móvil, me di una ducha y abracé a mi gato que me ofreció su ronroneo como canción de cuna hasta que el sueño me venció.

A la mañana siguiente parecía que todo había quedado atrás como en un mal sueño. Hacía sol aunque el día era fresco y me sentí contenta y renovada por unos instantes. Eran pocos y pasajeros los momentos en los que estaba feliz últimamente y hasta me sorprendía a mí misma toparme con ellos. Aquel era uno de esos buenos momentos que duró el tiempo que tardé en encender mi móvil. Tenía cuatro llamadas perdidas con el número de teléfono de Laura. La primera de ellas realizada a las tres y cuarto de la madrugada y la última a las seis y media de esa misma mañana, poco antes de despertarme. Algo grave había pasado. Lo presentía. Inmediatamente llamé a Laura y tras darme varios tonos, saltó el contestador. No dejé mensaje, simplemente colgué. Empezaba a ponerme muy nerviosa por momentos y no sabía muy bien qué hacer. Lo intenté de nuevo pero tampoco hubo suerte. Tal vez le había ocurrido algo y sus llamadas en la noche fueron para pedir mi ayuda. Tal vez se había puesto enferma o, peor aún, la habían asaltado y estaba herida, sin poder moverse tirada en un callejón. En unos segundos barajé en mi mente mil posibles situaciones, ninguna de ellas positiva, como suele ocurrir en estos casos donde los seres humanos tenemos la tendencia de ponernos siempre en lo peor. No podía llamar a Basilio ni tampoco a Diego. ¿Y si ellos estaban implicados? Tal vez Salvador sabía algo o Ariel, no sé. Me asaltaban mil preguntas cuando sonó mi móvil. Era el número de Laura.

—Laura, ¿qué ocurre?, ¿estás bien?, ¿dónde estás? —empecé a interrogarla alterada por mi estado nervioso.

—Llevo toda la noche llamándote. Para una vez que necesito que dejes el móvil encendido lo apagas —me dijo un poco molesta.

—Lo siento. Pensé que no pasaría nada y estaba tan cansada que necesitaba desconectar. Pero dime qué ocurre...

—Es Israel...

—¿Israel? ¿Qué ha pasado? —pregunté ansiosa.

—¡Te quieres tranquilizar y dejarme hablar, María, me estás poniendo de los nervios! —Suspiró, cogió aire y continuó—. Esta madrugada, a eso de las tres, me llamaron del hospital. Israel había dado mi nombre y mi teléfono como persona de contacto. Está ingresado. Al parecer ha tenido un accidente con el coche.

—¿Pero, está bien?

—Yo estoy con él. Bueno, ahora mismo está en observación. Tiene daños en una pierna y está algo contusionado, pero creo que podrá contarlo. Suerte que iba en el todo terreno.

—¿El coche de la marca que promociona?

—Sí, ese. Dicen los médicos que de haberse producido el accidente con su deportivo, podría haberle costado la vida. Se ha empotrado contra un camión y el deportivo tiene muy poca altura y se hubiera colado por debajo del camión. El todo terreno es mucho más elevado y además tiene barras metálicas de seguridad, esas dos cosas le han salvado la vida.

—Y... ¿Dices que ha sido a las tres de la mañana?

—Sobre esa hora me avisaron a mí. Supongo que vendría de fiesta para celebrar que ganamos.

—O tal vez se fue de fiesta más bien para olvidar la bronca que tuvo con Ariel. Estaba muy cabreado por el cambio del partido —maticé.

—Bueno, María, eso ahora mismo no importa. Ahora tenemos otro problema en el que pensar. Todavía no conozco el alcance de las lesiones que tiene Israel, pero una cosa está clara, no podrá volver a jugar en lo que queda de temporada.

—Supongo que Ariel sabrá ocupar su plaza de la mejor manera posible para que el equipo no se resienta. Ayer mismo lo hizo y jugamos un partido genial. Además, siempre nos queda el mercado de invierno. Tal vez todavía estamos a tiempo de hacer un nuevo fichaje —le dije intentando dar soluciones satisfactorias a aquella situación que se nos había presentado.

—No es tan sencillo. No habrá mercado de invierno porque no hay dinero, además, ya estamos justos de tiempo. No me puedo permitir invertir ni un solo euro más en el Real Triunfo. Esto es un pozo sin fondo para mi economía. Por el momento el grifo está cerrado. La próxima temporada ya veremos. Tendremos que arreglarnos con lo que tenemos. Lo que dices de Ariel es la mejor solución. Hablaré con él. Si quiere conservar su puesto tendrá que apañarse con los jugadores que tiene ahora mismo en el vestuario y, además hacerlo bien. Estoy teniendo demasiada paciencia con él. Si no fuera porque no puedo fichar a otro entrenador, Ariel estaría fuera del club hace semanas.

—Entre nosotras, Laura, no creo que para Ariel prescindir de Israel sea un problema. Algo me dice que tal vez sea incluso un alivio para él.

—Sí, lo sé. Israel no ha sabido ganarse la simpatía de la gente del club, eso está claro, pero nos ha costado mucho dinero y ahora mismo su precio se ha devaluado una barbaridad. Sus juergas y todos sus incidentes no ayudan nada. ¿Qué club lo va a querer ahora? Me temo que nos lo vamos a tener que comer con patatas. En fin, cuando puedas pásate por aquí. Sería conveniente que hiciéramos un comunicado para la prensa y así evitar especulaciones.

—De acuerdo. Dentro de una hora estoy ahí.

Aunque en las desgracias siempre hay que centrar la atención en la parte positiva de las cosas, yo tenía la sensación de que nada nos salía bien. Andábamos un paso hacia delante pero desandábamos tres. Tras una buena noticia siempre ocurría algo que la enturbiara. No es que a la tempestad le siguiera la calma, más bien, a la calma le seguía la tempestad. Habíamos jugado tan solo unas horas antes un estupendo partido. Una buena noticia que quedó enturbiada por una disputa entre jugador y entrenador, sin contar con el lamentable espectáculo de Basilio en el palco. Israel había salvado la vida en un grave accidente, esa era la parte positiva de aquella historia, pero perdíamos al mejor delantero del equipo el resto de la temporada. A partir de ese mismo instante tendríamos que cruzar los dedos para que, en lo que restaba de competición, ningún otro jugador se lesionara ni, por supuesto, sufriera ningún accidente. Así estaban las cosas pero, en el Real Triunfo, siempre eran susceptibles de estar incluso peor.

El atestado

De camino al hospital me paré a pensar qué efímero es todo y qué cambiantes pueden ser las circunstancias en tan solo unas horas. Normalmente no solemos tomar conciencia de ello, ni nos paramos a pensar que la vida se nos puede escapar en un instante. Tan solo cuando la propia vida nos da con alguno de sus golpes de efecto, como un accidente o una enfermedad de alguien cercano, es cuando reaccionamos ante la fragilidad de lo que habitualmente creemos irrompible. Aún siendo grave lo ocurrido a Israel, no quería ni pensar si hubiera muerto. Al fin y al cabo todo tiene arreglo menos la muerte.

Laura estaba en la sala de espera. Tenía un aspecto cansado y bastante desmejorado. Su cara acusaba las preocupaciones y la falta de sueño. No llevaba maquillaje. Era curioso verla con ese aspecto, allí sentada, cuando hacía tan solo unos días que había estado en aquel mismo hospital esparciendo todo su glamour entre los niños enfermos, bajo la admiración que siempre despertaba su presencia. Vestía unos pantalones vaqueros, un jersey polar color negro y zapatillas deportivas, un vestuario nada excepcional para cualquiera, pero extremadamente inusual en ella, que lucía impecable, elegante y subida a sus tacones de vértigo en cualquier circunstancia. Nunca antes la había visto vestida así. Imagino que fue lo primero que encontró cuando la interrumpieron en mitad de la noche para darle la noticia de que Israel estaba en el hospital. No era momento para modelitos. Supuse que Israel ordenó que la avisaran a ella y no a otra persona, porque no tenía ningún familiar en la ciudad y el más cercano estaba a más de mil kilómetros. Era lo más lógico. Giró la cabeza como si intuyera que la estaba observando y se levantó para darme un abrazo.

—Qué bien que estás aquí. Llevo toda la noche sola dándole vueltas a la cabeza —me dijo aliviada al verme.

—Tranquila, no te preocupes —le dije mientras le devolvía el abrazo—. Ahora no es momento de pensar en nada, Laura. Estás cansada y preocupada y todo se ve mucho más grave de lo que es. Israel está bien, se recuperará y eso es lo importante. A la temporada ya le queda menos y pronto empezaremos una nueva etapa. Tú y yo, juntas en esta aventura. Todo pasará y pronto será un mal sueño, ya lo verás. Ahora deberías tomarte un café.

—No puedo marcharme, tengo que esperar a que venga la policía de atestados. Tienen que hacer un parte del accidente. Afortunadamente el camionero está perfectamente y ningún otro vehículo se ha visto implicado. Supongo que había poca gente circulando a esas horas de la madrugada. Como el impacto ha sido por detrás, parece que todo está muy claro. La responsabilidad es de Israel y el seguro se hará cargo de los desperfectos, pero quiero estar aquí cuando vengan los agentes. No creo que tarden demasiado.

—Está bien, yo te traigo el café, verás como te sienta fenomenal.

La cafetería era un hervidero de gente. Cada uno con su drama personal ahogado en cafeína a aquella temprana hora de la mañana. No me gustan los hospitales porque casi nunca cuentan historias bonitas. Las batas blancas se mezclaban entre la gente porque ante un buen desayuno todos somos iguales. Me puse a la cola para poder pedir un par de cafés con leche para llevar. La señora de mi derecha estaba sonriente, radiante de felicidad. Hablaba por el móvil y le escuché decir que había sido una niña preciosa de tres kilos doscientos gramos a la que iban a llamar Alejandra y que las dos estaban bien, descansando en la habitación. Me sonreí. Acababa de escuchar una historia bonita en un hospital. Tras unos minutos de espera me hice con los cafés y volví al encuentro con Laura.

—Toma, está calentito —le dije mientras le ofrecía uno de los cafés.

—Muchas gracias, eres un cielo. —Bebió un sorbo con sumo cuidado de no quemarse y rodeó el endeble vaso de plástico con las dos manos como intentando atrapar el máximo de calor que desprendía—. Siéntate, hay novedades —me dijo.

—¿Novedades?

—Sí, y no son buenas noticias —me dijo resignada con aquella sucesión de fatalidades. Yo suspiré y le dije:

—Dispara, no creo que nada pueda ya sorprenderme. Estoy preparada para cualquier cosa.

—Ha estado aquí la policía de atestados hace solo un momento. Han venido a ultimar el informe y recoger los resultados de las muestras de sangre de Israel y les he pedido que me dieran alguna información. No tienen obligación de hacerlo y en ningún caso esa información me la darían a mí, pero les he mentido. Les he dicho que soy un familiar y que se trata de una persona pública. Casi he tenido que rogarles para que me confirmaran lo que les había escuchado hablar con los médicos. Me han proporcionado parte de los datos que aparecerán en el atestado. —Metió la mano en el bolsillo y sacó un papel un poco arrugado. Lo desdoblé y pude leer:

«Accidente de tráfico entre un turismo y un camión. El vehículo todo terreno alcanzó por detrás al camión en una vía rápida con suficiente visibilidad y velocidad limitada a 90 Km/h.

No se aprecian huellas de frenada. Según los primeros análisis clínicos la tasa de alcohol en sangre supera el doble de la permitida, con un nivel de 1,5 gramos de alcohol por litro en sangre, dando también positivo en cocaína, por lo que el conductor podría enfrentarse a un delito contra la seguridad vial»

—Pero… ¿Esto significa…?

—Exactamente lo que estás pensando. Está muy clarito —me cortó Laura.

—¡Israel iba drogado y borracho al volante y ha estado a punto de matarse! —Tras verbalizar mi pensamiento me quedé muda. Qué se podía decir ante eso.

—Este pedazo de imbécil no solo ha tirado a la basura el resto de temporada, sino que, además, nos ha creado un grave problema añadido. De saberse, esta noticia puede ser todo un escándalo y ya vamos sobrados de problemas en el club. María, ¡Israel podría acabar en la cárcel! ¡Esto es una pesadilla! ¡No puedo más!

Laura se derrumbó y ocultó las lágrimas con sus manos, tapándose la cara. Su fortaleza interior no pasaba por su mejor momento. Parecía no afectarle la ofensiva de Diego y Basilio, ni la presión de la afición por la mala marcha del equipo, ni los destructivos artículos de Conrado, sin embargo, todo lo que ocurría relacionado con Israel le afectaba sobre manera. Por primera vez la vi vulnerable, débil, desprotegida. No era una mujer invencible como aparentaba, sencillamente era una mujer. Sentí que esta vez era ella la que necesitaba de mi apoyo cuando siempre era yo la que se apoyaba en ella. Allí sentadas las dos, en la sala de espera de urgencias del hospital, las circunstancias parecían desbordarnos, sobrepasaban nuestra capacidad de aguante.

Tras estar en observación el tiempo necesario para comprobar que los golpes de la cabeza y del resto del cuerpo que Israel había recibido por el impacto contra el camión, no le habían causado lesiones de importancia, recibió el alta. Eso sí, las radiografías había detectado una «*fractura de extremo distal de 3º, 4º y 5º metatarsianos del pie derecho*» tal y como aparecía en el informe de urgencias. Tendría que llevar una escayola durante cinco semanas y más tarde, cuando se la retiraran, debería hacer rehabilitación durante otras cuatro semanas más. Si todo iba bien y la recuperación era satisfactoria, tal vez podría salvar algunos partidos y no dar la temporada por finalizada para él, o tal vez no pudiera hacerlo por estar encausado en un delito contra la seguridad vial tipificado en el código penal y castigado con pena de tres a seis meses de cárcel. Su diagnóstico médico era de escasa gravedad para lo que podría haber sido. Claro que, una cosa es la recuperación física y, otra muy distinta, las consecuencias que profesional y personalmente tendrían para él el consumo de alcohol y estupefacientes al volante.

A la prensa se le envió un escueto comunicado informándoles de lo ocurrido con la información estrictamente necesaria. Una verdad a medias con carácter oficial. Nada de mencionar el alcohol ni la cocaína. Nada de la hora en la que se produjo el accidente para evitar especulaciones. La nota de prensa fue una verdad traslúcida que solo dejaba ver lo que nosotras entendimos que se podía enseñar sin problemas, el resto, permaneció opaco a sus ojos. Ojos que no ven corazón que no siente.

La vuelta a casa de Israel vino acompañada de un buen número de solicitudes de entrevista por parte de periodistas de distintos medios de comunicación. Mi teléfono sonaba sin descanso. Todos querían marcarse el tanto de conseguir las declaraciones en exclusiva de la desgracia del delantero más caro de la liga de segunda división. Las fatalidades venden bien. Quizá el instinto periodístico de algunos de ellos olfateaba el maquillaje de la verdad oficial. Tal vez intuían que había algo más que estábamos ocultando o simplemente buscaban una historia de triste final que contar. Por eso era conveniente que esa entrevista nunca se produjera y para ello había que advertir a Israel. No debía hablar con ningún periodista bajo ningún concepto, ni tan siquiera comentar los detalles escabrosos con ningún conocido, aunque fuera de su confianza. Confieso que empecé a padecer cierto grado de paranoia. No me sentía cómoda en aquella situación. Yo mentía muy mal, incluso cuando era niña era una nefasta mentirosa y siempre me pillaban. Tenía la sensación de que la mentira me señalaba públicamente con el dedo para que todo el mundo lo supiera.

Cogí mi coche y me fui a casa de Israel para planificar la estrategia mediática a seguir en todo aquel asunto y de paso, conseguir más información sobre lo ocurrido. Antes compré un puñado de revistas en el quiosco cercano al garaje de casa. Pensé en llevarle un buen libro pero, en su caso, creí que las revistas eran más apropiadas.

—¡Vaya qué sorpresa! Me alegra verte, María. Perdona que esté con esta pinta pero con la escayola y las muletas estoy un poco limitado, ya me entiendes —me dijo cuando me abrió la puerta de su casa con aspecto desaliñado.

—Hola Israel, ¿puedo pasar?

—Claro, adelante. Estás en tu casa. Pasa al fondo, al salón.

Me adelanté e Israel cerró la puerta tras de mí. Caminaba torpemente, todavía no había adquirido la destreza necesaria con las muletas. Estaba magullado y con un enorme hematoma en la cara, a la altura del pómulo izquierdo pero, a pesar de su aspecto, lo encontré contento, un poco ajeno a todo, como un niño pequeño que no es capaz de medir las consecuencias de sus actos.

—¿Cómo estás? —le pregunté.

—Bueno, ya ves, no es mi mejor momento, pero teniendo en cuenta que el golpe fue brutal no me encuentro mal del todo.

—Te he traído unas revistas, por si te aburres y quieres leer un rato.

—Tú siempre tan detallista. Muchas gracias. ¿Cómo va todo por el club? —me preguntó.

—Va.

—Comprendo. No está siendo una buena temporada. La que viene será mejor. Esas cosas pasan en el fútbol... Y con este contratiempo...

—¿Contratiempo? Mira, Israel —le corté— no podemos hacer como que no ha pasado nada —le dije muy tajante dado que parecía estar lanzando balones fuera—. Aquí están pasando cosas muy graves y yo no puedo cerrar los ojos. ¿Te acuerdas cuando hace un par de meses te hice un favor? Me dijiste que me debías una. ¿Recuerdas?

—Sí, claro. Lo recuerdo.

—Pues he venido a cobrármela. Quiero que seas totalmente sincero conmigo.

—Bueno mujer, tampoco hace falta que te pongas tan dramática —me contestó a la defensiva sacando a relucir ese registro de chico prepotente que tanto le perjudicaba en muchas ocasiones.

—Está bien, veo que no estamos en la misma onda —le dije molesta—. ¿Tú le llamas contratiempo a conducir colocado hasta las cejas? ¿Sabes que te enfrentas a una pena de entre tres y seis meses de cárcel? ¿Y tu carrera? ¿Y el club? ¿Y la confianza que todos han depositado en ti? Si no eres capaz de hacer nada por los demás, al menos hazlo por ti mismo. Vas camino de hundirte en la mierda y arrastrar al Real Triunfo contigo, pero no esperes que yo me quede mirando. No me importan los líos que te traigas con Diego, ni tus enfrentamientos con Ariel, ni si has tenido o no algo con Laura. Pensé que éramos compañeros y los compañeros se ayudan unos a otros. No te voy a decir amigos, porque esa palabra te queda grande, pero sí compañeros. Parece que eso es algo que no le entra en la cabezota a alguien tan egocéntrico como tú. Siento haberte molestado en tu mundo feliz de chico rico y guapo donde nunca pasa nada malo. Me marcho y no me llames para recoger tus trocitos. Adiós.

Me levanté, cogí mi bolso y el abrigo que había dejado en una silla del salón y me dirigí hacia la puerta.

—¡Espera! —me gritó desde el salón—. ¡Vuelve por favor!

Hice una pausa para coger aire y templar los nervios. Había conseguido el efecto deseado en Israel. Me di media vuelta y me senté a su lado.

—¿Qué quieres saber? —me preguntó.

—Todo.

—Es una larga historia.

—Tengo toda la vida.

Las historias contadas por sus protagonistas siempre tienen una intensidad y unos matices especiales. Cada cual es protagonista de su propia vida y espectador de la vida de los demás, lo que hace que cada punto de vista de una misma historia sea una misma verdad vista desde distintos ángulos.

Israel me contó su verdad, su punto de vista, su vida y sus circunstancias desde su mirada y yo le escuché como una espectadora ansiosa por conocer cada uno de los detalles. Nos servimos una café, nos pusimos cómodos cada uno en un sofá y comenzó el relato.

El comienzo de la historia de Israel con el Real Triunfo estaba escrito con un número de siete cifras. Los tres millones de euros de su contrato fueron el principio de todo. Una gran cantidad de dinero capaz de mover montañas. Israel Buendía, esa gran promesa del fútbol de segunda división lo era, pero no tanto. El delantero que todos querían en su equipo, fue construido, en buena parte, desde una estupenda campaña de marketing. Era un buen delantero, sí, pero no el mejor. Estaba bien cotizado en el mercado, también, pero no el más cotizado. La afición del Real Triunfo lo conocía, sí, pero no era el más conocido. Esa era la realidad. En cambio, Israel sí era una persona vulnerable, capaz de venderse por una sobredosis de ego, a quién le gustaba sentirse admirado y deseado aunque fuera por motivos inmerecidos. Así estaban las cosas. Diego fue el encargado de transformar a Israel en un producto, un producto que todos quisieran tener en casa. Un producto deseado, competitivo, diferenciado del resto de productos en aquel mercado de hombres, el mejor, por el que valiera la pena pagar una gran cantidad de dinero. Para ello desarrolló toda una campaña de imagen dirigida a despertar en la afición el deseo por tener aquel producto. Utilizó, entre otras herramientas, a periodistas como Conrado, que engrandeció con sus artículos las bondades de Israel, previa compensación económica del club. Conrado Martínez, un periodista mercenario que, sabedor de trabajar para el periódico más leído de la ciudad, no dudaba en vapulear al Real Triunfo como medida de presión si no conseguía contraprestación económica por sus artículos en positivo.

Una vez creado el producto y el deseo de comprarlo, Diego sembró en Laura el interés por Israel, como había hecho en el resto de la opinión pública. Las razones técnicas las aportó Raúl, el sumiso compañero sentimental de Diego, y también director deportivo. Israel era el mejor y valía todo ese dinero, eso es lo que le hicieron creer a Laura, que se dejó asesorar por quienes, en aquel momento, consideraba unos profesionales. Para una recién llegada y desconocida presidenta que ansía hacer lo mejor y entrar con buen pie en un círculo tan cerrado como era el Real Triunfo, el fichaje de la superestrella parecía ser la mejor de las cartas de presentación.

De aquellos tres millones de euros, Israel solo recibiría dos millones y medio, ese fue el «pacto entre caballeros», una nada despreciable cantidad de dinero por otra parte. El resto iría destinado directamente a las manos de Diego como gestor y administrador de todos los gastos colaterales que habían surgido en aquella operación. Además el club gestionaría los derechos de imagen del jugador, aportando a sus arcas el veinte por ciento de todos los contratos publicitarios que se obtuvieran. Algo me decía que, de ese porcentaje, también chuparía Diego al fin y al cabo, por donde pasa el río siempre moja. Supongo que Israel pensó que no iba a renunciar a medio millón de euros tan fácilmente. Por qué conformarse con una parte pudiendo tenerlo todo. Tal vez llevado por la avaricia, la comisión finalmente no se pagó y ahora Diego la reclamaba. Tampoco se cumplieron las previsiones para con los contratos publicitarios y todo unido hizo que el pastel que pensaban repartirse no les resultara tan dulce.

La verdad de quiénes somos siempre subyace, aunque la disfraces o juguemos a inventar un personaje inexistente. Somos lo que somos y algunos ni siquiera eso. El personaje del ariete Israel se desmontaba por momentos como un castillo de naipes, dejando paso al joven Israel Buendía.

Las desavenencias entre Israel y Ariel empezaron al poco de conocerse. En opinión del delantero, el entrenador que le había tocado en suerte no predicaba con el ejemplo. Ariel Facundo, el argentino bona-chón de principios inquebrantables, había sido otro de los negocios de Diego y su gente. La necesidad acuciaba al entrenador, que no pasaba por su mejor momento ni económico ni personal y, desesperado, puso precio a su contrato a cambio de venir a España. Su carrera profesio-nal se adornó sensiblemente y solo Conrado, que en esta ocasión no se llevó tajada del negocio, llegó a sospechar algo de aquella maniobra, aunque nunca pudo confirmarlo.

Aquella circunstancia les situaba a ambos en el mismo plano, pen-sé yo, pero Israel no era de la misma opinión. Para Ariel, el vestuario era su reino, esa pequeña parcela que todos tenemos y donde no nos gusta ser cuestionados. Allí Ariel enarbolaba entre sus jugadores, la bandera de la integridad, de los principios morales y éticos que todo deportista deben practicar y cuyo ejemplo pretendía ser él mismo. Un discurso que chirriaba a los oídos de Israel, conocedor del precio de su entrenador por boca de Diego. Pronto surgieron las diferencias y no tardaron mucho en evidenciarse. El resto de la historia ya la conocía.

Israel parecía un tanto aliviado contándome todo aquello. Allí sen-tados en su salón, en torno a una taza de café, formábamos una estam-pa cercana a la del pecador frente a su confesor o la del adicto frente a su terapeuta. Noté que tenía ganas de quitarse la máscara, necesitaba poder verbalizar todo aquello, contárselo a alguien y la vida me había puesto en su camino. Le pregunté por la droga y su respuesta no me sorprendió.

No solía consumir habitualmente, solo lo hacía cuando necesitaba aliñar alguna noche de fiesta. Eso me dijo, aunque no me lo terminé de creer. ¿Dónde está la línea entre lo habitual y lo ocasional si hablamos de drogas? La tarde anterior había sido complicada. A pesar de la victoria del equipo en el terreno de juego, Ariel y él habían arrastrado hasta el campo una de sus discusiones que se inició en el vestuario, antes del partido, y cuyos últimos coletazos fueron públicos en el túnel de jugadores. El cambio de Israel por otro jugador en aquel partido, en el momento álgido del encuentro fue, a los ojos del delantero, la particular venganza del mister. Necesitaba desfogarse, sacar toda esa rabia que llevaba dentro, digerir la adrenalina, así que llamó a Basilio. Todo el vestuario conoce de los trapicheos del director gerente aunque, según me dijo, solo un par de jugadores requerían de tanto en tanto, de su mercancía. Bebió unas copas y se hizo un par de rayas y al volver a casa fue cuando se empotró contra el camión.

Contaba todo aquello con la naturalidad de quien no es la primera vez que lo hace. Intenté mantener el tipo mientras me lo decía, pero aquella realidad era mejor que una película de intriga. De hecho, para ser perfecta solo le falta algo de sexo, lo que me llevó a preguntarle por Laura.

Israel estaba fascinado con ella y percibía que, de alguna forma, era correspondido. En eso yo estaba de acuerdo con él, pero no se lo dije. Sin embargo yo era de la opinión de que para Israel, Laura era un capricho que se le resistía, lo cual lo convertía en más ansiado para un chico acostumbrado a tenerlo todo. Yo temía que aquella historia terminara dañando a Laura, pero no podía hacer nada. Según me contó, su historia era una sucesión inacabada de acercamientos y desencuentros. Parecía que el destino no quisiera que probaran suerte como pareja y se esforzara en separar sus caminos poniéndoles constantes obstáculos. No habían llegado a nada más que a un flirteo inocente propio de dos adolescentes cohibidos. Los acercamientos siempre se truncaban a pesar de la evidente química que había entre ambos y que muchos, incluido Conrado, ya habíamos apreciado. Israel era consciente de los rumores que corrían por el vestuario e incluso entre la prensa sobre la existencia de una relación entre el delantero y la presidenta del Real Triunfo, pero la realidad era que nada había ocurrido, al menos todavía o, tal vez, nunca.

Y así terminó la tarde en torno a un café, con la historia contada por boca de uno de sus protagonistas. Un punto de vista de toda aquella compleja realidad.

Me marché, no sin antes agradecerle la sinceridad con la que había saldado su deuda conmigo y advirtiéndole de que guardara silencio con la prensa. Una sinceridad supuesta que quise creerme en ese momento.

—Israel —le dije—, recuerda que los trapos sucios se lavan en casa.

La convalecencia

Nueve semanas era el tiempo estimado por los médicos para la baja de Israel. Demasiado tiempo de ausencia para un equipo de fútbol, pero también un oportuno tiempo para la reflexión. Las primeras semanas serían las peores. La escayola que debería llevar durante treinta y cinco días obligaría a Israel a adaptarse a un estilo de vida al que no estaba nada acostumbrado. Pocas salidas de casa, ninguna de ellas nocturna, mucho control médico y la soledad de quien está de paso en una ciudad ajena y tiene pocos amigos.

La familia de Israel se desplazó hasta la ciudad nada más conocer la noticia y permanecieron allí los tres primeros días para estar con él. Su madre, una mujer que debía tener tan solo un par de años más que Laura, era una señora encantadora, pero, tan distinta a ella, que parecían venidas de planetas diferentes. Estaba castigada por el trabajo y una laboriosa y múltiple maternidad. Israel era de origen humilde, familia numerosa, pocos recursos, pero mucha entrega. La suya era una familia donde faltó el dinero, pero sobró el amor. El «chico», como le llamaba su madre, era el mayor de siete hermanos. Su padre nos contó que vino al mundo cuando su madre tenía veintidós años. La historia de amor de sus padres fue un flechazo a primera vista. Él se dedicaba a la venta ambulante por los mercadillos de la comarca y la joven, un bonito día de primavera, le preguntó por el precio de un bolso que tenía a la venta. Se llevó el bolso y el corazón del vendedor por el mismo precio. Fruto de ese primer encuentro nació Israel, el mayor de sus siete hijos. Israel siempre fue un chaval espabilado aunque poco aplicado. Un espíritu libre. Su destreza con el balón se hizo visible ya en su niñez. Por entonces ocupaba casi todo su tiempo en jugar al fútbol en las calles de su pueblo. Era ambicioso y se ahogaba en aquel humilde ambiente. Detestaba la idea se ser un vendedor ambulante como su padre capaz de vivir y morir en el anonimato. Él quería ser alguien importante. Alguien que fuera recordado más allá de su muerte y reconocido en vida y el fútbol profesional se cruzó en su camino para ayudarle a conseguir su objetivo.

Laura hizo las veces de anfitriona con la pareja que destilaba humanidad y sencillez por los cuatro costados. Todo aquel mundo les quedaba muy grande.

—Cuídemelo, por favor —le dijo la madre a Laura el día que tuvieron que marcharse para hacer frente a las muchas obligaciones que le aguardaban.

—Usted no se preocupe por nada. Le prometo que yo personalmente me voy a encargar de Israel. Esté tranquila. Nosotros somos como una gran familia, somos como su segunda familia. Estará perfectamente. Además, es joven y fuerte y la lesión no ha sido tan grave. Yo soy la primera interesada en que se ponga bien lo antes posible.

—¿Sabe usted? Es un buen chico, se lo digo yo que soy su madre, pero a veces necesita que se le ate en corto, ya me entiende. Tiene un gran corazón. Su padre y yo le hemos enseñado que de nada sirve que sea un gran futbolista si no es también una buena persona.

—Me consta que es un buen chico. La mantendré informada de la recuperación de Israel. Ha sido un placer conocerles —les dijo Laura a sus padres en el instante en que se subían a un taxi camino de la estación de tren.

Gracias por todo —contestaron ellos.

Tenía su gracia que Laura comparara al Real Triunfo con una gran familia. Si te parabas a pensarlo un instante realmente así era. Quién no tiene un pariente al que detesta o que te hace la vida imposible. Quién no ha vivido los celos y las envidias en su propio seno familiar. Cuántas herencias has desquebrajado a generaciones enteras. En nuestra particular familia de triunfadores, también estábamos luchando por heredar, sin reparticiones, un legado que nos correspondía. Teníamos nuestros parientes molestos, pero de cara a la galería, éramos una familia numerosa muy bien avenida. Pocos o ninguno de los triunfadores podrían alcanzar a imaginar si quiera la profundidad de las grietas que amenazaban seriamente la unidad de club.

El equipo debía continuar sin su delantero y una extraña paz se instaló en el vestuario de Ariel. Reinaba un ambiente distendido y animoso, casi de alivio, a pesar de la mediocre trayectoria deportiva del equipo. Esa agradable sensación que se respiraba entre bambalinas, pronto se vería reflejada en el terreno de juego con dos victorias consecutivas. Parecía que nadie echaba en falta a Israel. Nadie pregunta por su evolución. Los días pasaban y su ausencia en el equipo le convirtió casi en un recuerdo. La prensa dejó de mencionarlo. Ningún compañero iba a visitarlo, ninguno, excepto Laura.

Las cinco semanas de escayola de Israel fueron también cinco semanas de visitas diarias de Laura.

—María, no tiene a nadie en esta ciudad y solo me faltaba que además de lesionado se me terminara deprimiendo —me dijo un día Laura cuando le hice la observación en voz alta de lo que todo el mundo ya estaba murmurando.

—Laura, yo solo te digo lo que la gente está dando a entender.

—¿Qué quieres? ¿Que le deje solo? Además, le prometí a su madre que cuidaría de él. No tengo que darle explicaciones a nadie —me contestó tajante y molesta—. La gente debe tener una vida muy aburrida y una mente muy calenturienta para dar por hecho cosas que no existen. Seguro que es un rumor que ha iniciado el amargado de Diego o peor aún, el impresentable de Basilio. ¡Ja! ¡Tiene gracia! Si la gente supiera la auténtica vida secreta de Diego o conociera los vicios de Basilio, estoy segura de que no repararían en jugar a imaginar una relación inexistente entre dos adultos.

—Dos adultos que son jugador y presidenta de un club de fútbol y con veinte años de diferencia entre ambos. Reconóceme al menos que es una historia con mucho morbo. Pero bueno, tú sabrás. Ya eres mayorcita. Solo quería que estuvieras advertida. Conmigo no tienes que estar a la defensiva. Yo estoy de tu parte, ¿recuerdas? —le dije reprochándole su actitud un tanto agresiva hacia mi persona. Yo solo era la mensajera y sabía, por boca de Israel que a él le interesaba Laura.

—Ya lo sé. Lo siento —rectificó rebajando el tono de sus palabras—. Es que todo esto está empezando a desbordarme. Haga lo que haga siempre se me critica. Sé que forma parte del cargo, pero está siendo mucho más duro de lo que había imaginado. Solo pretendo que Israel se sienta un poco atendido hasta que pueda volver a su vida cotidiana. Nada más.

En mi humilde opinión Laura estaba librando una batalla interna entre razón y corazón. Y, aunque parecía estar ganando la razón, al menos por el momento, por todos es sabido que el corazón tiene razones muy poderosas e irracionales capaces de imponerse en cualquier situación. La notaba vulnerable cuando tratábamos ese tema y la vulnerabilidad es la primera de las grietas por donde ataca el corazón.

Tres semanas tardó en filtrarse el atestado que había elaborado la policía sobre el accidente de Israel y las circunstancias que lo habían rodeado. Si lo pienso ahora mismo, hasta me parece demasiado tiempo. Fui una ingenua al pensar que podría silenciar todo aquello. Era un plato demasiado suculento para no ser devorado. Solo hacía falta que confluyeran dos circunstancias. Por un lado, era cuestión de tiempo que toda aquella información cayera en las manos de algún funcionario de policía que supiera quién era Israel Buendía y, por otro, era cuestión de integridad que quisiera beneficiarse económicamente vendiéndola al mejor postor. El comprador fue, esta vez, quien otras veces había sido comprado, mi amigo Conrado, quien daría buena cuenta de ello.

«Israel Buendía, envuelto en una investigación policial»

Ya han trascendido las escabrosas circunstancias en las que se produjo el accidente de tráfico que hace unas semanas tuvo el delantero del Real Triunfo, Israel Buendía.

Según ha podido saber en exclusiva este periódico, Buendía conducía su vehículo todo terreno, concedido como parte del contrato de patrocinio de una importante marca, que colisionó contra un camión a altas horas de la madrugada. Con los análisis clínicos realizados al delantero tras su ingreso en los servicios sanitarios de urgencia, se pudo confirmar que Israel conducía superando, en mucho, la tasa de alcohol en sangre permitida por la ley y dando positivo en el consumo de cocaína.

Los hechos, constitutivos de un delito contra la seguridad vial, penado con pena de cárcel que puede oscilar de los tres a los seis meses, han dejado al delantero fuera del equipo, al menos durante nueve semanas.

Según fuentes policiales, la investigación por el consumo de estupefacientes irá más allá del hecho concreto del accidente del delantero, dato este último que no podemos ampliar por el momento, dado el hermetismo de la investigación que parece haber pasado a la brigada de estupefacientes.

Recordemos que Israel Buendía fue el fichaje estrella del Real Triunfo F.C. para esta temporada en su empeño por conseguir un ascenso que no termina de llegar. A la vista está que el rendimiento de este jugador, cuya ficha batió récords en el fútbol español de su categoría, no solo no ha sido el esperado, sino que, además, parece venir envuelto en una polémica que poco beneficia al mundo del deporte ni a su equipo.

Conrado sabía muy bien que de no ser él quien comprara esa información, lo haría otro medio de comunicación. En esta ocasión no podía utilizarla como mercancía y negociar con ella, como lo hacía con otras informaciones, ofreciendo su silencio al club a cambio de un buen puñado de euros. Esta vez había que publicarla sí o sí. Así que esta fue la forma con la que despedimos el mes de febrero.

Tras aquella información la reacción más inmediata fue la del propietario del concesionario de la marca de coches que patrocinaba al equipo. Un patrocinio que, además de económico, consistente en la contratación de publicidad en algunas de las vallas del Estadio El Grande, en el videomarcador y en el panel de la Sala de Prensa, pasaba también por ceder unos cuantos vehículos de diversos modelos de la marca que comerciaba en exclusiva dicho concesionario, para que los condujeran algunos jugadores, entre ellos y muy especialmente, Israel. El todo terreno del accidente era el coche cedido al delantero para su uso y disfrute, sin coste alguno, con el fin de que Israel se beneficiara de este pago en especie y el concesionario uniera su imagen de marca a la de una estrella del fútbol.

Pero cuando el nombre de quien tiene que promocionar tu producto aparece escrito en un informe policial junto a palabras como cocaína, delito, investigación o cárcel, su imagen queda bastante devaluada perjudicando gravemente la de tu producto.

No hay que saber mucho de marketing para comprender este sencillo razonamiento y además esa no era la primera vez que le ocurría algo así a Israel. El antecedente más sonado fue el incidente que, al poco de llegar al Real Triunfo, Israel protagonizó en el hotel para el que debía rodar un anuncio, el hotel del que debía ser imagen promocional. El escándalo nos costó el contrato, la rescisión del contrato despertó la ira de Diego y la ira de Diego desencadenó un enfrentamiento con Israel. Nada de todo esto consiguió enderezarse y a aquel primer incidente le sucedieron otros, quizá de menor calibre, pero con efecto acumulativo en el desprestigio del jugador y, en definitiva, del club al que pertenece. Pero aún faltaba la gota para colmar aquel vaso.

Era la primera semana del mes de marzo. Los fríos del invierno nos empezaban a abandonar. La primavera suele ser temprana en esta zona. Yo agradecía muy especialmente que el reloj nos regalara más horas de luz, eso me levantaba el ánimo y me hacía bastante falta. El invierno había sido difícil en todos los sentidos y tal vez la primavera nos diera una tregua. El equipo se mantenía en un equilibrio cercano a lo mediocre, pero equilibrio al fin y al cabo. Le habíamos dicho adiós definitivamente al sueño del ascenso, pero nuestra mirada, la de Laura y la mía, estaba puesta en un proyecto a medio plazo, pasada esta nefasta temporada. Los aficionados parecían ya resignados a tener que esperar un año más. De momento había cosas más importantes que solucionar.

Israel seguía luciendo su escayola aunque por poco tiempo. Pronto se cumplirían las cinco semanas prescritas por el médico y mientras esa fecha llegaba y comenzaba el período de rehabilitación, Laura seguía tomándose al pie de la letra la promesa que le hizo a la madre del delantero de cuidarlo personalmente. La veía poco. La mayor parte del tiempo lo pasaba en la casa de Israel que, al fin y al cabo, era propiedad de Laura. Eso me situaba a mí en una clara situación de desventaja con respecto a mis oponentes. Yo lidiaba sola con todos los inconvenientes que pudieran surgir en el club. Claro que el teléfono móvil es un gran invento y nuestra comunicación telefónica era fluida, pero el hecho de sentirme tan desplazada me hacía sentir incómoda. Entre Laura y yo había un tercer elemento, joven y guapo. Dos son compañía y tres son multitud. Creo que empecé a sentir celos de Israel. Me daba rabia que prefiriera su compañía a la mía. Yo nunca le había dado ningún problema, más bien todo lo contrario. A Israel parecía perdonarle cualquier cosa, desde las juergas nocturnas con mujeres incluidas, hasta el grave accidente con exceso de alcohol y consumo de drogas. Si razonaba mis sentimientos era capaz de comprender y justificar su actitud, pero hay razones que no entiende el corazón. Después de aquellas cinco semanas de escayola, tenía claro que Laura estaba totalmente colada por Israel aunque ella no fuera capaz de admitirlo. La negación es un indicio como otro cualquiera. Su forma de actuar no podía explicarse de otra manera y lo que empezó como una atracción física, estaba segura de que, al menos por parte de Laura, ya era amor.

Por su parte Diego y Basilio estaban encantados con la ausencia de Laura. Aunque no habían conseguido dividirnos a nosotras dos a pesar del intento de soborno, una jugada del destino estaba actuando a su favor y la de su estrategia. Con Laura lejos el mayor tiempo posible, ellos gozaban de mucha más libertad para hacer o deshacer a su antojo.

Así estaban las cosas cuando Diego recibió la visita del dueño del concesionario de coches. Era un señor canoso, elegante y con aire de banquero. Lucía un impecable traje oscuro con corbata color malva a juego con el pañuelo que asomaba estratégicamente por el bolsillo de la solapa de su chaqueta. No venía solo, le acompañaba otro señor, igual de trajeado y elegante, al que presentó como su abogado. El rostro de Diego al recibirlos me anticipó lo que iba a ocurrir más tarde. Había aprendido a interpretar su lenguaje no verbal a la perfección. Aquellos señores no venían para hacer una visita de cortesía, era más bien una visita para rendir cuentas y pedir explicaciones.

Estuvieron encerrados en el despacho de Diego más de una hora y media. No se escuchaba nada. Yo me paseaba por delante de su puerta utilizando como siempre la excusa de que hacía uso de la fotocopiadora estratégicamente ubicada en un rincón, al lado del despacho de Diego, y agudizaba bien el oído. Si Diego no levantaba la voz tal vez era porque no tenía motivos de disgusto o tal vez porque debía mantener la compostura ante aquellos señores tan elegantes y educados. Era más bien lo segundo. Diego estaba contenido y la contención no es buena porque se acumula en exceso lo que de natural es mejor que salga y eso, en Diego, era peor que un volcán en erupción.

Tras la hora y media de reunión que me pareció eterna en mi ir y venir a la fotocopiadora, Diego acompañó hasta la puerta a su visita. Yo le observaba con detalle. Todo parecía normal. Les dio la mano a ambos, dedicándoles una mueca de cortesía cercana a la sonrisa, les abrió la puerta de la calle y tras cerrarla, apoyó su frente en ella, cerró los ojos y apretó los labios y permaneció así durante unos segundos interminables. Por un momento llegué a pensar que se iba a dar de cabezazos, pero no le pegaba nada ser autodestructivo cuando podía destruir a los demás. Supongo que esperaba que aquellos señores se alejaran lo suficiente como para que no le pudieran escuchar. Tras aquellos segundos de contención, el volcán comenzó a lanzar lava.

—¡Estúpido cabronazo de mierda! ¡Debería haberse matado en el puto accidente! ¡Nos hubiésemos ahorrado muchos problemas! ¡Maldita la hora en la que se me ocurrió traerlo a este equipo! ¡Todo lo que toca lo convierte en mierda! ¡Este tío me las va a pagar! ¡Me las va a pagar!

El odio le salía a borbotones por la boca. Absolutamente poseído por la ira y fuera de sus casillas, vociferando sin importar quién le pudiera escuchar, Diego se refugio en su despacho. Más tarde pude saber que el contrato publicitario del concesionario previsto inicialmente para tres temporadas, quedaría reducido sensiblemente tan solo a la temporada presente y aún debíamos dar gracias. El problema no había sido que Israel tuviera un accidente con el coche cedido por la marca, al fin y al cabo eso nos puede ocurrir a cualquiera, sino que lo tuviera como consecuencia de conducir borracho y drogado, detalles que habían conocido por el artículo de Conrado. Afortunadamente Diego, con una capacidad de negociación que, siendo justos, no había que negarle, consiguió que desestimaran la idea de rescindir la totalidad del contrato y que además solicitaran una indemnización como había ocurrido con el asunto del hotel. Este nuevo traspié sí supuso la gota que colmó el vaso. Definitivamente la primavera tampoco parecía estar dispuesta a concedernos una tregua.

Maletines

En los días sucesivos Raúl se dejó ver más de lo habitual. Su figura ausente deambulaba por los pasillos del club hasta casi pasar desapercibida. Era casi fantasmagórico. Ni hablaba ni casi respiraba. Creo que de ser posible, Raúl desearía haber nacido invisible. Visitaba con frecuencia el despacho de Diego que no pasaba por su mejor momento. Cuando cerraban la puerta y los ojos indiscretos y mal pensados dejaban de observarles, me gustaba imaginar que ambos se comportaban como lo haría cualquier pareja en sus circunstancias. Yo ya les había escuchado clandestinamente en una ocasión en la intimidad de su habitación de hotel y conocía a un Diego muy distinto al que se presentaba públicamente. Un Diego amable y protector, casi amoroso, capaz de empatizar con un Raúl asustado y hastiado por tanto secreto. Supongo que Raúl pretendía mostrarle su apoyo a Diego, un apoyo de amigo, compañero y pareja. Supongo también que Diego necesitaba dejarse querer, como cualquiera de nosotros en los malos momentos, y dejar a un lado, aunque solo fuera por un instante, la máscara de villano invencible.

Pero aún quedaba mucha basura por destapar y el olor de lo podrido se colaría por todos los rincones del Real Triunfo.

Laura me llamó temprano. Aquella mañana iba a acompañar a Israel al médico. Le iban a retirar la escayola y quería estar con él para ponerse al día de su recuperación. Hablaría con el traumatólogo personalmente sobre la rehabilitación necesaria y luego lo llevaría a casa. Demasiadas explicaciones que yo no había pedido y que ella no tenía obligación de darme. Me dijo que quería comer conmigo porque había temas que debía saber. Supuse que se trataría de la investigación que la policía estaba llevando a cabo con el accidente de Israel pero estaba equivocada. Tras dejar a Israel en casa debíamos vernos en una conocida arrocería del puerto deportivo a las dos y media.

Hacía un día agradable de marzo. El puerto deportivo proyectaba una luz y una calma especial. Los pequeños barcos pesqueros se balanceaban suavemente al baile del susurro de las olas que llegaban tranquilas a la orilla de la playa. Solo el graznido de las sonoras gaviotas interrumpía aquella música. Era una estampa de postal, algo olvidada por mí. Últimamente temía haber perdido la capacidad de apreciar algo hermoso como aquel paisaje de costa. Llegué antes que Laura a la arrocería y la esperé en una mesa del fondo, frente a una gran cristalera a través de la que se podía contemplar el mar. Inmenso y profundo. Omnipotente, imperturbable y despreocupado. Ajeno a intrigas como las del Real Triunfo o cualquier otra que pudiera suceder en aquella ciudad. Lo absoluto frente a lo relativo, lo que queda frente a lo que, sin duda, pasaría. Estaba perdida en mis pensamientos cuando Laura me interrumpió.

—¿Hay alguien ahí? —me dijo.

—¡Ah! Hola, Laura. Estaba pensando en mis cosas. ¿Cómo está Israel? ¿Qué le ha dicho el traumatólogo?

—Los huesos han soldado perfectamente. Todo está yendo según lo previsto, se están cumpliendo los plazos. Ahora le esperan cuatro semanas de rehabilitación. Creo que ya se le han acabado las vacaciones. Le toca trabajar duro si quiere volver al equipo. —Me contestó mientras se sentaba frente a mí y obviando hasta el descaro lo ocurrido con el accidente y el consumo de drogas.

—Y… ¿Volverá a jugar, así, sin más? —le pregunté intentando indagar sobre la cuestión.

—Así sin más no, María. Jugará siempre y cuando los informes médicos lo aconsejen —me contestó muy a la defensiva.

—Sí, claro, ya supongo que importa mucho lo que digan los informes médicos, pero… ¿Y los informes policiales? —Puse el dedo en la llaga.

—La policía no me va a decir a mí si un jugador de mi equipo debe o no jugar. —Fue tan tajante en su contestación que rayó lo desagradable. Dejó de mirarme y cogió la carta del restaurante. Alzó la mano para llamar al camarero y ambas pedimos un arroz a banda y un vino blanco.

—Laura, estás hablando conmigo, ¿entiendes? Últimamente estás diferente, como ausente, no sé. No quiero que todo esto te haga daño. Yo te tengo aprecio—. Le dije rebajando el tono e intentando atravesar la muralla que empezaba a levantarse entre las dos.

—Agradezco tu interés, María pero no soy ninguna niña a la que tengas que proteger. Sé cuidarme solita. Tenemos problemas en el club lo suficientemente graves como para centrar nuestra atención en ellos. A Israel lo necesito en el campo lo antes posible y cuando tenga que hacer frente a la policía, lo hará. A lo mejor lo ocurrido le sirve para reaccionar. Es joven todavía y creo que lo suyo fue algo aislado. Lo hemos hablado estos días. No creo que haya que tirar a la basura una carrera como la suya si todavía es recuperable la situación. Hay cuestiones más importantes que esa en estos momentos. Quedan tres meses para que acabe la temporada y lejos de que las cosas se solucionen, no dejan de lloverme más problemas.

—¿Más problemas?

—Sí, uno más y bien gordo. Por eso te he citado para comer juntas.

—Pensé que me ibas a hablar del asunto de Israel con la policía. Ya sabes lo que ha pasado con el contrato del concesionario de coches. Imagínate cómo está Diego.

—Eso no es prioritario ahora mismo. Hace un tiempo recibí una llamada del presidente de la Liga de Fútbol Profesional, un tipo agradable que conocí nada más llegar al Real Triunfo. Me llamó para advertirme de que el club está siendo investigado.

—¿Investigado? Pero… ¿Por qué?

—Por el amaño de un partido la pasada temporada, el último que se disputó y que le sirvió al equipo contra el que jugamos para subir a primera división.

—¿Quieres decir que nos dejamos ganar? —Le pregunté asombrada.

—Eso mismo. Al Real Triunfo no le suponía nada una derrota en aquel momento. El equipo, ganara o perdiera, solo se jugaba subir o bajar un puesto en la clasificación, nada decisivo. Sin embargo, para los otros ganar el partido era fundamental, tanto que tentó a los nuestros para que se dejaran marcar un penalti. Los penaltis siempre dan mucho juego. La Real Federación Española de Fútbol, a través de su

Comité de Competición, tiene bajo su punto de mira a distintos jugadores y directivos del Real Triunfo como los artífices de todo esto. Por supuesto también hay implicados en el otro equipo, pero a mí lo que me importa es el daño que esto puede hacernos a nosotros. Según mis fuentes, los jugadores recibieron doce mil euros por cabeza, por haberse dejado ganar en aquel partido. Un suculento maletín repleto de dinero negro difícil de rechazar y libre de impuestos, ¿no te parece?

—Pero ¿cómo es posible?

—Todo se orquestó desde dentro del club. Basilio y Diego están en el ajo.

—¿Los dos? —le pregunté pensando que esas cosas eran más propias de Diego que del inútil de Basilio.

—Yo creo que estos dos están juntos en todo. No subestimes al don nadie de Basilio. Es casi más peligroso que el otro porque no te lo ves venir, no va de cara. Líbrame de las aguas mansas...

—Supongo que tienes razón. Al fin y al cabo a Diego se le conoce desde el minuto uno.

—Hay más, Alfonso, el de las apuestas, el presidente de los radicales también parece estar implicado. Menuda prenda, no solo trapichea con Basilio sino que además está metido en esto.

—¿No fastidies? —le pregunté con absoluta incredulidad. Laura se echó a reír.

—Me encanta comprobar cómo eres capaz de mantener viva la ingenuidad con todo lo que está pasando. Eso te honra, de verdad. ¿En qué mundo vives muchacha? Los partidos amañados son una constante en el fútbol y los negocios de las apuestas pueden ser muy rentables si se conoce de antemano el resultado de un encuentro. ¿Me sigues?

—Creo que no termino de acostumbrarme a este mundo, Laura, esto no es lo mío. Pensaba que estas cosas solo pasaban en el cine o en los libros... Pero, entonces, ¿qué va a pasar?

—El problema de todo esto es poder demostrarlo. Hay jugadores de los investigados que ya no están en el Real Triunfo, pero algún que otro todavía continúa. En caso de que se pueda comprobar supongo que el Comité de Competición de la Federación abrirá un expediente disciplinario y, en el peor de los casos, podría actuar la Fiscalía para analizar si lo ocurrido es constitutivo de un delito o delito leve. Creo que Diego conoce la investigación y por eso está tan afectado y si lo sabe Diego también lo sabrán el resto de implicados.

—Creía que era por lo de Israel y el contrato con el concesionario.

—Se le está juntando todo. Este club está podrido, María y desde fuera solo se ve la punta del iceberg.

—Me duele tanto por la afición —le dije reflexionando en voz alta—. Si supieran cómo se juega con sus sentimientos y su entrega. Para ellos esto es mucho más que fútbol, es algo que llevan en el corazón, generación tras generación. ¿Cómo es posible que alguien comercie con sus sentimientos?

—Eres una romántica. Yo adoro el fútbol, siempre ha sido una de mis pasiones, pero, si el fútbol es alguna cosa, eso se llama negocio, más o menos limpio, pero un negocio al fin y al cabo.

Terminamos de comer, sin ganas por mi parte. De nuevo las circunstancias me habían robado el apetito. Una lástima porque el arroz a banda tenía un aspecto exquisito, pero no lo pude disfrutar como me hubiera gustado. Laura y yo acordamos mantenernos al tanto de la investigación de La Real Federación Española de Fútbol y enterarnos de sus avances. Aunque no estábamos directamente implicadas porque se trataba del amaño de un partido de la temporada anterior, todo aquello nos podría salpicar y perjudicar en muchos aspectos. Según los estatutos de la Federación, en caso de probarse que el Real Triunfo estuvo implicado en el amaño de aquel partido, se le restarían tres puntos en la clasificación, se inhabilitaría a los dirigentes y jugadores implicados por período de entre dos y cinco años y se les multaría por importe de hasta treinta mil euros. Además, debíamos estar prevenidas para que algo así no volviera a ocurrir en la presente temporada. Claro que la clave de todo estaba en poder probar los hechos y para ello, alguno de los implicados debía hablar. No había pruebas, solo sospechas, comentarios de vestuario que habían llegado a oídos de las altas instancias, nada sólido y, seguramente nunca lo hubiera. Romper la ley del silencio que impera en estos casos, supone colgarse el cartel de traidor ante todos tus compañeros y quién iba a hacer tal cosa. A nadie parecía pesarle tanto la conciencia como para tener que destaparse hasta ese punto y ser señalado como chivato del vestuario. El supuesto maletín era una buena llave que guardaba el tesoro del silencio.

Laura me dijo que estaría en contacto con el presidente de la LFP. Él sería su interlocutor válido con la Federación para seguir la investigación de primera mano. Era un hombre de fútbol con muchos años de experiencia y una amplia trayectoria profesional, reconocido y respetado con el que Laura, una atractiva mujer recién llegada, parecía tener una buena relación y al que le gustaba hacer bien las cosas. La mantendría informada. Ella movería los hilos necesarios para que se silenciara el asunto en la medida de lo posible, siempre y cuando no hubiera pruebas que lo confirmaran, como había ocurrido en otros tantos casos. Eran pocos los que salían a la luz. No se debían difundir este tipo de rumores si después no se sostienen. Nosotras conocíamos a la perfección el poder de una prensa a la que le gusta la carroña. Una vez se publica desmentirlo es demasiado complicado, el daño ya está hecho. Por su parte, ella se comprometía a depurar responsabilidades desde dentro. Laura Prado, presidenta del Real Triunfo F.C., trasladaría al presidente de la LFP y a los miembros de la RFFE la decisión de prescindir de Basilio y de Diego en las próximas semanas. Hechos como aquel justificaban, más allá de lo personal, la decisión tomada al respecto meses atrás por Laura, una decisión que ya estaba tomada a la espera de su ejecución.

Entre tanto, mi pensamiento continuaba con la afición. Con los miles y miles de aficionados anónimos que, ajenos a todo lo que ocurría de puertas a dentro de su equipo, esperaban con ansia la llegada de cada encuentro, el desenlace de cada temporada. Aficionados que parecían llevar inscrito en su ADN una devoción que transmitían de padres a hijos. Fieles en las derrotas y apasionados hasta lo irracional en las victorias, el sentimiento de toda aquella gente me parecía digno de respeto. Reconozco que no siempre comprendí esa entrega y que a veces, incluso la cuestioné, pero en cualquier caso, me sentía mucho más cercana de quien actúa llevado por el corazón y no por el bolsillo.

Me vino a la memoria una frase británica que leí en una ocasión en un foro de Internet y que decía: «El fútbol es un juego de caballeros jugado por villanos y el rugby un juego de villanos jugado por caballeros». Desconozco el interior del mundo del rugby, pero, lo que estaba conociendo de las entrañas del fútbol pertenecía, sin lugar a dudas, a un mundo donde habitaban demasiados villanos.

El confidente

La memoria tiene una forma curiosa de funcionar. Nuestro particular disco duro es capaz de almacenar tanta información que ni siquiera somos conscientes de ello. A veces esa información nos resulta útil y por ello la recordamos, pero, otras veces, la información es aparentemente insignificante y la relegamos a un segundo plano hasta que finalmente pasa a la papelera de reciclaje de nuestro cerebro. Eso mismo me estaba pasando a mí tras la conversación con Laura, estaba atando cabos. Estaba siendo capaz de unir informaciones que, en su momento pasaron a un segundo plano y que ahora me resultaban sumamente interesantes.

Me vino a la cabeza uno de los primeros momentos tensos que había vivido en el Real Triunfo, el mismo día que se disputaba el partido de presentación de la temporada. Agazapada para no ser vista debajo de los peldaños que daban acceso al palco de El Grande, fui testigo de una discusión entre Alfonso y Diego. Casi lo había olvidado pero, tras señalarle Laura como uno de los implicados en el supuesto soborno, rescaté de mi memoria aquella disputa y comprendí, que tal vez discutían sobre alguna cuenta pendiente al respecto de las apuestas, tal vez por cuestiones más personales o quizá por ambas cosas.

Nunca me gustó Alfonso. No es que tuviera prejuicios con su aspecto, pero, digamos que no le acompañaba para que me creara una buena imagen de su persona. Su estética skin, de cabeza rapada, tirantes y botas, me predisponía a suponer una ideología basada en principios poco tolerantes como poco, aunque no fuera justo prejuzgarlo sin conocerle apenas. Jamás traté personalmente con él, tampoco lo deseaba, pero su fama le precedía. Mi trabajo estaba muy al margen de su labor como presidente de la peña ultra «En el triunfo y hasta la muerte», porque de esos asuntos se encargaban otras personas en el club. Conocía de él lo que los acontecimientos, a lo largo de todos estos meses, me iban desvelando. Aquella primera disputa con Diego, de la que fui un testigo oculto, me confirmó que con él era mejor no tener problemas y por eso respeté su espacio sin interferir en ningún sentido.

La peña que Alfonso presidía no estaba formada por un grupo de angelitos precisamente. Los radicales en el fútbol son, lamentablemente, un elemento más del decorado de la película. La violencia y el fútbol pueden ser los ingredientes de un cóctel explosivo. La policía de la ciudad parecía tener bajo control a los integrantes de aquella particular asociación de aficionados al Real Triunfo. Algún altercado que otro se había producido en alguno de los partidos, pero, hasta el momento, el escenario que solían elegir para sus fechorías no era, afortunadamente, el Estadio El Grande, sino más bien, las calles de la ciudad dónde tras los partidos, iban a celebrar las victorias o a ahogar en alcohol la frustración de la derrota. Quizá lo hacían porque un campo de fútbol puede ser una peligrosa jaula para quien no quiere ser atrapado y cuenta con la indiscreta mirada de las cámaras de seguridad.

Mi memoria me rescató intacta una de las frases que Alfonso le dedicó a Diego el día del partido de presentación. Recuerdo que le dijo textualmente «Raúl y tú tenéis un problema». Ahora que ya conocía el secreto de la homosexualidad de Raúl y Diego, tal vez Alfonso se refería a su condición sexual como a ese problema que ambos tenían, quizá le chantajeaba bajo amenaza de hacerlo público o, probablemente, desconociera este detalle y se refiriera, simplemente, a un asunto de dinero por cuestiones de las apuestas y los partidos amañados en el que el silencioso Raúl también fuera parte. Seguramente jamás supiera realmente a qué se refería Alfonso y hasta prefería no saberlo. La ignorancia es tan feliz… Pero no podía evitar darle vueltas a la cabeza sin saber muy bien qué pensar. Una cosa sí tenía clara, aquella primera disputa unida al trapicheo de cocaína que se traía entre manos con Basilio, convertían a Alfonso, apodado «El Grande», en un personaje altamente peligroso para el que era aconsejable pasar desapercibido.

Tras quitarle la escayola a Israel, Laura se dejó ver más a menudo por el club. La rutina de sus horarios volvió a reestablecerse y yo agradecí no sentirme tan sola ante el peligro. Israel realizaba sus sesiones

de recuperación bajo la atenta supervisión de los médicos y fisiotera-
peutas del Real Triunfo. Ariel, por su parte, seguía con un poco más de
distancia sus progresos. Parecía que la presencia cercana del ariete volvía a desequilibrar el humor del entrenador que, en las semanas de
ausencia de Israel, lejos de acusar la falta de un delantero, había conseguido mejores resultados para el equipo. Israel era, sin lugar a dudas,
un elemento desestabilizador para el mister.

Los medios de comunicación de la ciudad seguían interesándose,
como es natural, por la recuperación del delantero. Hasta el momento
no habíamos concedido ninguna entrevista ante la posibilidad de que,
demasiadas preguntas, desvelaran el secreto de las oscuras circunstancias que rodearon al accidente, pero, dado que Conrado ya se había
encargado de airear hasta el mínimo detalle, tal vez era el momento de
dar la cara y, de paso, darle la vuelta a la tortilla. Una de mis estrategias
preferidas en materia de comunicación estaba basada en utilizar la información negativa como arma para lavar tu imagen. Entonar un «mea
culpa» y mostrarse arrepentido suele ser más efectivo que permanecer
escondido en un silencio cargado de culpabilidad y así se lo propuse a
Laura.

Debíamos elegir la plataforma adecuada para hacerlo. La radio es
un medio inmediato por naturaleza, pero demasiado efímero, las palabras se las lleva el viento. La televisión actúa con el elemento añadido
de la imagen que, de no saber controlar, puede evidenciar un lenguaje
no verbal a veces más claro que las propias palabras y eso, en el caso
concreto de Israel podía ser peligroso. Solo nos quedaban dos opciones, un medio digital, con proyección mundial, o un diario escrito,
local o nacional, con una proyección bastante más reducida. Como es
lógico en ningún caso barajamos la opción de conceder dicha entrevista al diario *Noticias a fondo*, aunque fuera el más leído de la ciudad
porque al enemigo no hay que darle ni agua.

Estudiando todas las posibilidades y el nombre de los periodistas
que encabezaban cada una de ellas, Laura y yo nos decantamos por
conceder la tan esperada entrevista de Israel a un medio digital. Se
trataba de una página web dedicada a la información general de la
ciudad con especial mimo y dedicación a la información deportiva. El
periodista encargado de la sección de deportes era bueno, un gran

profesional y amigo de la integridad periodística y personal, nada que ver con Conrado, y me pareció el más adecuado si lo que buscábamos era rigor y no sensacionalismo. Pero antes había que aleccionar al protagonista, Israel.

—Mira Israel, ante una pregunta directa sobre drogas o alcohol, bajo ningún concepto debes contestar con un sí o con un no. Utiliza frases más ambiguas, que den lugar a interpretar, que digan pero sin decir. Si no puedes negar tajantemente que consumiste drogas tampoco lo afirmes. No sé si me explico —le dije al ver la expresión de su cara que parecía decir que había perdido el hilo de mis indicaciones tiempo atrás.

—Sí, sí, que no sea tajante. Pero, espera, si me dice, «¿tomaste droga el día del accidente?» ¿Qué contesto?

—A ver, te explico. —Cogí aire y me armé de paciencia—. Si dices que «no», estás mintiendo y hay un informe policial que lo puede demostrar y que además parece que Conrado lo tiene en su poder. Si dices que «sí», directamente hundes tu reputación. ¿Me sigues? Por lo tanto, debes echar balones fuera. Puedes decir algo así como: «hay episodios en mi vida que en estos momentos ya forman parte del pasado y quiero que permanezcan ahí. Sé que en muchas ocasiones no me he comportado como debía, pero eso ha cambiado. Lo digo absolutamente convencido porque he visto la muerte muy de cerca y eso es algo muy serio que te hace reflexionar. Para mí hay un antes y un después del accidente. Creo que la vida me ha dado una segunda oportunidad. Soy joven y cometo errores como otros chicos de mi edad, la diferencia es que mis errores los conoce todo el mundo, son públicos. Por eso he querido conceder esta entrevista, para decirle a todos que hay un nuevo Israel que se va a centrar en el fútbol y en su equipo, el Real Triunfo, y que me gustaría que sirviera de ejemplo para chicos que se han visto en situaciones parecidas. Pienso llevar al Real Triunfo a primera división. Voy a demostrarle a la afición que merezco una oportunidad y no les voy a defraudar. Quiero darle un enfoque positivo a todo lo que me ha ocurrido».

—¡La hostia!… ¿Todo eso tengo que decir?

—¡No es necesario que lo digas exactamente, solo es un ejemplo de cómo darle la vuelta a una pregunta y llevarla a tu terreno sin salirte del mensaje que quieres transmitir y acabar con un mensaje positivo para que se quede en la mente de la gente! —le dije un tanto alterada porque estaba acabando con mi paciencia.

—Vale, vale, ya lo pillo. ¿Me lo puedo apuntar?

—¡No! ¡Solo quédate con la idea! ¡Cómo te lo vas a apuntar! ¡No vas a ir a con una chuleta a la entrevista! ¡Qué esto no es el colegio Israel! —Era superior a mis fuerzas.

—Ok, señora directora de comunicación, lo tengo claro. ¿Has pensado alguna vez ser política? Hablas como ellos. ¡Joder con la María! ¡Qué piquito tienes!

—No me toques las narices, Israel —le dije enfadada—. Esto es muy importante. Necesitamos lavar tu imagen y para eso debes hacerlo bien.

—Lo haré, lo haré. No te pongas tan seria princesa —me dijo mientras utilizaba su encanto personal—. Estate tranquila. Te lo prometo.

Pero hay promesas que por muy buena intención que se tenga, no se pueden cumplir. Esa era una de ellas. Fui una ilusa al pensar que Israel dominaría el lenguaje frente a un periodista experimentado. Quizá si el periodista hubiera sido una mujer, tal vez hubiéramos tenido algo de ventaja, pero no era el caso. Ante la temida pregunta directa sobre las drogas y el alcohol, Israel respondió textualmente:

«Bueno, no sé. ¿Qué quieres que te diga? No te diré que ni que sí ni que no. Soy joven y todos los jóvenes toman drogas alguna vez ¿no? Bueno, con eso no te quiero decir que yo las haya tomado, claro. ¿Me entiendes? Pero eso ya es pasado. No lo haré más, estoy arrepentido».

La respuesta no podía ser más desastrosa, casi hubiera preferido un sí y una simple disculpa a continuación. De haberlo sabido jamás hubiese concedido aquella entrevista, fue un error del que en buena parte yo me sentía responsable al no haber calibrado correctamente la capacidad de Israel para manejar la situación. Israel era un as con las mujeres, un artista con el balón pero un desastre con el lenguaje, como otros muchos futbolistas.

Tras aquella entrevista, que dio la vuelta al mundo a través de la red, la afición lo demonizó, una vez más, y los foros de triunfadores bullían de opiniones que castigaban a un Israel juerguista e inconsciente. Tuvimos que aguantar de nuevo el chaparrón, resguardados en el silencio y amparados por lo efímero que resulta todo en el mundo del fútbol. Sin duda, aquello pasaría y afortunadamente el equipo parecía haber retomado un buen juego que ilusionaba a la afición y desviaba la atención de estos temas de segundo plato. Al menos la coyuntura del equipo estaba de parte nuestra.

De esta forma consumimos el mes de marzo, entre entrevistas fallidas y sesiones de rehabilitación. Basilio y Diego, por su parte, parecían haberse retirado de la primera línea de la batalla para ocupar un peligroso y discreto segundo plano. No me fiaba de ninguno de los dos y tanta paz aparente me daba mala espina. La investigación de la Federación Española de Fútbol los tenía bajo la lupa y les beneficiaba permanecer en calma durante un tiempo. Laura parecía haber adelantado posiciones respecto a sus opositores y se mostraba como la reina del Real Triunfo, a falta de tres meses para el final de la temporada.

Dice un refrán que «Abril hace las puertas cerrar y abrir y a los cochinillos gruñir» y algo así es lo que ocurrió en los días sucesivos. Cuando todas las puertas parecían cerrarse al paso de Israel, una de ellas, sorprendentemente se abrió. La investigación policial respecto a las circunstancias de su accidente continuaba su curso pero, lejos de ser un elemento en su contra, la vida le dio un giro y lo tornó como un elemento a su favor.

Una llamada que Israel no esperaba le puso muy nervioso, tanto, que acudió en busca del amparo y el consejo de Laura, como el niño acude a las faldas de su madre. Miembros de La Brigada de Estupefacientes de la Policía Nacional, pertenecientes a la Unidad de Droga y Crimen Organizado (UDYCO), se habían puesto en contacto con él. Lo citaron en la comisaría. Aquello sonaba muy serio. La travesura de Israel y una noche loca al volante podía costarle una pena de cárcel de entre tres y seis meses y, el solo hecho de pararse a pensarlo, tras devolverle a la realidad la llamada de la policía, le causó pavor.

Laura acudió a su rescate, como no podía ser de otra manera, no sin antes comentarme lo sucedido. Suponíamos que sería un primer interrogatorio sobre el accidente pero lo que no entendíamos muy bien era el por qué le requerían unos agentes de la Brigada de Estupefacientes y no de tráfico, cuando su delito era contra la seguridad vial y no relacionado con el tráfico de drogas. Los dos fueron juntos a comisaría y yo quedé a la espera de noticias.

Los minutos pueden ser interminables cuando el teléfono no suena. Estaba en casa y hasta mi gato notó mi nerviosismo. Los animales conservan un instinto especial para los sentimientos que los humanos hemos perdido. Me ronroneaba y se entrelazaba con mis piernas mientras yo me preparaba un vaso de leche caliente con la intención de templar mis nervios. Nada más sonar la campana del microondas para decirme que la leche estaba lista, también sonó mi móvil. Opté por atender primero el teléfono, la leche podía esperar.

—Estaba esperando tu llamada, Laura. ¿Qué ha pasado?

—No te lo vas a creer —me contestó ella.

—Te aseguro que a estas alturas ya soy capaz de creerme hasta que Israel ha encontrado la fe y se mete a cura.

—Bueno, María, tampoco te pases —me contestó riéndose de mi comentario. Últimamente el sentido del humor era nuestro mejor aliado—. Eso que dices es más de ciencia ficción.

—Pero cuéntame, no me dejes así.

—¿Estás en casa?

—Sí, me estaba preparando un vaso de leche, ¿por qué lo dices?

No creo que sean cosas para contar por teléfono, mejor me paso y hablamos.

—Adelántame algo antes de venir —odiaba que hiciera eso.

—Estoy ahí en un cuarto de hora —zanjó la conversación y me colgó el teléfono.

Laura sabía perfectamente que la curiosidad era uno de mis peores defectos y que, como periodista, no era capaz de mantenerla a raya. Las intrigas me sacaban de quicio y ella disfrutaba haciéndome rabiar de esa forma. Era toda una experta en dejarme con la miel en los labios con toda la intención del mundo. «La paciencia es una virtud que debes cultivar, María», me decía en numerosas ocasiones.

Terminé de prepararme el vaso de leche. Una buena dosis de cacao es el mejor de los estimulantes legales cuando no se tiene otro a mano. Además contaba con la compañía de mi gato para llevar a cabo un ejercicio de paciencia mientras esperaba la llegada de Laura. Menos mal que no se retrasó.

—No me vuelvas a hacer esto ni una sola vez más —le reñí mientras le abría la puerta de casa y le invitaba a pasar haciéndole un gesto con la mano.

—La paciencia es…

—Sí, ya lo sé, una virtud que debo cultivar… —la interrumpí. Pero ya la cultivaré en otro momento. Ahora siéntate y cuéntame qué ha pasado en la policía.

—Me tomaría yo también un vasito de leche.

—¡Basta ya, Laura! ¡Me quieres decir qué pasa, qué me va a dar un infarto de la ansiedad! ¡Déjate de leches ahora! —exploté.

—Vale, vale, te lo diré en una sola frase: la policía quiere que Israel sea su confidente en una investigación de tráfico de drogas… ¿Me haces ahora un vaso de leche, por favor?

Me quedé perpleja ante la noticia. Todavía no me había recuperado de la investigación de la Real Federación de Fútbol sobre los partidos amañados y ahora Laura me hablaba, con toda la tranquilidad del mundo, de una investigación de tráfico de drogas. Qué iba a ser lo siguiente, ¿un asesinato?

El puzle de la vida empezaba a encajar todas las piezas, empezando por las esquinas. En torno a dos tazas de leche con cacao, Laura me dio todos los detalles de la investigación con tentáculos en el Real Triunfo. La Brigada de Estupefacientes hacía tiempo que le seguía la pista a Alfonso «El Grande». Hasta el momento habían descubierto que sus trapicheos de droga iban mucho más allá que su propio consumo, como él mismo había explicado en alguna de sus detenciones por disturbios con la policía. Alfonso era un eslabón más de toda una cadena, pero no un eslabón cualquiera. Él era justo el nexo de unión con el Real Triunfo y, por lo tanto, con su suministrador, el director gerente, Basilio García. Muchas horas de trabajo a lo largo de dos años de investigaciones habían llevado a desentramar una maraña de conexiones entre el oscuro mundo de los narcotraficantes y su repercusión en altas esferas, incluidas las deportivas. La gente rica no consume, solo coquetea, suena mejor, y en aquel palco de segunda división, había mucha gente rica dispuesta a coquetear. Es curioso pensar que alguien como Alfonso pudiera estar en el mismo plano que un empresario reputado de la alta sociedad local, en el mismo instante en que se colocaban frente a unas rayas de cocaína. La investigación estaba bastante clara, solo restaba tirar del hilo desde dentro y para ello necesitaban a Israel. El trato era tan sencillo como complicado. La colaboración del delantero desvelando la oscura realidad de un traficante metido a directivo de fútbol y su relación con otros sospechosos, serviría para pasar por alto una posible condena de tres a seis meses de cárcel por conducir bajo los efectos del alcohol y las drogas. Israel podría empezar desde cero, limpiar su expediente, hacer como si nada de eso hubiera pasado, a cambio de colaborar con la policía. Tendría que dar nombres de directivos, empresarios, tal vez también jugadores, resguardándose en el secreto policial. Un precio no sé si elevado o justo, pero el único en un mercado donde no puedes decir que no. De negarse sería uno más en la línea de la investigación y pasaría a estar en el lado de los malos. Pero de aceptar, se convertiría en un confidente, un confidente sometido a una doble vida que dependería de su capacidad para guardar un secreto y de la capacidad de los demás para no desvelarlo.

Estaba contándome Laura todo aquello, cuando rescaté de mi memoria uno de los párrafos del artículo de Conrado alusivo al accidente de Israel y sus circunstancias. Me afané en buscar entre los recortes de prensa que siempre archivaba y releí el párrafo en voz alta:

«Según fuentes policiales, la investigación por el consumo de estupefacientes irá más allá del hecho concreto del accidente del delantero, dato este último que no podemos ampliar por el momento, dado el hermetismo de la investigación que parece haber pasado a la Brigada de Estupefacientes»

Ahora aquellas palabras cobraban todo el sentido que en su día no le encontré y significaban también que Conrado estaba al tanto de las ramificaciones de la investigación. Hasta dónde era conocedor era difícil de saber, pero por poco que supiera lo convertían en un elemento peligroso. Demasiadas grietas para pretender que no hubiera filtraciones.

Por todo ello no me hubiera gustado nada estar en la piel de Israel pero Laura parecía estar muy tranquila. Conrado no le parecía una amenaza siempre y cuando tuviera un precio. Además, su confianza casi irracional en la inocencia de Israel, le hacían pensar que aquel giro de los acontecimientos era, más bien, una mano que el destino le tendía para poder enmendarse. Para ella todo lo ocurrido a Israel era fruto de circunstancias esporádicas, un desliz de una mala decisión en una noche desafortunada, nada habitual. Por mi parte, yo no lo tenía tan claro, pero no hay más ciego que el que no quiere ver. Ella apostaba por la colaboración policial como la carta para ganar la partida, el comodín para una nueva vida, personal y profesional. Definitivamente Basilio y no sé sabe cuánta gente más, quedarían fuera del Real Triunfo de un plumazo policial y, por si esto no fuera ya suficiente, aquella jugada serviría también para que Israel expiara sus culpas y se convirtiera en un chico respetable al que poder querer sin avergonzarse. La jugada perfecta.

Sin firma

Salvador limpiaba la hojarasca del campo con un rastrillo, empeñado en su trabajo, como siempre. El viento de abril ensuciaba y revolvía hojas y bolsas de plástico que parecían bailar al son de los remolinos de viento como niños traviesos jugando en el césped de El Grande. Eran difíciles de atrapar, burlonas. La gorra de Salvador se unió a la fiesta y salió volando en un golpe de viento. «¡Así no hay quién trabaje!» pareció que increpaba Salvador al Dios Eolo que le estaba echando un pulso a su paciencia. Desistió, se dio por vencido y lanzó el rastrillo en un gesto de hastío al centro del campo. Atrapó la gorra y la apretó con la mano para que de nuevo el viento no se la arrebatara. Para qué ponérsela, debió pensar mientras caminaba hacia donde yo estaba.

Yo le observaba divertida desde el discreto y oscuro túnel de salida al campo. Observarle era como mirar por una ventana y asomarte a otro mundo que, a pesar de ser el mismo, era tan distinto al mío que me daba cierta envidia. Salvador estaba enfadado porque no podía limpiar el césped, el viento se lo impedía, esa era su gran preocupación. Mis preocupaciones, las de Laura, parecían diseñadas por una mente maquiavélica, se sucedían una tras otra, sin tregua para el descanso y se reproducían con la facilidad con que lo hacen las ratas de cloaca. Con cierta frustración, Salvador caminaba hacia mí, sin poder verme, sin saberse observado, murmurando improperios dirigidos a un viento tan caprichoso como molesto.

—¿Por qué estás tan enfadado, Salvador? —le dije sonriéndome en mi interior.

—¡Qué susto, María! No te había visto —me dijo—. Nada, que así no hay quien limpie el césped. Este maldito viento no me gusta nada. Me pone mal carácter.

—¡Anda, mira por dónde! Si yo creía que tú no tenías de eso.

¿Mal carácter? Pues, ya ves, tengo de todo —me contestó sonriendo—. Si tú supieras…

—Un día de estos me lo cuentas que yo creo que tú vales más por lo que callas que por lo que hablas.

—Ahí has dado en el clavo. Hecho, un día te lo cuento todo. ¿Necesitas algo? —me preguntó.

—Estoy buscando a Israel, ¿lo has visto?

—Creo que está en el gimnasio, con el fisioterapeuta. ¿Quieres que le dé algún recado?

—Sí, por favor, dile que venga a mi despacho cuando pueda. Necesito organizarme el trabajo. Estoy pensando en coger unos días de vacaciones. ¡No sabes cuánto los necesito!

—La verdad es que la temporada ha sido muy intensa para ti y eso siendo el primer año en el club supongo que se nota más todavía, por la adaptación y eso. Bueno, yo te echaré de menos.

—Gracias, pero no seas tan dramático que solo me marcho quince días. Amenazo con volver.

La incorporación de Israel se había alargado un poco más de lo previsto. Oficialmente su rehabilitación médica había concluido y ya entrenaba con el resto del equipo, pero el fisioterapeuta seguía trabajando personalmente con él. Ariel, por su parte, le sometía a un entrenamiento más suave que al resto de jugadores y todo ello hacían de Israel un pura sangre bajo mínimos al que le hervía la sangre por salir cuanto antes al campo.

Aquella jornada el partido se disputaba fuera de casa y yo pensaba saltarme el viaje. No me apetecía nada desplazarme y puesto que tenía pendientes las vacaciones de Navidad y ya estábamos a mediados de abril, decidí saldar cuentas con Laura y aprovechar la coyuntura para cogerme unos días de merecido descanso. Necesitaba desintoxicarme, tener tiempo libre y la mente en blanco, o en rosa o en azul, pero alejarme de los colores del Real Triunfo. Quería ir al cine, leer revistas banales, pasear por la playa, dormir la siesta y trasnochar. Volvería a quedar con mis amigos, a ir de tiendas, a hablar del tiempo con la cajera del supermercado y a visitar la peluquería. Todo eso que antes hacía y que ahora echaba en falta. Quería una vida normal al menos durante quince días. Estaba saturada. Pero antes de irme debía dejarme organizado el trabajo. A mi vuelta, en mayo, solo faltaría un «sprint» final en mi particular carrera de fondo, la que corría junto con Laura. La verdad es que nunca antes había deseado con tanta intensidad que llegara el mes de junio, ni siquiera cuando era estudiante. Claro que hay que tener cuidado con lo que se desea porque, en contra de lo que la gente piensa, los deseos suelen cumplirse y junio llegaría irremediablemente.

Preparé un fondo de noticias que sirvieran para actualizar la página web del Real Triunfo, organicé con Ariel las ruedas de prensa que sistemáticamente el entrenador ofrece a la prensa todas las semanas y resolví algunos encargos de los compañeros que me quedaban pendientes. Mi conversación con Israel era más personal que profesional pero debía camuflar mis intenciones.

—¿Querías hablar conmigo, muñeca? —me dijo una voz engolada y masculina mientras yo sacaba un café de la máquina. Reconocí que era Israel.

—Dime una cosa, Israel, ¿realmente te funcionan esas frases con las chicas? ¿Quieres un café?

—No, gracias, acabo de tomarme un súper batido de multivitaminas. Ahora mismo estoy hecho un toro. Ah, y sí me funcionan. Yo creo que lo que pasa es que tú eres un poco rarita. Te lo digo con cariño, sabes que te aprecio, pero, a tus años y sin novio…Ya me entiendes. La gente habla.

—Ya, me imagino. He puesto un micro en el vestuario y conozco todas las sandeces que sois capaces de decir allí dentro. Anda que luego dicen de las mujeres.

—¿En serio hay un micrófono? —me dijo asustado.

—Sí, y un par de cámaras también. No se lo digas a nadie, pero a mí lo que me gusta es mirar —le dije en un susurro al oído. Sus ojos se salían de las órbitas y yo me eché a reír—. Anda, alma de cántaro, es que te lo crees todo. Vamos a mi despacho no vaya a ser que las paredes oigan de verdad.

Había aprendido a apreciarle, a no esperar de él nada que no pudiera darme. A ver su lado infantil e ingenuo, divertido y encantador, y a desechar su otro yo prepotente y chulesco, machista y algo soberbio. En parte era gracias a Laura que miraba a Israel a través de una lente capaz de desdibujar sus defectos y, como ocurre muchas veces con las parejas de tus amigos, estaba condenada a aceptarle mientras durara la inexistente historia entre ambos. No podía llamarles pareja porque formalmente no lo eran, pero estaba tan claro, como que cada día amanece, que terminarían siéndolo. Tenía la sensación de que entre ellos dos había muchos más matices que yo desconocía de los que había llegado a saber y ese misterio provocaba mi curiosidad malsana.

Primero traté con Israel las cuestiones puramente profesionales. Le indiqué que no ofreciera entrevistas, ni atendiera a ningún medio de comunicación por teléfono, que no hablara con nadie, aunque solo le preguntaran de cuestiones deportivas y que, por favor, dejara a un lado sus diferencias con Ariel, porque a la prensa, aunque sea deportiva, le encantan las disputas. Tras aquellas indicaciones, pasé a lo realmente importante, la clave de la conversación, le pedí que cuidara de Laura. No es que Laura fuera precisamente una mujer que no supiera cuidarse a sí misma, pero su punto débil, su talón de Aquiles era, sin duda, su relación con Israel. Laura se presentó ante mí, en el momento en que yo la conocí, como una mujer perfecta, a sabiendas de que nadie lo es. Solo el tiempo y nuestra relación de amigas me descubrieron a una Laura humana y por lo tanto imperfecta, con la fortaleza que solo los débiles poseen, la misma que te permite levantarte cada vez que te caes, por muchas veces que sean, pero con un gran vacío en lo personal. Una mujer imponente en lo físico y seductora en todo lo demás, inteligente y emprendedora, pero al fin y al cabo una mujer sola. Quizá mi razonamiento era un puro prejuicio en sí mismo, es muy probable, también yo estaba sola en aquel momento de mi vida y no me lo cuestionaba, pero intuía que, la suya, no era una opción decidida voluntariamente sino, más bien, impuesta por la vida. Cuando hablaba de Israel, la Laura que yo conocía parecía retroceder en el tiempo hasta volver a ser una adolescente pueril y manejable, entregada sin objeciones, seducida hasta la anulación. Encontraba tan asimétrica aquella relación que me chirriaba el sentido común. Temía por ella, sufría lo que Laura no era capaz de percibir y no podía hacer nada más que pedirle sutilmente a Israel que la tratara con cariño aunque, no sé si tanta sutileza, fue de la comprensión del delantero.

Me prometí a mí misma que durante mis quince días de vacaciones no leería ni un solo diario de información deportiva, ni escucharía la radio, ni vería la televisión. Pretendía llegar a mayo en el mayor de los desconocimientos deportivos. He de confesar que, llegados a ese punto y alejados definitivamente del ascenso, me traía sin cuidado que ganaran o perdieran los dos partidos que jugaría el Real Triunfo en mi ausencia. Con suerte, a mi vuelta, la policía habría arrestado a Basilio y Alfonso por tráfico de drogas, tal vez también a Diego. Me gustaba la idea. En cualquier caso, pasara lo que pasara, no quería saber nada del equipo durante mis vacaciones aunque solo fuera por razones puramente terapéuticas.

Y casi lo consigo. El guion de aquel culebrón parecía no poder prescindir de mi personaje. Los primeros diez días de descanso fueron un oasis en mi ajetreada vida de los últimos meses. Descubrí lo que yo intuía, que había vida más allá de aquel equipo de fútbol y que la vida podía ser maravillosa. Por unos días estaba mirando fuera del abismo y me gustaba ver el mundo desde esa perspectiva. Esta vez no fui yo la que fue al encuentro de la noticia, sino que fue la noticia la que vino a mi encuentro. Allí estaba, expuesto en un panel del quiosco de la esquina de mi casa, junto con otros ejemplares de otros periódicos y revistas, un escandaloso titular del *Noticias a fondo*, imposible de no ver, ocupando la primera página en grandes letras de color rojo: «Israel Buendía amenazado de muerte».

Me apresuré a comprarlo. Qué otra cosa podía hacer. Me fui directa a la sección de deportes y con la firma de Conrado Martínez, como no podía ser de otra manera, el artículo decía:

Israel Buendía amenazado de muerte

Una semana lleva el delantero del Real Triunfo, Israel Buendía, recibiendo notas, sin firmar, donde se le amenaza de muerte. Este hecho, al que desde el Club han querido restar importancia al achacarlo a la acción de alguien sin escrúpulos pero sin mayor trascendencia, sí ha creado cierta inquietud en el delantero que ha declarado a este diario: «Si se trata de una broma no tiene ninguna gracia y ya está en manos de la policía.»

Los anónimos, cuyo contenido exacto no ha trascendido, han sido depositados entre su ropa dentro del vestuario, se sospecha que mientras el delantero se entrenaba con el resto de sus compañeros. Este hecho hace sospechar que se trate de alguien de dentro del club o, en caso de ser alguien externo, que tenga cierto acceso a los vestuarios.

Recordemos que los entrenamientos que el Real Triunfo C.F. realiza habitualmente en el Estadio El Grande, suelen ser de puertas abiertas, no solo para periodistas, sino también, para aficionados que se desplazan para disfrutar viendo las sesiones de trabajo de su equipo. Como hemos podido saber desde *Noticias a fondo*, no siempre se cierra con llave el vestuario cuando los jugadores están entrenando, lo que amplía el número de posibles responsables de este nuevo incidente del que Israel vuelve a ser tristemente el protagonista.

El artículo parecía apuntar más a una broma pesada que a una amenaza real, pero yo sabía que había motivos muy reales como para tomárselo en serio.

Diego le tenía ganas desde hacía tiempo y, muy especialmente desde el día en que el propio Israel le amenazara de muerte a él en su disputa secreta en los cuartos del almacén. Salvador y yo lo habíamos escuchado. Tal vez ahora era el turno de Diego y quisiera devolverle la amenaza, fría como la venganza, y en forma de anónimo. Israel era ahora el confidente de la policía en una trama de tráfico de drogas con implicación de Basilio, Alfonso y otros tantos que desconocíamos pero que, sin duda, eran gente con influencias y contactos muy poderosos. Tal vez alguno de ellos había podido tener acceso a la identidad de su chivato y buscara cierta justicia de las que no se imparte en los juzgados. También era cierto que Ariel no quería al delantero en su equipo y quizá quería asustarlo para que se marchara y así quitarse un problema de en medio. No sé, las posibilidades eran múltiples, demasiadas como para apostarlo todo a una sola opción sin correr el riesgo de perder.

Así, a voz de pronto, Basilio me encajaba más en el perfil de quien se sirve del anonimato para extorsionar. Era cobarde y solo los cobardes utilizan una nota sin firmar para decir lo que no se atreven a pronunciar personalmente. Diego, sin embargo, era más directo, más frontal, incluso demasiado visceral en ocasiones y esa forma de ser no encajaba en aquel «modus operandi». Claro que llamarle «nenaza» y «maricón» al director financiero, en clara referencia despectiva a su homosexualidad en un mundo cuya peor vergüenza es ser gay es, sin duda, un buen motivo como para guardarle rencor a Israel. Lo de Ariel tenía menos sentido, al menos no respondía a un criterio de proporcionalidad, pero a estas alturas yo ya no ponía la mano en el fuego por nadie. No sé, todo eran especulaciones, ir y venir de mis pensamientos y deducciones que, definitivamente, venían a interrumpir mi calma vacacional.

Me apresuré a llamar a Laura. Supuse que estaría preocupada. Imaginé que ella dispondría de más información que la que había publicado Conrado. Era importante conocer los detalles de los anónimos, tal vez desvelaran algún dato clarificador. La noté apagada, decaída, claramente afectada a juzgar por su tono de voz. Intuí que necesitaba hablar con alguien y me auto invité a cenar en su casa. Le encantó la idea. Creo que ella no se atrevía pedirme que la acompañara. Una cena de chicas. Yo llevaría las pizzas.

Confesiones

Encargué un par de pizzas con mucho queso y un poco de todo y mientras esperaba para recoger el encargo pensé que era la primera vez que yo visitaba la casa de Laura. Nunca antes había estado allí y sentía curiosidad por saber cómo era. Dicen que las casas son el reflejo de sus moradores, que cada detalle de tu casa puede descubrir algo de ti mismo. Los dormitorios, por ejemplo, hablan del yo más íntimo y personal, mientras que el salón puede definirte como alguien introvertido o extrovertido en función de cómo esté decorado. La decoración minimalista es propia de personas frías que dan prioridad en su vida a lo práctico y material. Sin embargo, una casa con muebles en madera dice mucho de la calidez de quien la habita. Fotografías, plantas naturales, recuerdos del pasado, son cosas que siempre están presentes en las casas de la gente que tiene amigos, familia y una historia vivida.

Laura vivía en uno de los chalets que le compró al anterior presidente del club incluido en aquel famoso paquete junto a las acciones del Real Triunfo. Su casa estaba situada en una zona residencial de la ciudad, cercana a la que residía Israel, una urbanización para nuevos ricos con ganas de aparentar aunque, en esta ocasión, era Laura la que le aportaba caché a la zona.

Debía estar observando desde la ventana porque nada más acercarme con mi coche la puerta de su parcela se abrió para que yo pasara. Ni siquiera tuve que tocar el timbre. Era evidente que me estaba esperando. Cogí el bolso, las dos enormes cajas de pizza que aún estaban calientes y me dirigí hacia la puerta de la casa atravesando un cuidado jardín al que no le faltaban flores de todos los colores.

Laura me abrió la puerta y me invitó a pasar.

—Bienvenida.

—Muchas gracias. Tienes un jardín precioso, no le falta detalle —le dije mientras me limpiaba los zapatos en el felpudo de la entrada.

—Es mérito exclusivo de Salvador. Se saca un dinerillo extra haciendo de jardinero. Un gran tipo este Salvador, ¿no crees? Pero pasa, no te quedes ahí.

Laura caminaba unos pasos delante de mí, indicándome el camino hasta el salón. Llevaba una bata de seda negra con un llamativo estampado oriental y mangas japonesas muy amplias y terminadas en pico. Caminaba descalza por el suelo de madera con las uñas de los pies, pintadas de un rojo sangre. La seda es volátil, caprichosa y muy sensual y me dejó adivinar que solo la bata y una discreta prenda de ropa interior cubrían su escultural cuerpo. Al verla, pensé que hasta para llevar bata había que tener clase. Tampoco llevaba maquillaje y hay que ser muy bella para resistir tanta franqueza sin una pizca de disimulo a su edad. Su preciosa melena rubia se movía con libertad sin que nada se lo impidiera y toda ella era casi etérea. Nada que ver con el jersey viejo y la pinza en el pelo que yo utilizaba para estar cómoda en mi casa. La miré a los ojos, efectivamente estaba un poco ausente, algo apagada.

—Siento mucho que te hayan fastidiado las vacaciones, María —me dijo mientras me daba un abrazo cargado de agradecimiento por haber ido hasta allí. —Me alegra que estés aquí.

—Yo también me alegro de verte, te echaba de menos. Empezaba a aburrirme sola en casa sin ninguna intriga que llevarme a la boca. ¡Qué es la vida sin unas cuantas investigaciones de por medio, un soborno o una amenaza de muerte! Yo te lo diré: puro aburrimiento —le comenté intentando sonsacarle una sonrisa—. Siento que la cena no sea más sofisticada, pero te aseguro que una buena pizza en buena compañía es la mejor de las terapias —me justifiqué porque no me pegaba nada la seda con la pizza.

—No te equivoques conmigo, me encanta la pizza y todo lo que se pueda comer con las manos, resulta tan sensual... Además, yo pongo el toque sofisticado que ambas nos merecemos con un buen vino.

Sacó de un mueble bar del salón una botella de vino tinto cuya marca yo desconocía, pero que, sin lugar a dudas, debía ser exquisito. Se dirigió a la cocina para buscar un sacacorchos y volvió con la botella descorchada y un par de copas en la mano. Sirvió un poco y alzó su copa para un brindis.

—Por nosotras.

—Por nosotras y el futuro —dije yo.

El salón era el reflejo de su personalidad. Elegante sin ser aburrido y sobrio sin resultar impersonal. Había luz, a pesar de estar oscureciendo, la misma luz que ella misma irradiaba a pesar de su evidente preocupación. Una cómoda antigua, perfectamente restaurada, tal vez perteneciente a la familia de Laura, era el mueble principal del salón, combinado con gusto con un para de sofás de piel blanca, amplios y confortables, donde nos estábamos tomando el vino. Las paredes también blancas, impolutas, lejos de ser frías, daban una claridad especial a la estancia. La madera del suelo se encargaba del toque de calidez y le ayudaban mucho en su labor las muchísimas velas que había encendidas y dispersas por toda la habitación. Me llamó especialmente la atención la lámpara del techo, algo barroca y recargada, con muchos brazos y de un dorado viejo poco discreto. Era imponente, casi amenazante, allí colgada como si nos estuviera observando desde las alturas. Pensé que también Laura tenía una parte oscura dentro de sí que yo no había logrado conocer todavía.

Como no podía ser de otra manera nuestro primer tema de conversación fueron los anónimos que Israel estaba recibiendo.

—Menudo el caso que me hace Israel. Lo último que le dije antes de marcharme fue que no hablara con nadie de la prensa sobre ningún tema y bajo ningún concepto y lo primero que me encuentro es que le ha hecho unas declaraciones a Conrado precisamente. Este chico es incorregible —le dije.

—No te enfades con él, se lo dije yo. Iba a llamarte para consultarte el tema, pero no quise fastidiarte las vacaciones. ¿No te habrá molestado?

—No, molestado no, pero no sé si ha sido lo más conveniente tal y como están las cosas.

Laura me explicó que la policía estaba al tanto de todo y que le había restado importancia. En opinión de los agentes quien amenaza no suele pasar a la acción al igual que los suicidas que avisan de sus intenciones no suelen terminar con su vida. Lo que realmente pretenden este tipo de personas suele ser llamar la atención. Las notas estaban escritas a máquina y en ellas se podía leer *«En el triunfo y hasta la muerte, tu muerte»,* en clara referencia al lema de la peña de Alfonso. Todo indicaba que se trataba de algún aficionado deseoso de protagonismo, tal vez algún radical miembro de la peña en cuestión. Recibió tres de esas notas en una misma semana y Laura utilizó la táctica de hacer público el caso a través de Conrado. De esta forma mataba dos pájaros de un tiro. Por un lado le daba de comer en la mano al perro de Conrado y, por otro, conseguía que el gracioso en cuestión, autor de los anónimos, se sintiera satisfecho con su dosis de atención mediática y cesara con la broma al conocer que la policía estaba tras el asunto.

—¿Y Diego, Basilio o Alfonso? ¿Están libres de sospecha? Los tres tienen motivos —insistí.

—Sí lo sé y la policía también, pero sería demasiado simple incluso para el mismísimo Basilio. Además, andan escondidos en sus agujeros como tres ratas de cloaca. Casi ni asoman la cabeza por el club. Tienen muy claro que sus días de gloria en el Real Triunfo están más que contados y eso, sin contar con las investigaciones policiales. Cualquier día de estos aparece la policía y se los lleva a todos al calabozo. ¿Sabes lo último?

—¿Lo último? ¿Antes o después de los anónimos?

—A la par. ¿Te acuerdas del dinero de la caja fuerte del despacho de Diego?

—¿El que utilizaron para pagar a Richard el de la agencia de publicidad?

—El mismo.

—¿Qué pasa con eso? —le pregunté intrigada.

—Pues que se trata de otro de los chanchullos de Diego y Basilio para llevarse dinero bajo manga.

—No lo entiendo.

—Despertaste mi curiosidad el día que me enviaste el mail y me hablaste de aquel dinero. En aquel momento no supe a qué dinero te referías, pero sin tú saberlo, estabas destapando otro de sus fraudes. Me puse a trabajar sobre esa pista y logré hacer mis averiguaciones.

—¿Qué has averiguado?

—El dinero viene de la caja en efectivo de las entradas a los partidos. Los tornos de acceso al estadio están trucados y contabilizan menos personas de las que realmente entran. La diferencia, unas cuantas miles de entradas, pagadas con dinero en efectivo, lo que supone unos cuantos miles de euros en cada partido jugado en casa, va a parar directamente a esa caja fuerte.

—¡Esto ya es lo más! Ponme más vino, por favor, que hoy creo que me voy a emborrachar. ¿Y qué piensas hacer?

—No me queda más remedio que callarme. Ese dinero es dinero negro que escapa del control de Hacienda y destapar el chanchullo implicaría responsabilidades con el fisco, vete a saber desde cuándo, a las que tendría que hacer frente el club y no ellos personalmente. Lo dejaré correr. Solo quedan dos meses para junio.

Nunca se me ha dado demasiado bien calcular así, de un vistazo, el número de gente que pudiera haber en una manifestación o en un partido de fútbol. Es algo complicado. Pero sí me había llamado la atención que hubiera más o menos asientos ocupados en el estadio, la cifra oficial de asistentes que siempre se facilitaba a la prensa en cada partido, fuera prácticamente la misma, y coincidente con el número de abonados, entradas estas que no podían ser modificadas.

Sin embargo, saber que la policía no le otorgaba demasiada importancia a los anónimos me tranquilizó bastante. Supongo que tenían razón. Nadie que piensa matarte te avisa previamente o, al menos, había que ser muy estúpido para actuar así, aunque de estupidez había muchos muy sobrados en el Real Triunfo. Era más sensato pensar que algún aficionado radical no tuviera otra cosa mejor que hacer que dedicarse a enviar notitas como los niños pequeños. Pero, si la policía no estaba preocupada por aquello, por qué Laura, lejos de parecer relajada estaba tan intranquila.

—¿Entonces qué es lo que te preocupa, Laura? Te noto muy decaída, algo te está comiendo por dentro —le pregunté.

—Es que tengo más cosas que contarte, María —me contestó.

—¿Sobre los anónimos?

—No, sobre Israel y sobre mí. Sobre nosotros.

—Sobre vosotros dos… Quiero decir… ¿Como pareja? —casi acierto a acabar la frase.

—Podríamos llamarlo así. Sé que hace tiempo que tú sabes que hay algo especial entre los dos, pero...

—Desde el primer día que os vi juntos —la interrumpí.

—Lo sé, lo sé. Pero te juro que nunca ha habido nada explícito hasta hoy.

—¿Nada de nada? No me lo puedo creer.

—Sé que ha habido comentarios y que la gente ha dicho cosas, quizá se me notaba demasiado... No sé... Pero hasta hoy todo ha sido puro tonteo.

—Si supieras lo que me han dicho que dicen de mí te partirías de la risa. No debes hacer caso.

—Él ha intentado muchas veces un mayor acercamiento físico, pero yo he luchado con todas mis fuerzas contra esto, desde el primer momento, pero definitivamente he perdido la batalla. Te juro María que yo no quería sentir lo que estaba sintiendo por Israel y durante todos estos meses me lo he estado negando, pero ya no puedo más, María, estoy enamorada de Israel y cansada de negar lo que siento.

—Pero Laura, eso es algo maravilloso, ¿por qué te atormentas de esa manera?

—Porque sé que Israel es un niñato engreído y caprichoso al que el éxito y el dinero le nublan el juicio. Sé que se pierde por cualquier chica que llevarse a la cama. Sé también que tiene casi veinte años menos que yo, pero no puedo negar que cuando estoy con él a solas me siento una mujer especial, como siempre quise sentirme y nunca he conseguido, y que cuando no lo tengo cerca, me falta hasta el aire. No puedo controlarlo y hasta me da miedo.

—Eso se llama amor, Laura y se escapa a nuestro control. Además, a todas las mujeres nos gustan los hombres con ese puntito canalla.

—Durante todo este tiempo buscaba excusas profesionales para poder estar cerca de él. Cuando tuvo el accidente le visitaba a diario porque le necesitaba yo a él y no él a mí como te hice creer.

—¡Qué me vas a contar que yo no supiera!

—Y hoy me ha besado. Un solo beso, María y moriría por él ahora mismo. Seguro que te parece infantil, ¿verdad? Me siento ridícula contándote esto a mis años —me dijo algo ruborizada.

—Me parece precioso. Un beso puede ser más íntimo que echar un polvo—. Solté la copa y le cogí la mano para que se sintiera cómoda y ella prosiguió.

¿Sabes? Yo no he tenido suerte con los hombres. Aquí donde me ves he sido capaz de construir de la nada, todo un imperio de restaurantes en Francia, de comprar un club de fútbol del que soy presidenta y, sin embargo, no he conseguido tener a un hombre a mi lado. Así es la vida, nunca nos lo da todo.

—Laura, tú puedes tener al hombre que quieras —le dije absolutamente convencida de mis palabras—. ¡Mírate! ¡Eres mi heroína!

—No lo creas. Hay cosas de las personas que no se saben con sólo mirarlas —reflexionó en voz alta. Llenó de nuevo las copas y volvió alzar la suya invitándome a brindar una vez más—. ¡Por el amor que todo lo puede!

—¡Por Israel y Laura y el comienzo de una bonita historia! —dije yo.

Estuvimos juntas hasta altas horas de la madrugada, hablando de amor, de hombres y de fútbol. Laura estaba ilusionada y aterrorizada a partes iguales. El alcohol relativizó nuestros miedos y nos hizo sentirnos invencibles por unos instantes. Allí estábamos las dos, enarbolando la bandera del amor, por encima de las diferencias entre los enamorados y más allá de los prejuicios sociales, dejándonos llevar por un romanticismo tan perfecto y bucólico como inexistente en el crudo mundo de la realidad.

Sus palabras me hicieron reflexionar. Estaba claro que Laura se sentía insegura en el terreno amoroso. Parecía caminar sobre arenas movedizas, con el miedo a ser engullida en cualquier momento. El amor la convertía, como a todos nosotros, en un ser vulnerable, algo que no iba con ella. El amor escapaba a su control, porque siempre es él el que nos controla, y quien ama se expone a sufrir. Yo le intenté hacer entender que sufre más el que vive sin amor y que aquella negación a sus sentimientos, cuando parecían ser correspondidos, no podía ser buena. Pero tal vez Laura venía marcada por alguna mala experiencia del pasado, no sé, por un sufrimiento que le dejó cicatriz, como le ocurre a muchos de los que en su vida han sufrido demasiado.

Ahí quedó todo aquella noche, entre confesiones, vino y pizza, dándole un voto de confianza al amor esperando que lo mereciera y apostando por un futuro mejor para las dos, por qué no, para los tres.

El hallazgo II

Los escasos cuatro días de vacaciones que me quedaban trascurrieron sin apenas darme cuenta. Mi cabeza estaba en un ir y venir de pensamientos. Lo mismo me sorprendía analizando la historia de amor entre Laura e Israel que me recreaba con el momento de la supuesta detención de Basilio o de Diego. Tenía claro, al menos en aquel momento, que todo lo que pudiera pasar a partir de ese instante debía ser la consecuencia lógica de los acontecimientos vividos a lo largo de toda una temporada de fútbol que, sin duda, había dado mucho de sí y no precisamente en lo deportivo, pero la vida no deja de sorprendernos.

El día de mi vuelta al trabajo tras mis vacaciones, a primeros del mes de mayo, recuerdo especialmente el olor de las rosas que acababan de florecer. Creo que mi cabeza quiso quedarse con aquella bonita sensación para poder conservar en mi memoria algo bello de aquellos días, aunque solo fuera una fragancia. Salvador había plantado unos cuantos rosales en las jardineras del aparcamiento del Real Triunfo. Eran rosales trepadores de rosas rojas, de esos que empiezan a florecer en primavera y no dejan de hacerlo hasta el frío invierno. Desprendían un intenso y agradable olor que agradecí especialmente a mi vuelta, era como una bienvenida en forma de perfume.

Laura lucía igual de bella que aquellas rosas, radiante y fresca, con la belleza de la primavera. El ambiente, en general, era relajado. Sorprendentemente las oficinas estaban tranquilas. A Diego y a Basilio, a quienes me encontraba ocasionalmente por los pasillos o las zonas comunes del club, les noté apagados, derrotados, sombra de lo que fueron. Hacía meses, sin embargo, que no veía a Raúl, aunque nadie le echó de menos en todo ese tiempo. Me pasé por el entrenamiento para saludar a Ariel que me recibió con sus honores habituales.

—¡Relinda! ¡Qué vieron mis ojos! ¡Ya llegó la primavera viste! —me dijo nada más verme.

—Hola Ariel, ¿cómo va todo? —le dije mientras le daba un par de besos.

—Bien, mamita, echándola a vos de menos. ¿Qué tal las vacaciones? ¿Encontraste novio?

—Encontré tres, pero como no sabía por cual decidirme, les di calabazas a todos.

—¡Qué boluda que sos!

—Y... ¿Tú qué tal? Creo que la cosa ha mejorado bastante por aquí —le dije, refiriéndome a la marcha deportiva del equipo.

—Yo estable, que no es poco. Mi mamá decía que mejor quedarse como uno está no vaya a ser que la cosa empeore por eso estuve tanto tiempo casado, por miedo a que empeorara la cosa. La verdad es que desde que Israel se apartó del equipo, no hemos perdido ni uno de los partidos. ¡Ni uno! Tampoco los ganamos todos, eso es cierto, viste, pero nada de derrotas. Miedo me da ahora que ya está incorporado. Decidme una cosa... ¿Vos creés que este chico es gafe?

—¡Anda no seas burro!, ¡cómo va a ser gafe! —le contesté.

—Si hasta le amenazaron de muerte.

—¿Tú no tendrás nada qué ver en esa historia, verdad? —le pregunté con un tono socarrón.

—¡Cómo podés pensar eso de Ariel Facundo! No, mamita. Yo no soy así. Yo directamente lo mato, como hacen los hombres, no me ando con memeces de papelitos, ¿me entendés? —Miró hacia ambos lados para asegurarse de que nadie estaba cerca y me dijo en voz baja—: Eso son cosas más propias de «el del purito», ¿no lo pensás vos?

—¿De Basilio? Pues no sé, la verdad, no creo. Sea lo que sea, a mí me parece un tema desagradable con el que no se debe bromear.

—¡La vida es una puta broma del destino!, ¿no creés?

—Últimamente sí, la verdad.

Aquel primer día tras las vacaciones fue agradable. Las flores, el reencuentro con Salvador, el sentido del humor de Ariel, los compañeros de la prensa, un equipo estable, la visita de algún aficionado, una Laura radiante..., sin duda, fue uno de los mejores días que pasé en el Real Triunfo F.C., y también el último día agradable que viviría en mucho tiempo. Nada que ver con el día siguiente que marcaría un antes y un después en la historia de aquel club y en la de todas nuestras vidas.

Cuando despiertas cada mañana, el día se presenta ante nosotros como un papel en blanco, donde escribir una nueva jornada. En el momento en que abrimos los ojos realmente no somos conscientes de lo cambiante, caprichoso y decisivo que puede ser nuestro destino ese mismo día y no otro cualquiera. Tienen razón los que predican que hay que vivir el ahora como lo único cierto que tenemos, pero, quién lo hace. La vida que hemos elegido es una autopista donde resulta tan peligro ir demasiado despacio como sobrepasar los límites de velocidad, por eso todos corremos, más o menos, pero todos terminamos pisando el acelerador a veces hasta que resulta demasiado tarde pisar el freno.

Yo desperté la mañana siguiente como un día más, ajena a lo que esa hoja en blanco me tenía preparada. Estaba feliz, optimista y jovial y casi ni lo supe valorar. Atendí a mi gato, le dediqué mis caricias matutinas, le puse comida fresca en su plato, me di una ducha y desayuné mientras escuchaba música en la radio. Cogí el bolso y las llaves del coche y me fui a trabajar, se me empezaba a hacer un poco tarde.

Poco antes de llegar al Estadio El Grande empezó a ralentizarse el tráfico. Esa hora solía ser un poco conflictiva porque coincidía con la entrada de los niños a los colegios y la avenida principal se colapsaba habitualmente. Aquella mañana sonaban sirenas de policía de manera insistente y poco habitual. No le di mayor importancia hasta el momento en que quise acceder a la calle de las oficinas del Real Triunfo y un agente de la policía me lo impidió. Me hizo el alto.

—Buenos días, ¿no puedo pasar? —le pregunté ajena completamente a la causa de aquel corte de tráfico.

—Lo siento, pero no puede usted acceder, tendrá que bordear la calle, señora.

—Pero si yo lo que quiero es ir al campo de fútbol. Trabajo allí. Solo puedo llegar a la oficina por esta calle —le expliqué.

—¿Trabaja usted allí?

—Sí, soy la directora de comunicación del Real Triunfo, ¿ocurre algo? —La operación antidroga, pensé automáticamente.

—¿Puede usted identificarse?

—Sí, claro. —Rebusqué en el bolso hasta encontrar mi cartera y saqué mi acreditación profesional. El policía la cogió y se apartó del coche un par de metros. Cogió su walkie y comunicó algo que no pude escuchar. Luego se volvió a acercar a mí.

—Puede usted pasar. Allí le atenderán unos agentes.

—Gracias.

Mientras guardaba de nuevo la cartera en el bolso, mi corazón se aceleraba peligrosamente. La adrenalina me brotaba por las orejas. Me imaginaba a Basilio salir esposado y hundido, esta vez sin su puro, y metido a empujones como un vulgar delincuente, en la parte trasera del coche de la policía. Pero por qué nadie me había avisado. Supuse que Laura me hubiera llamado para comunicarme lo ocurrido. Volví a rebuscar en mi bolso, esta vez con la intención de encontrar mi teléfono móvil. Di con él y estaba apagado. Seguro que tendría unas cuantas llamadas de Laura en el buzón. Los móviles nunca están disponibles cuando realmente los necesitas. Lo encendí. Esperé unos segundos confiando en que sonaría el aviso de las llamadas perdidas o los mensajes de voz, pero nada. Ni mensaje, ni llamada perdida ni nada de nada. Tal vez ella tampoco supiera nada de esto. Pisé de nuevo el acelerador para avanzar los metros que me separaban de la oficina y conforme me acercaba empecé a divisar un gran revuelo de coches policiales con las luces encendidas y mucha gente alrededor. ¡Menudo despliegue! Era como en las películas. Había cinta policial de un extremo a otro de la verja de acceso al parking. Bajé del coche que dejé un poco alejado de la entrada. Normalmente solía estacionarlo en el parking pero hoy no era posible. Al acercarme un policía se dirigió a mí.

—¿Es usted María Bravo, la directora de comunicación del Real Triunfo?

—Sí, soy yo. ¿Qué ocurre? —Supuse que sabía mi nombre porque era el agente con el que se había comunicado el policía que me había dejado pasar.

—Por favor, acompañe a esta agente y enseguida hablamos con usted. —Y una mujer de uniforme con el pelo recogido con una coleta me acompañó hasta las oficinas sin decirme ni media palabra.

Aquello empezaba a ser sospechoso porque, justo dentro del parking había aparcada una ambulancia. No entendía muy bien qué pintaba una ambulancia en una operación antidroga. Mucha gente desconocida iba y venía, algunos de ellos vestidos con una especie de monos enteros, como de papel, en color blanco que le cubrían hasta la cabeza y con una especie de maletín en la mano. La estampa me descolocaba un poco pero nadie me decía nada. La mujer policía me hizo pasar a la recepción de las oficinas y me dijo que esperara allí dentro.

—¿Alguien me puede decir qué está pasando aquí? —le dije nerviosa.

—Se ha producido un homicidio. En seguida vendrán a hablar con usted —me contestó fría e impasible.

La palabra «homicidio» parecía tener eco en mi cabeza. No supe reaccionar al escucharla. Creo que nadie está preparado para esa situación. Estaba tan convencida de que se trataba de la operación de la Brigada de Estupefacientes que casi tuve que reprogramar a mi cabeza para aceptar lo que acababa de escuchar. Homicidio. Muerte. Pero quién había muerto. Cómo había pasado, cuándo, por qué… Supongo que los segundos que tardas en comprender lo está ocurriendo son momentos de eternas preguntas imposibles de contestar.

No había nadie más en la recepción del club y comencé a sentir una ansiedad que me ahogaba. Me faltaba el aire y me sentí mareada. Tenía ganas de vomitar y rompí a llorar sentada en una de las sillas de la recepción con la cabeza entre las rodillas.

—¡María! —Escuché que alguien decía. Levanté la cabeza, me limpié los ojos y busqué con la mirada aquella voz que había pronunciado mi nombre. Era Laura que sujetaba a Salvador por el hombro, casi arrastrándolo. Ambos salían del cuarto de baño.

—¡Laura! ¡Salvador! —Me levanté rápidamente para abrazarlos pero Salvador estaba ausente.

—Ayúdame con Salvador. Está muy mal. Siéntalo en esa silla. —Entre las dos ayudamos a sentarse a Salvador que estaba totalmente ido, en estado de shock, y después, Laura y yo nos dimos un abrazo y nos echamos a llorar.

—Es Israel, María, Israel… —me dijo Laura entre sollozos—. Lo han matado.

Al escuchar el nombre de Israel pensé que me desvanecería en ese mismo instante. Habían matado a Israel. No podía ser cierto. No era cierto, me decía a mí misma, como si negando la realidad esta pudiera cambiarse. Israel no podía estar muerto. No lo podían haber matado. Me sorprendí a mí misma deseando la muerte de cualquier otro antes que la de Israel. Yo negaba con la cabeza con un movimiento repetitivo. Laura me cogió la cara con firmeza y me la sujetó con sus dos manos y, mirándome a los ojos, me dijo:

—Lo han matado, María, en el estadio y lo han dejado ahí tirado hasta que esta mañana lo ha encontrado Salvador —me dijo, con rabia contenida y mirada de odio—. Pero vamos a coger al hijo de puta que lo ha hecho y va a pagar por esto. Te lo prometo.

—No es posible, no es posible —balbuceé—. ¿Pero por qué?, ¿quién haría algo así?

Salvador se desvaneció y cayó al suelo. Laura lo incorporó, le desabrochó un par de botones de la camisa y utilizó la gorra de trabajo que siempre llevaba puesta como un improvisado abanico.

—¡Fuera hay una ambulancia! ¡Rápido! ¡Avísales! —me ordenó.

Los servicios médicos se llevaron a Salvador en una camilla. El sonido de la ambulancia perdía intensidad a la vez que empecé a escuchar con más fuerza el de un helicóptero que sobrevolaba la zona. Podría ser de la policía, pero yo apostaba por una cámara de televisión aérea ante la imposibilidad de acceder con otro vehículo a la zona de los hechos. A esas alturas la prensa estaría alertada de todo y el mundo entero fijaría su morbosa mirada en el Real Triunfo y en el Estadio El Grande.

Laura, sentada a mi lado en una silla de plástico de la recepción del Club, se dejó llevar por sus pensamientos y se encerró en un caparazón hermético. Quizá tras llevarse la ambulancia a Salvador se dejó seducir definitivamente por su dolor. Su mirada se instaló en un mundo donde nadie, más que ella, podía estar en ese momento. Tal vez con el recuerdo de Israel, tal vez con el inicio de una historia que ya nunca sería. Se cogió las piernas con los brazos, llevándoselas al pecho, en lo que parecía una posición fetal, pero sentada. Apoyó la mejilla en sus rodillas y cerró los ojos. Yo, sentada a su lado, me sentía vacía y me dolía mi dolor y el dolor de mi amiga. Si yo sufría no me podía ni imaginar cuánto estaría sufriendo ella. Le acaricié el pelo suavemente, sin decir nada, como hacía mi madre conmigo cuando era niña y quería hacerme sentir mejor. No hubo palabras entre nosotras. Las dos nos refugiamos en el silencio, un silencio prudente y reparador, en la recepción del Real Triunfo, mientras que fuera, los sonidos estridentes de las sirenas, los walkies, las radios de la policía y el motor del helicóptero, parecían librar una batalla de protagonismo.

Ya no olía a rosas frescas en la primavera de un bonito mes de mayo. Ni siquiera olía a césped mojado tras el riego diario del campo de fútbol con el aspersor. Era el olor de la muerte el que esa mañana había matado al resto de aromas del Estadio El Grande y la historia del Real Triunfo empezaba a escribir un capítulo nuevo con letras de sangre.

Consternación

La muerte nos hace iguales, esa es la mayor de las justicias de la vida, tal vez la única. Todos, ricos y pobres, anónimos y afamados, poderosos y humildes, hombres y mujeres, todos somos tratados por igual al final del camino.

Ahora, poco importaba ya la carrera del joven delantero, ni las promesas de éxito, ni el ascenso, ni la gloria, ni el futuro prometedor. Ahora Israel solo era una vida truncada, injustamente arrebatada, como la de cualquier otro joven con veinticuatro años recién cumplidos. La única diferencia era que, en su caso, una vez muerto el hombre, la afición pariría a la leyenda y la leyenda es inmortal.

Permanecimos allí un tiempo que no sabría concretar. Supongo que por lo menos pasaron un par de horas hasta que llegó la Comisión Judicial al estadio. El juez, una media hora más tarde, ordenó el levantamiento del cadáver y su traslado al Instituto Anatómico Forense donde se le practicaría la autopsia. Toda aquella escena estaba cargada de cierto surrealismo, de una ironía macabra que me hacía creer que lo que estaba ocurriendo no era la realidad. Supongo que la negación de los hechos dolorosos suele ser una defensa bastante común de nuestro cerebro cuando no somos capaces de asimilar lo que tanto nos duele. Miré a Laura, allí acurrucada, tan vulnerable y frágil que me dije a mí misma que debía ser fuerte. Laura me necesitaba. Es curioso como a veces nos resulta más sencillo hacer algo por los demás que hacerlo por nosotros mismos.

Pensé en Basilio y en Diego, también en Alfonso y en cualquiera que pudiera tener una razón para haber asesinado a Israel. Tal vez todos ellos tenía un motivo para hacerlo pero ninguno tenía los motivos suficientes. No sabía cómo había pasado, nada había trascendido hasta el momento, pero fuera como fuese la muerte es un precio demasiado alto que nadie debería pagar para saldar ninguna cuenta pendiente.

—Yo le quería, ¿sabes? —me dijo Laura interrumpiendo el silencio.

—Lo sé. Sé que le querías de verdad. Sé que desde el primer día hubo algo especial entre los dos.

—Estaba dispuesta a apostar por esta relación, a pesar de todo —dijo en un hilo de voz sin ni siquiera mirarme a la cara. Estaba perdida en algún lugar pensando en voz alta.

—Debemos ser fuertes, Laura, ahora debemos estar unidas y ayudar en todo lo que esté en nuestra mano hasta que se averigüe lo sucedido.

—Estoy cansada de ser fuerte. Ya no quiero ser fuerte. No quiero luchar más. No puedo. Yo solo quería una vida normal, feliz, como la de cualquier otra mujer. Todo me ha costado demasiado esfuerzo y nada ha merecido la pena. Nada. Estoy cansada, estoy muy cansada… —continuaba Laura, como en una letanía, con su discurso.

—No digas eso. Ahora no es momento de hacer balance de nada. No pienses. Solo deja que el dolor pase, que no se quede dentro. Llora todo lo que tengas que llorar, grita si hace falta, pero deja que el dolor se marche —le dije para intentar que se sintiera mejor.

Pero Laura ni lloró, ni gritó, solo balbuceó pensamientos inconexos sobre su vida que poco tenían que ver con la muerte de Israel. Allí estaba, inerte y pálida, como si de alguna manera el asesino de Israel también la hubiera herido de muerte a ella, y yo, a su lado, sin saber muy bien ni qué hacer ni qué decir. Es curioso cómo reaccionamos los seres humanos en estas circunstancias. Hacía tan solo un par de horas que Laura me había dado la mala noticia y al desmoronarnos Salvador y yo, ella fue la fuerte. Sin embargo, una vez que los servicios médicos se llevaron a Salvador y yo fui capaz de recomponerme, la Laura que yo encontré nada más llegar, cargada de rabia y entereza, dejó paso a una Laura ausente y abandonada a su suerte. Supongo que todos tenemos un límite, un punto sin retorno.

El sonido de mi teléfono móvil martilleaba mi cabeza sin parar. Sonaba y sonaba y no había descanso posible. La noticia había trascendido con la rapidez propia de las desgracias y el morbo estaba servido en bandeja de plata. No atendí ni una sola de las llamadas. Nadie me advirtió en mi contrato de que entre mis funciones estaría la de gestionar mediáticamente un homicidio, nadie te enseña semejante cosa en la Universidad, si siquiera la vida te prepara para ello. Opté por desconectar el teléfono en una huída fácil y por puro instinto de supervivencia. Los compañeros de la prensa deberían olisquear en otro lugar porque yo no estaba disponible.

Pronto todo el mundo estaba enterado y antes incluso de que supiéramos nada concreto sobre lo ocurrido, la noticia ya había dado la vuelta al mundo varias veces. En la era de la información no hay secretos que se resistan a las nuevas tecnologías, especialmente si lo que hay que contar es truculento y macabro. El efecto amplificador que supuso que el suceso entrara en la red, casi al mismo instante de ocurrir, tuvo consecuencias imparables.

La policía nos trasladó a sus dependencias en el interior de un coche patrulla con el fin de hacer una primera declaración. Los alrededores del estadio estaban acordonados, pero eso no impedía que los reporteros utilizaran cualquier medio para captar la imagen deseada. Había reporteros subidos a los árboles, en los balcones de los edificios colindantes más elevados, sobrevolando con helicópteros y en general, en cualquier lugar que permitiera recoger la imagen del dolor y la crueldad.

Lo ocurrido al llegar a comisaría fue sorprendente, al menos lo fue para mí. Entre el trasiego de gente que entraba y salía, iba y venía de aquel lugar me llamó la atención que, allí mismo, sentados en un banco de la entrada, visiblemente afectados, nos esperaban Diego y Basilio. Eran las últimas personas en el mundo a las que imaginaba ver en aquel momento. Nada más vernos entrar, se levantaron y fueron al encuentro de Laura. La abrazaron, primero Diego y después Basilio y también me abrazaron a mí, como si ante lo ocurrido ya no hubiera bandos, ni buenos, ni malos. Si el día anterior me hubiesen dicho que abrazaría a aquellos dos personajes, jamás me lo hubiera podido creer. Pero lo cierto que es no supe muy bien cómo reaccionar, estaba descolocada y, simplemente, me dejé llevar. Pensé que si alguno de los dos, o incluso los dos juntos, tenían algo que ver con el crimen tal vez estaban actuando para desviar la atención y yo acababa de abrazar al homicida u homicidas de Israel. Pensé también que tal vez fueran inocentes y se tratara de un homicidio más propio del perfil de un delincuente como Alfonso que de dos mediocres directivos con ansia de poder y vicios caros.

—Hemos venido en cuanto nos hemos enterado. Estamos juntos en esto Laura —dijo Diego, iniciando la conversación—. Nada de lo que haya pasado anteriormente entre nosotros importa ahora mismo. Quiero que lo sepas. Debemos apoyarnos en estos duros momentos para poder superarlo juntos, coger al culpable y devolver el buen nombre al Real Triunfo.

—Venimos a hacer todo lo que podamos, a ofrecernos a la policía y responder a todas las preguntas que sean necesarias —apostilló Basilio—. Hay que atrapar cuanto antes al homicida que ha hecho esto. Somos un club y eso significa que somos como una gran familia. No te preocupes por nada Laura, todo se va a solucionar.

Escuchándoles a ambos, a pesar de sus discursos vacíos, de políticos populistas, he de reconocer que me parecieron creíbles. Desde la lógica no tenía ningún sentido que alguien culpable se mostrara tan dispuesto a la colaboración, salvo que ese alguien fuera tan arrogante y engreído que rozara la estupidez y menospreciara la labor y la inteligencia de la investigación policial. Ambos eran arrogantes y engreídos pero eso no los convertía en asesinos. También es cierto que, aunque yo fuera la dueña de la desconfianza, especialmente cuando se trataba de aquellos dos personajes, eso tampoco me hacía estar en posesión de la verdad.

Laura no les contestó, solo asintió con la cabeza. Supongo que estaba tan descolocada como lo estaba yo en aquel momento y optó por el silencio que siempre es la opción más prudente.

La policía nos interrogó por separado, uno por uno, en un primer acercamiento a la verdad. Primero Diego, después Basilio, al que le siguió Laura y por último, yo misma. Desconozco qué es lo que contaron los otros, pero yo estaba deseosa por poder verbalizar todas mis especulaciones.

Hablé de la conversación que escuché en el cuarto trastero donde un fallido negocio de tres millones de euros y una comisión impagada provocaron una disputa entre Diego e Israel que llegó incluso a las manos y que fundamentó amenazas de muerte del delantero hacia el director financiero. Hablé de los vicios ilegales de Basilio, de sus trapicheos, de sus amistades peligrosas con Alfonso, de un palco convertido en un callejón de lujo para drogadictos de «alto standing». Conté lo que sabía del accidente de Israel y lo que aquello había supuesto para la investigación de la Brigada de Estupefacientes. Conté lo de los anónimos, lo de los partidos amañados, lo de las apuestas, lo del dinero negro de la caja fuerte del despacho de Diego, las antipatías de todo un vestuario, las antipatías del propio entrenador, lo conté todo, los secretos y las verdades a medias, lo conocido y lo oculto bajo un disfraz de club de fútbol. Hablé de las miserias del Real Triunfo, de las cloacas que albergaba en su interior. Hablé de la basura que con sumo cuidado unos pocos pretendían esconder, pero cuyo olor, inevitablemente, terminaba por filtrarse. Vomité allí mismo, en la sala de interrogatorios de la policía, once meses de tensiones y conspiraciones, once meses demasiado largos para mí.

Cada uno de nosotros se marchó por separado. Laura no quiso que la acompañara. Respeté su deseo de soledad y me fui a casa. Debíamos permanecer en la ciudad. La investigación no había hecho más que empezar.

—¿Estarás bien? —le pregunté preocupada.

—Sí, no te preocupes tanto por mí, estaré bien. Además quiero interesarme por el estado de Salvador. Me voy a pasar primero por el hospital para ver cómo se encuentra.

—Vale, mantenme informada y prométeme que si necesitas algo, hablar, desahogarte, no sé, me llamarás a cualquier hora del día o de la noche.

—Te lo prometo.

A la muerte del hombre le sucedió el nacimiento del mito. En casa, mi pequeño refugio, mi fortaleza, con mi gato en el regazo, mi gran amigo, asistí ante el televisor a aquel alumbramiento. Todas las cadenas de televisión dedicaban sus momentos de mayor audiencia a dar cobertura al espectáculo del dolor. Cientos de miles de aficionados se agolpaban en las inmediaciones del Estadio El Grande, convertido, sin quererlo, en una improvisada capilla. Todos portaban velas o flores, peluches o recuerdos del Real Triunfo. La emoción era tan intensa que a pesar de estar frente al televisor me parecía estar percibiendo el olor a cera que desprendían los cientos, tal vez miles, de cirios que se amontonaban en el suelo. La afición había quedado huérfana. Había niños que lloraban vestidos con la camiseta de su equipo con el dorsal nueve en su espalda. Había hombres, mujeres, ancianos. Sentada en el sofá de mi casa les observaba en su dolor, tan ajenos a la complicada realidad, que hasta les envidiaba. Algunos escribían mensajes de duelo en el muro del estadio, otros pegaban fotografías de un Israel glorioso por las paredes. Las banderas y las bufandas del Real Triunfo, las mismas que ondeaban en el campo los días de partido y que servían de talismán, ahora eran símbolo de duelo... Cualquier cosa servía para ilustrar la consternación de una afición tan unida por lo ocurrido como ignorante de la complejidad de su club. Pero no todos eran triunfadores. Todas las aficiones se hicieron una, sin colores, sin rivalidades, sin diferencias. Todos los amantes del fútbol estaban de luto.

Salvador, el triunfador más entregado y apasionado que el Real Triunfo tenía como seguidor, fue también el más afectado por lo ocurrido. Para él era como si se le hubiera muerto un hijo, uno de los veintitrés hijos que Salvador mimaba como si fueran de su sangre. Quizá un hijo un tanto díscolo, pero un hijo al fin y al cabo. Su corazón de pura bondad era débil, quebradizo, y aquel había sido un golpe demasiado duro para él. Laura me dijo que permanecería ingresado en observación. Su vida no corría peligro pero como medida de prevención debería estar unos días bajo estricto control médico.

—Debe ser muy impactante encontrarte el cuerpo, allí, en el estadio y no saber muy bien qué hacer —reflexionó Laura al teléfono.

—Tiene que ser horrible. Una imagen así no la puedes borrar jamás de tu cabeza. Pobre Salvador, me da mucha pena que haya tenido que ser precisamente él quien se encontrara el cuerpo —le dije yo.

—Pues sí, la verdad, casi le cuesta la vida también a él. Bueno, ahora debemos descansar, nos esperan unos días duros. Además, deberíamos preparar algún acto oficial de duelo. Mañana hablamos y concretamos qué hacer. Gracias por todo, María, estás siendo un gran apoyo.

—Somos amigas, ¿no? Buenas noches, Laura. Llámame si me necesitas.

Lo haré.

Encontré a Laura bastante más recuperada, recompuesta, asumiendo de nuevo el papel de presidenta del Real Triunfo. Me sorprendió su entereza. Parecía estar subida a una noria emocional, lo mismo se desmoronaba que mostraba toda su fuerza interna, lo mismo se lamentaba hasta el hastío que pensaba en planificar un acto oficial de duelo por Israel, lo mismo estaba rota de dolor que parecía fría como el hielo. Supuse que cada cual maneja como sabe o como puede su dolor y nada podría yo reprocharle ante su actitud.

La autopsia

Pronto comenzó a especularse sobre los detalles del caso, a cual de ellos más morboso. Todos los medios de comunicación habían desplazado hasta la ciudad a enviados especiales para un seguimiento exhaustivo del suceso. Había que relatar cada herida, cada gota de sangre, cada víscera de Israel. Había que seguir el dolor de unos padres, cámara al hombro, hasta el último rincón de la intimidad de su hogar. Era preciso rebuscar en el pasado de la víctima para destapar cualquier hecho reprochable. Todos parecían engullidos por una gran bola de nieve que cuanto más rodaba más crecía y nadie parecía distinguir la línea divisoria que existe entre la información y la pornografía del horror. De repente, los personajes como Conrado parecían haberse multiplicado por cientos. Las compungidas ex amantes del delantero en busca de su minuto de fama recorrían las televisiones. El secreto del sumario era cualquier cosa menos secreto y los detalles de los hechos afloraban como pinceladas de un boceto de lo que ya era, sin duda, el homicida del año, tal vez de la década, el homicida de la historia centenaria del Real Triunfo.

El Estadio El Grande, convertido ahora en el escenario de un crimen, quedó clausurado por la policía, durante un tiempo indeterminado, con el fin de poder estudiarlo exhaustivamente con la esperanza de que aportara información clarificadora para el caso. A sus puertas continuaban las muestras de dolor en forma de improvisados altares en memoria del jugador. La afición peregrinaba hasta aquel santuario en mitad de la calle y la prensa se alimentaba diariamente del espectáculo. Todos los efectivos policiales estaban volcados en la resolución de un homicida tan mediático como complejo. El club cerró sus instalaciones durante una semana y, aunque se intentó cancelar el encuentro que se disputaba esa jornada fuera de casa, la competición debía continuar, con o sin Israel.

Ni que decir tiene que aquel partido fue cualquier cosa menos divertido. Los jugadores del Real Triunfo lucieron un brazalete negro y todos, propios y rivales, pisaron el césped vestidos con una camiseta con el número nueve, el de Israel, encima de sus respectivas camisetas oficiales. Laura, aguantó el tipo como pudo en el palco de un estadio donde era tan solo una invitada, arropada por el presidente del equipo rival y sabedora de ser el objetivo más buscado por los fashes de los fotógrafos. Vestía un oportuno y apropiado traje de chaqueta negro. Se había recogido el pelo para la ocasión y su rostro lucía pálido y triste, pero sin lágrimas. Casi parecía más una viuda que una presidenta. Se guardó un minuto de silencio en memoria del malogrado jugador. Un interminable minuto de silencio fúnebre e impactante, roto por el aplauso de diez mil personas en un estallido de furia y, así, el partido comenzó. Hubo dos goles, uno para el marcador de cada equipo, pero ambos dedicados a la memoria de Israel y tras el empate, todos volvimos a casa.

Laura volvió en su coche y yo la acompañé. Tal vez un trayecto de casi dos horas serviría para aliviar nuestros corazones y compartir nuestros sentimientos.

—En cuanto la policía termine la investigación y nos deje libre el estadio, quiero que le hagamos un homenaje a Israel. Quiero que la afición le despida como el gran delantero que era y que ese césped que lo vio morir borre ese último recuerdo y lo sustituya por un sentimiento de cariño de todos los aficionados. Además sus padres se lo merecen, están destrozados —me explicó Laura mientras conducía—. He pensado en proyectar imágenes de Israel en la video pantalla del campo, imágenes desde que era niño y jugaba al fútbol en un campo de tierra cerca de su casa, hasta el día que llegó a este Club, como una estrella, con fotografías de sus goles, recortes de prensa de sus éxitos, en fin, una bonita composición con imágenes y música de lo que ha sido su vida por y para el fútbol. La entrada estará abierta a todo el mundo, con la única condición de que lleven una vela que todos encenderemos en cuanto oscurezca. El Estadio El Grande estará repleto de gente, al menos treinta mil personas con treinta mil velas como puntitos de luz en la negra noche. Sus padres son católicos. Celebraremos también un breve acto religioso en el mismo campo.

—No sé, Laura, no me parece oportuno, al menos ahora —le dije—. Todo está demasiado reciente, además, la policía todavía no ha detenido al que lo ha hecho, acaba de empezar la investigación y tal vez este tipo de cosas no sean apropiadas. Yo creo que es mejor dejar pasar el tiempo, un tiempo prudente para que todo se calme y avance la investigación. Siempre se puede hacer más adelante.

—Se hará en cuanto finalice la autopsia. Sus padres han dicho que será incinerado y que sería bonito esparcir sus cenizas por El Grande el día de su homenaje.

—¿Cómo dices? No quisiera molestarte pero, francamente, me parece algo macabro. —Solo de escucharlo me horrorizaba—. No entiendo por qué hay que hacer de esto un espectáculo, Laura. ¿Se lo has sugerido tú a la familia? —le pregunté porque no me parecía una idea propia de la madre que yo conocí en su día.

—Y qué si ha sido mía la idea —me contestó molesta—. Haremos el homenaje que Israel se merece y pasaremos página. La afición también lo necesita. Todos necesitamos algo para poder cerrar este capítulo. No sé dónde le ves el problema...

Guardé silencio. Me espantaba pensar que a aquel homenaje acudiera el homicida de Israel, como si nada, camuflado entre la multitud o incluso ocupando un lugar de honor en el palco, en el caso de ser Diego o Basilio o algún otro pez gordo. Pensé que a Laura se le había ido un poco la cabeza y que no era capaz de pensar con claridad. Un espectáculo de aquellas características estaba fuera de los parámetros del buen gusto y la clase que Laura me había demostrado durante todo este tiempo. Era como si de repente se hubiera transformado en Basilio, tan amigo de mediatizar su vida, o en Diego, capaz de hacer un negocio hasta de la muerte, pero no de una Laura, discreta y prudente que me había enseñado tanto sobre cómo manejar los tiempos y las formas. Estaba extraña, diferente y hasta distanciada de mí, de todo.

Tampoco ayudó a nadie que Conrado, entre otros periodistas, publicara los detalles de la autopsia junto con una fotografía, tomada desde el aire, de lo que parecía el cadáver de Israel. Francamente bochornoso y repulsivo. La imagen, pixelada para no dejar ver algunos detalles que hasta para Conrado podrían resultar escabrosos, como eran los genitales de Israel, mostraba un cuerpo semidesnudo bajo la red de una portería con la cabeza cubierta. Conrado parecía no tener límites y esa fotografía lo demostraba. El artículo, amplio y explícito, era propio de un periodista deportivo metido a improvisado articulista de sucesos, sin clase y sin principios.

«Césped rojo»

El césped del Estadio El Grande se ha teñido del rojo con la sangre de Israel Buendía, el delantero del Real Triunfo asesinado en la noche del pasado jueves. Las investigaciones policiales se centran, según ha podido saber este diario, en el círculo más cercano al delantero, aunque todavía no ha trascendido ningún nombre, ni motivo alguno, por el que Israel pudiera haber perdido la vida de una forma tan dramática.

Los detalles que han revelado la autopsia son, sin lugar a dudas, bastante clarificadores. Según hemos podido saber en *Noticias a fondo*, Israel murió casi instantáneamente, tras recibir una cuchillada en el pecho que le alcanzó el corazón. El cadáver se encontró bajo la red de la portería del Fondo Norte del estadio, a la mañana siguiente, desnudo de cintura para abajo y con el cuchillo que le causó la muerte todavía clavado en su pecho.

Tras practicarle la autopsia, se han podido encontrar restos de piel bajo las uñas del delantero, posiblemente pertenecientes a su agresor, tal vez en un intento desesperado por defenderse.

Otro detalle importante en la investigación es el arma homicida. El cuchillo ha sido analizado por la policía y tras un meticuloso examen forense, no se han podido encontrar huellas en él, lo que hace pensar que el asesino lo limpió tras el crimen o bien, utilizó guantes para evitar dejar huellas incriminatorias. Sin embargo, el tipo de cuchillo en sí mismo, es una prueba importante. Parece ser que se trata de un cuchillo perteneciente a una cubertería como la que cualquiera de nosotros pudiera tener en casa y que utiliza habitualmente en las comidas. Encontrando al dueño de la cubertería probablemente se encuentre también al homicida.

La policía piensa que el homicidio se produjo en el mismo estadio pero no en el lugar exacto en el que se encontró el cuerpo. El césped de El Grande, estaba dañado en una línea que dibujaba el camino desde el centro del campo hasta la portería del horror. Una de las hipótesis que se baraja para explicar este hecho es que el asesinato se cometiera en el centro del estadio y una vez muerto Israel, el cuerpo fuera arrastrado hasta la portería.

Otro de los elementos desconcertantes de este caso son las circunstancias en las que apareció el cuerpo. Israel estaba maniatado a la red de la portería, por las muñecas, con las manos a su espalda, tal y como se puede apreciar en la fotografía aérea, desnudo de cintura hacia abajo y con el pantalón colocado en su cabeza. La imagen de Israel es tales circunstancias es, sin duda, dantesca y muestran el horror de su homicida. Israel vestía la camiseta del Real Triunfo, se desconoce si este dato es relevante, dado que hacía horas que había terminado su entrenamiento. La camiseta quedó empapada de sangre tras la cuchillada.

Si todos estos detalles no fueran, de por sí, suficientemente significativos, hay uno más que podría ser la pista definitiva para los investigadores. Tras la autopsia, se encontró en el interior de la boca de Israel un papel arrugado que alguien había introducido tras su muerte. En el papel había un mensaje escrito a mano, «En el triunfo y hasta la muerte, tu muerte». Este periódico ha podido saber que estas mismas palabras eran las que el delantero había estado recibiendo, días antes de su muerte, en forma de anónimos.

Con todos estos datos, la policía confía en una pronta resolución del caso, para poder así cerrar un capítulo negro de la historia del Real Triunfo, el equipo local con más seguidores de esta ciudad.

Lo publicado por Conrado coincidía con lo publicado por unos cuantos periódicos más, por lo que deduje que todos tenían la misma fuente, alguien perteneciente a la investigación del caso. Los datos me parecieron sorprendentes y, al mismo tiempo, desconcertantes. Para empezar, si la policía tenía restos de piel bajo las uñas en principio parecía sencillo dar con el responsable de aquella barbaridad. Se trataba de cotejar muestras de ADN de todos aquellos que tuvieran un motivo y no una coartada. Pero, tras preguntar a un compañero de sucesos del periódico en el que trabajé sobre este asunto, comprendí que conseguir una muestra de ADN con la que comparar los restos encontrados no siempre es sencillo. Las pruebas de ADN pueden rozar determinados derechos fundamentales como la integridad física o la intimidad y por ello, en muchos casos, se precisa una autorización judicial y el juez necesita algo más que una simple sospecha para dictarla.

Lo más desconcertante fue enterarme del anónimo que le encontraron en la boca tras practicarle la autopsia a Israel. Estaba claro que era muy probable que quién amenazó a Israel los días anteriores hubiera cumplido su amenaza, a pesar de que la policía, en su momento, le restó importancia. Tal vez se habían equivocado y le habían subestimado. Pero algo no cuadraba en mi cabeza. Los anónimos recibidos por Israel estaban escritos a máquina, según me contó Laura en su día, pero el encontrado en su boca tras el homicidio, estaba escrito a mano. Me preguntaba si realmente alguien que planifica algo así comete el error de dejar una caligrafía como prueba forense. Desde luego yo no lo hubiera hecho pero tal vez no era demasiado inteligente o tal vez la improvisación era la causa de esta incongruencia.

El cuchillo utilizado para matar a Israel era, cuanto menos, pintoresco. ¿Quién coge un cuchillo de la cubertería de casa y lo utiliza para asesinar? Mis conocimientos sobre estos temas eran más bien escasos, basados fundamentalmente en películas de misterio o series de televisión, pero nunca había escuchado semejante cosa. Había conocido casos de crímenes con machetes, navajas, hachas u otros utensilios, alguno de lo más dispares, pero nunca un cubierto de cocina, poco afilado, al menos para cometer un asesinato. Si yo pretendiera asesinar a alguien de una puñalada jamás utilizaría un cuchillo de mi cubertería de casa. Buscaría algo más certero, algo que hiciera más sencillo matar, salvo que, una vez más, no fuera un homicidio premeditado y las circunstancias y la oportunidad me pusieran al alcance esa arma homicida y no otra. Pero… ¿Qué hacía un cuchillo de una cubertería casera en un campo de fútbol?

Me pudo, una vez más, la curiosidad periodística y me zambullí de lleno en una investigación basada, más bien, en la criminología, que en el periodismo. Fui a la biblioteca pública, hice llamadas telefónicas, navegué por Internet y recopilé toda la información que pude encontrar sobre psicología criminal. Era un mundo francamente apasionante. Comparé artículos y casos anteriores con características similares en un intento por comprender qué había podido ocurrir y por qué y las conclusiones a las que llegué, en mi improvisada labor de detective, fueron interesantes.

Toda la información que pude analizar coincidía en una cosa, el crimen no había sido premeditado, había demasiados elementos que indicaban que fue fruto de la improvisación, de una situación no buscada. Además, Israel y quien le dio muerte, se conocían. El homicida tapó el rostro de su víctima con el pantalón para no verle la cara. De alguna manera este hecho servía para despersonalizarle porque, muy probablemente, al agresor le importara Israel y le afectara verle muerto. Matar a alguien cara a cara y mantener esa imagen mientras manipulas su cadáver, debe ser algo difícil de aguantar.

Otra de las conclusiones que obtuve de mi investigación, fue que el hecho de dejar a Israel con sus genitales al descubierto, implicaba cierto elemento sexual en el crimen. Pensé también que simplemente era una consecuencia de despojarle de los pantalones para taparle la cara, solo una consecuencia y no una causa en sí mima. Israel quedó desnudo de cintura hacia abajo porque su asesino, en un momento determinado, necesitó algo para tapar su rostro y optó por sus pantalones. Claro que el agresor podría haber utilizado otra prenda, tal vez la camiseta, pero, a propósito o no, la realidad era que fueron sus pantalones los elegidos.

El vestuario de Israel, en sí mismo, no dejaba de desconcertarme. No terminaba de entender qué hacía el delantero a esas horas de la noche en el Estadio El Grande vestido con la equipación oficial del Real Triunfo. El entrenamiento ese día, como todos los días del año, había terminado al mediodía. Israel, como el resto de sus compañeros, habían entrenado como era habitual con la ropa de entrenamiento y ningún jugador de los que yo haya conocido utilizaba la equipación oficial fuera de los encuentros.

Cuanto más analizaba los datos obtenidos de mi estudio de investigadora aficionada, más enrevesado me parecía el asunto. Todo era bastante desconcertante, como un montón de piezas de un gran puzzle volcadas sobre la mesa. Había que empezar a unirlas, utilizando la lógica, la paciencia, el sentido común y la ciencia forense, había que buscarle cierto sentido a todo aquello si es que la sinrazón tiene alguna explicación posible.

Coartadas e Interrogatorios

A la mañana siguiente decidí visitar a Salvador que continuaba hospitalizado. Estaba un poco preocupada por él. Es cierto que los médicos habían dicho que su corazón no corría peligro, pero a mí me preocupaba más su alma. Un hombre sensible y bueno como él parecía no haber sabido asimilar un suceso tan horrendo como aquel. Su estadio, El Grande, tan querido, tan mimado, su equipo, el Real Triunfo, lo que le daba sentido a su vida y uno de sus chicos, uno de sus niños, Israel, envuelto todo ello en un crimen que le eligió a él, precisamente a él, para ser descubierto. Salvador era sin lugar a dudas, el más afectado por todo lo sucedido.

—No esté mucho tiempo, necesita descansar —me dijo la enfermera a la puerta de su habitación.

—¿Ha recibido alguna visita más? —pregunté.

—Sólo la de una señora rubia, muy alta y muy elegante —contestó, supuse que refiriéndose a Laura.

—¿No ha venido la policía?

—No. La policía sabe que este señor todavía no está en condiciones de hablar de este tema. La mayor parte del tiempo permanece sedado. Probablemente en cuanto el problema cardiaco esté bajo control, si continúa en este estado, tal vez se le traslade a la planta de psiquiatría. Habrá que valorarlo más adelante.

—¿Psiquiatría? —le dije asustada por sus palabras.

—Sí. Ha entrado en un estado de de shock post traumático. Estas cosas ocurren a veces —me explicó.

—Pero… ¿Se recuperará, verdad?

—Necesita tiempo. Cada persona es diferente y cada uno de nosotros reaccionamos de manera distinta a este tipo de impactos.

Los próximos días son decisivos para su evolución. No esté mucho rato.

Entré en la habitación, estaba en penumbra. Salvador parecía dormido, supuse que estaba sedado. Tenía un aspecto sereno, como si estuviera en otra realidad paralela, sin dolor, sin horror, sin nada que le causara desasosiego. Observándole en ese estado de calma inducida, me vinieron a la mente los días de lluvia de aquel invierno. Me acordaba de cómo aquel hombre me había elegido a mí para contarme uno de sus secretos, su ritual de los días lluviosos, tal vez porque supo que yo sabría apreciarlo. Cuántos días de lluvia habíamos estado los dos juntos escuchando el sonido de las gotas repicar en los treinta y cinco mil asientos de plástico del estadio. Oliendo a césped mojado. Sintiéndonos insignificantes ante tanta majestuosidad y, al mismo tiempo, privilegiados e importantes. El campo parecía cobrar vida, ser todo poderoso y permitirnos a nosotros dos, solo a nosotros dos, permanecer en sus entrañas, quietos, con los ojos cerrados, percibiendo solo las sensaciones que un corazón generoso como el suyo es capaz de percibir. Yo era su humilde aprendiz y como tal me dejé aleccionar por el maestro que ahora yacía en una cama de hospital. Las lágrimas llegaron a mis ojos. Eran lágrimas reprimidas. Desde el día del crimen no había vuelto a llorar. Le cogí de la mano y guardé silencio. Él permanecía dormido. Cuando despertara los días de lluvia ya nunca más volverían a ser lo mismo.

La visita a Salvador me entristeció pero la vida siempre sigue a pesar de cualquier cosa. El quiosco de prensa del hospital, situado justo en la planta baja, captó mi atención cuando me disponía a marcharme de allí. Definitivamente no me gustaban nada los hospitales. Una montaña de ejemplares del *Noticias a fondo* destacaba entre las publicaciones del corazón. Qué tendría de nuevo Conrado. Compré un ejemplar y me senté en un banco a la puerta del hospital y allí, entre el ir y venir de la gente, las ambulancias y las batas blancas me puse al día leyendo la prensa.

Coartadas y declaraciones

El análisis del ADN de las células epiteliales halladas bajo las uñas del malogrado Israel Buendía, han desvelado que el asesino del delantero es un hombre. Tras este hallazgo han sido interrogados, una vez más, los posibles sospechosos con la intención de comprobar sus coartadas y solicitarles que entreguen voluntariamente una muestra de su ADN para poder cotejarla con la del culpable.

Según ha podido saber este diario, uno de los primeros interrogados ha sido Basilio García, el director gerente del Real Triunfo, quien en todo momento se ha mostrado colaborador con la policía y quien no ha puesto ningún inconveniente en que se le tomara una muestra de su ADN. Basilio García, parece tener una coartada para la noche del crimen que, de confirmarse, le exculparía totalmente como sospechoso del asesinato.

Leyendo el artículo estaba segura que todo aquello se lo había contado el mismísimo Basilio a Conrado. Me lo imaginaba allí, sentado frente al periodista, intentando lavar su imagen y mostrándose colaborador con la policía, con su puro en una mano y un whisky en la otra, jugando a ser garganta profunda, a cambio de un poco de protagonismo que alimentara su enorme ego. Continué leyendo.

Por su parte, el director financiero del Real Triunfo, Diego Fernández, ha sido otro de los interrogados, por segunda vez, por la policía. Fernández ha quedado en libertad tras su interrogatorio, libre de cualquier sospecha. Su coartada para la noche de los hechos está siendo comprobada por la policía y, al igual que el director gerente, tampoco Diego Fernández ha puesto ningún inconveniente a la hora de aportar su ADN para su comparativa con la muestra hallada bajo las uñas de Israel.

En las próximas horas se ampliará la investigación y se someterá a interrogatorios a otros posibles implicados en este escabroso asunto que ha sacudido la tranquilidad de esta ciudad en los últimos días.

Lo publicado por Conrado era bastante clarificador. Si el análisis de los restos de piel habían revelado que el asesino era un hombre y Diego y Basilio habían quedado fuera de cualquier sospecha, es más, incluso habían aportado su ADN voluntariamente, sin poner ningún tipo de inconveniente, era porque tenían la absoluta certeza de su inocencia. Eso reducía bastante el círculo de sospechosos, al menos, de mis sospechosos. Si no eran ni Basilio ni Diego y no pensara que fueran ni Raúl, ni Ariel, ni por supuesto de Salvador, en mi cabeza solo quedaba un nombre de alguien capaz de matar y con motivos para hacerlo y ese era el de Alfonso «El Grande». El círculo se iba estrechando cada vez más.

Supuse que Laura también habría leído el artículo y pensé que sería una buena excusa para visitarla. La soledad no es buena compañera en estas circunstancias. Su actitud, un tanto extraña, me tenía preocupada. Temía que finalmente terminara desmoronándose cuando tomara conciencia de lo ocurrido. Últimamente mostraba un estado de ánimo demasiado variante, ciclo químico, algo bipolar. Hubiera comprendido que se sumiera en la tristeza o que se derrumbara tras lo ocurrido, pero esos cambios de humor me desconcertaban y me hacían temer que algo no iba bien en su cabeza.

Cogí el periódico y puse rumbo a casa de Laura sin ni siquiera llamarla primero por teléfono. Toqué insistentemente el timbre, pero nadie contestaba. Lo intenté de nuevo pero tampoco hubo respuesta alguna. Repetí una tercera vez pero de nuevo nadie contestó, así que pensé que habría salido. Había hecho el viaje para nada por no haber tenido la precaución de llamarla primero.

Marqué su teléfono, tal vez si estaba por la zona nos podríamos ver y tomar algo juntas. El móvil me dio varios tonos y cuando pensaba que ya no me iba a contestar, una voz que no reconocí respondió.

—Sí...

—¿Laura? —pregunté ante la duda de si era ella la que atendía el teléfono. Su voz sonaba ronca, pesada, turbia.

—Sí, soy Laura. ¿Quién eres tú? —Definitivamente su tono de voz evidenció que estaba borracha.

—Soy María. ¿Te encuentras bien? ¿Dónde estás? —le pregunté preocupada.

—Estoy en casa. ¿Qué coño quieres?

—Pasaba por aquí y he pensado pasar a verte, estoy en la puerta de tu casa. He llamado varias veces pero no me has contestado. Ábreme la puerta y hablamos dentro —le dije, intentando por todos los medios resultar convincente para que me dejara pasar.

—No quiero hablar. Vete.

—No me pienso marchar de esta puerta hasta que me abras. Es más, si no abres inmediatamente me pondré a gritar para que todos los vecinos salgan a ver qué pasa y cuando estén todos fuera les diré que Laura, la que vive en esta casa, es una morosa y que yo soy una cobradora de deudas a domicilio. —Fue lo primero que se me ocurrió.

—Estás como una puta cabra —me dijo en un tono menos hostil pero igual de ebrio.

—Hablo en serio. Prueba y verás —empecé a gritar—. ¡Laura Prado vive aquí, en esta casa! ¡Que se entere todo el mundo...! —Inmediatamente sonó el interruptor de la puerta. La empujé suavemente y se abrió.

Hacía casi un año que Laura y yo nos conocíamos y en todo este tiempo, en el que habíamos compartido experiencias de todo tipo, alguna de ellas de mucha tensión, jamás la había escuchado pronunciar una palabrota, ni tan siquiera una palabra más subida de tono que otra. Que estuviera bebida y que además utilizara ese lenguaje eran muestras claras de su estado.

La casa estaba en penumbra, había bajado las persianas y solo unos pequeños haces de luz se colaban furtivos por entre los pequeños huecos. Todo estaba desordenado, nada qué ver con la pulcritud con la que me recibió días antes. Tampoco ella lucía glamorosa como la vez anterior. Estaba sentada en el suelo del salón, en un rincón, con las piernas dobladas y la espalda contra la pared. Apestaba a alcohol. En una mano sostenía una botella de ginebra y en la otra un cigarro encendido.

—¿Desde cuándo fumas? —le pregunté.

—Lo había dejado, ya ves. ¿Quieres un trago? —me ofreció la botella.

—Sabes que no bebo. Además, alguna de las dos debería estar sobria, ¿no crees? Ven, sentémonos en el sofá. —La ayudé a levantarse y la acomodé en el sofá de piel blanco que presidía el salón.

—No me eches sermones, ¿vale? —me dijo—. Que ya soy mayorcita para eso.

—No voy a echarte ningún sermón. Solo quería saber cómo estabas, por eso me he pasado por tu casa. ¿Por qué no me has llamado? Recuerda que me lo prometiste.

—Eso es un sermón —respondió con una sonrisa cínica dibujada en sus labios mientras echaba un trago de la botella.

—Solo digo que somos amigas y que sabes que puedes contar conmigo. No me puedo ni imaginar lo duro que todo esto puede estar resultando para ti y hacerse la fuerte no sirve de nada. Tú actitud de estos días me estaba preocupando…

—Me marcho a Francia —me interrumpió.

—¿Cómo? —le pregunté asombrada ante semejante anuncio que me pilló totalmente por sorpresa.

—Ya está decidido. —Volvió a echar otro trago de ginebra— dejo toda esta mierda. Me voy. Adiós, *au revoir*, hasta nunca…

—No digas tonterías. No puedes abandonar todo por lo que has luchado. ¿Y el club? ¿Y todo el dinero que has invertido? ¿Y qué va a pasar conmigo? Nuestros planes…

—Y eso quién lo dice, ¿tú? Este club tiene más de cien años, te aseguro que seguirá funcionando sin mí. Tú encontrarás otro trabajo —me contestó muy tajante mirándome a los ojos.

—Laura, tú no eres de las que tira la toalla, lo sé, te conozco. No estás hecha de esa pasta.

—¡Tú no sabes quién coño soy, ni siquiera yo misma lo sé! —gritó—. ¡Nada merece la pena! ¡Nada! ¿Te enteras?

—Tranquilízate. Sé que no piensas lo que estás diciendo, que hablas por boca del dolor y lo entiendo, pero todo esto pasará, Laura y el dolor se irá difuminando. Tu vida debe continuar, la vida de todos nosotros debe continuar. La policía cogerá al asesino de Israel, las investigaciones están muy avanzadas, y todos volveremos a nuestras vidas con su recuerdo. Alguien como él nunca morirá. Ahora ya es un mito, historia de un club. No puedes irte, no voy a dejarte, ¿me has oído?

—He hablado con la policía y he preguntado si habría algún inconveniente en abandonar el país. Mientras esté localizada no hay problema. No soy sospechosa.

—¿Has leído lo que publica Conrado?

—No sólo lo he leído, sino que además he estado hablando con Basilio. Tiene gracia. Ahora juega a ser muy amiguito mío, ¿te lo puedes creer? ¡El muy cretino! ¿Sabes cuál es su coartada?

—Cuál.

—Un puñado de fulanas de un club de alterne, el de las afueras de la ciudad. Es muy amigo del dueño, además es cliente habitual. ¿No es irónico? Un grupo de furcias y otros cuantos puteros como él, han confirmado que se pasó toda la tarde y parte de la noche alternado en ese club...

—Y... ¿Diego? —pregunté por curiosidad.

—Diego... El bueno de Diego estaba celebrando el cumpleaños de una de sus hijas con su Raúl pegado a él como una parejita feliz. ¡La familia feliz! ¡Me parto! —Laura se echó a reír descontroladamente mientras apuraba la botella de ginebra.

—No bebas más, por favor —le dije mientras le quitaba la botella de las manos—. Ya está bien. Son una panda de impresentables, ya lo sé, pero al menos sabemos que no son unos asesinos.

—¡Menudo consuelo! ¿Tú no sabes que todos llevamos un puto asesino dentro? Para matar solo hay que tener motivos...

—No digas tonterías. Tienes que descansar. Ven, te llevaré a la cama. —La ayudé a levantarse y la conduje hasta el dormitorio—. Duerme un rato la mona, te vendrá bien y cuando despiertes verás las cosas con claridad. No es momento de tomar decisiones. Lo de marcharte a Francia lo discutiremos cuando estés sobria. No pienso dejarte ir. El capitán nunca abandona el barco.

La arropé con la sábana de seda que cubría su cama y la besé en la frente. Sabía que Laura necesitaba afecto. Eso fue algo que yo intuí casi desde el principio. Tal vez lo había recibido en dosis demasiado pequeñas a lo largo de su vida. Nadie enferma por exceso de cariño pero el vacío que nos puede dejar la falta de este puede ser irreparable. La dejé descansar y me marché a casa no sin antes dejarle una notita sujeta con un imán a la puerta de su nevera que decía: «Si me necesitas, silba. Sin sermones».

De camino a casa medité sobre cómo el homicidio de Israel no solo le había matado a él. De alguna manera algo de todos nosotros también había muerto. Todo acontecimiento trae consigo unas consecuencias y un asesinato deja un rastro de muerte tras de sí. Con Israel murieron también la ingenuidad y la bondad de Salvador, la ilusión de Laura, tal vez el futuro proyecto de un renovado Real Triunfo y tantas otras cosas tan imperceptibles como importantes.

Pensé especialmente en Laura. Aunque sabía que estallaría en cualquier momento, no había que ser muy listo para darse cuenta de ello, jamás podría haber imaginado que llegara a plantearse abandonar todo por lo que había luchado en el último año. Tal vez el deseo de que se quedara allí, conmigo, resultaba algo egoísta por mi parte. Sin ella en el Real Triunfo, tampoco habría hueco para mí. Tal vez necesitara volver con su familia para curar todo el dolor que llevaba dentro. A veces hay que dejar marchar a quien quieres y resistirse a hacerlo no es más que un ejercicio de egoísmo, pero si ella se iba a Francia era casi seguro que moriría también nuestra amistad.

La detención

Los días siguientes se precipitaron los acontecimientos. Las horas siguientes tenían prisa. La policía dejó libre el Estadio El Grande, ya se podía entrenar en él o disputar el siguiente partido. Me resultaba difícil imaginar qué se sentiría al pisar el césped donde un compañero había muerto en tan horrendas circunstancias, o al meter un gol en la misma portería donde su homicida lo dejó atado o escuchar los aplausos de una afición en un estadio que también escuchó la agonía de un delantero justo antes de morir. Se me hacía difícil concentrar todas esas sensaciones y ponerme en la piel de los jugadores que pronto volverían al campo como si nada hubiera pasado. La afición volvería a rugir con cada pase, con cada saque de esquina, con cada tanto de su equipo, mientras el pasado, por reciente y horrible que pudiera resultar, quedaría atrás inevitablemente. El espectáculo debe continuar.

Aquella mañana me pasé por la oficina. Pensé que sería bueno ir calentando motores e incorporarme progresivamente a la actividad. Faltaban solo tres días para el siguiente partido y este, se iba a disputar en casa. Poco a poco todo volvía a una forzada normalidad. Lo primero que eché en falta fue la presencia de Salvador barriendo el parking, con su gorra y su rastrillo, peleándose con las hojas y luchando contra el viento juguetón. Eché de menos que me trajera el puñado de periódicos con los que me tomaba un café cada mañana. Todo aquello estaba huérfano sin él, como si lo hubiesen despojado de su alma.

Los diarios no destacaban nada de la investigación aquella mañana. Era el primer día en mucho tiempo que las portadas de los periódicos no hablaban del tema. Supuse que no podría alargarse la noticia eternamente, en algún momento aquello debía parar. Conrado centró su columna de opinión en la jornada siguiente, destacando que el próximo sería el primer partido jugado en El Grande tras el crimen. Era su dosis de morbo diaria a la espera de poder publicar algo nuevo sobre el caso, supuse.

Encendí el ordenador, hacía tiempo que no lo hacía y me puse al día con mis correos electrónicos. La bandeja de entrada estaba colapsada. Había correos pendientes de leer desde el mismo día del crimen. No sabría decir cuántos, porque no los conté, pero no me equivocaría demasiado si me aventuraba al decir que sobrepasarían la centena. Pero de entre todos ellos llamó especialmente mi atención justo el último recibido, el que aparecía el primero en la pantalla. Era de Laura, enviado esa misma madrugada. Decía así:

Querida María:

Este correo es para despedirme. Cuando lo leas probablemente yo ya esté en Francia. No quería que pensaras que me marchaba sin decirte adiós, al fin y al cabo eres lo único bueno que me llevo de este último año en España. Siento mucho si esta decisión de abandonarlo todo te decepciona, pero nada me une ya al Real Triunfo, al menos, nada positivo. Supongo que mi marcha implica que las riendas del club volverán a las manos de Diego y Basilio y eso te beneficia más bien poco, pero confío en que sabrás manejar la situación. Eres una mujer inteligente y una gran profesional y estoy segura de que no tendrás ningún problema en tu carrera, transcurra donde transcurra.

Quiero que sepas que agradezco mucho todo el apoyo que he recibido por tu parte en todos los sentidos. Cuando tú me mirabas con ojos de admiración, lo notaba, realmente era yo la que me sentía fascinada por ti. Ya ves, finalmente he resultado ser para ti un «ídolo con pies de barro», al que, el paso de una tormenta, ha dejado sin base para sostenerse. Lo siento. He aprendido mucho de ti, de tu humanidad, de tu forma de gestionar las situaciones, de tu cercanía... Sin duda yo me llevo mucho más de ti que tú de mí.

Ahora necesito estar tranquila por un tiempo. Por favor, no me escribas ni me llames por teléfono. En cuanto me encuentre mejor me pondré en contacto contigo si es que sigues queriendo ser mi amiga, de lo contrario, lo entenderé. Espero que algún día puedas perdonarme esta huida.

Tu amiga Laura

Leer aquel correo me enfadó profundamente. Ese fue mi primer sentimiento. Laura se había marchado, así, sin más, importándole lo más mínimo cualquier otra cosa que no fuera su propia persona. Sin preocuparse por lo que pudiera ocurrirme. Me pareció egoísta y me sentí traicionada. Se había ido con nocturnidad y alevosía, sin tener ni siquiera el valor ni la decencia de despedirse cara a cara. Supuse que lo tendría planeado días atrás porque algo así no puede ser tan improvisado como aparentaba. Es cierto que me lo dijo pero, estaba borracha, hundida y nunca creí que lo hiciera. Me había dejado sola, me había abandonado como a un perro en la puerta de la perrera a la espera de ser sacrificado, sumida en la incertidumbre de mi futuro y traicionando la confianza que durante todo un año yo había depositado ciegamente en ella. Sí, estaba enfadada, muy enfadada pero también triste, muy triste.

Últimamente ya no sabía ni qué sentir. Era como si las compuertas de los sentimientos estuvieran abiertas y todos se hubieran mezclado formando una maraña. A veces estaba ausente, al rato apreciaba un atisbo de optimismo en mi interior para inmediatamente sentirme profundamente defeccionada por todo y por todos y, en aquel instante, estaba triste, enfadada y decepcionada al mismo tiempo. Un bonito cóctel de malas sensaciones para empezar el día.

Al menos Laura podría haber esperado a terminar la temporada. Faltaban unas pocas jornadas para acabar y, en mi opinión, no hubiera sido pedir demasiado hacer las cosas bien. Qué más le daban tres o cuatro semanas más en España… No terminaba de comprenderlo.

Y ahora, qué debía hacer yo antes semejante noticia. Debía comunicárselo a Basilio y a Diego, tal vez lo sabían ya, debía comunicarlo oficialmente como solía hacer con las noticias del club, era una decisión oficial…A mí también me hubiese encantado salir corriendo en aquella situación pero en ese momento entró Ariel en mi despacho.

—¿Cómo estás, mamita? —me dijo sonriendo.

—¡Ariel! —exclamé. Me levanté de mi silla y fui corriendo a abrazarle. Me alegraba tanto ver a una persona amiga en ese mismo instante que no puede reprimir mi efusividad.

—¡Uy, Uy, Uy! ¡No sabés el tiempo que he aguardado este momento! ¡Ya sabía yo que una dama como vos sucumbiría a mis múltiples encantos…!

—¡Calla, tonto! —le dije abrazada a él como una niña a su osito de peluche.

—Tú llamame tonto si querés, pero, por Dios, no te despegás de mí.

—Sácame de aquí, Ariel. Invítame a un café en la cafetería más alejada de la ciudad, por favor, por favor… —le supliqué.

—Ariel Facundo vino al rescate, princesa, la vida es demasiado corta para no complacer a una dama —me dijo mientras colocaba su brazo como un caballero para que yo me cogiera de él.

Era curioso. Parecía que el destino me había arrebatado a Laura y, en el mismo instante en que me sentía desolada, me ponía en bandeja a Ariel y su especial sentido del humor. Salimos fuera del club. Hacía un día espléndido, lucía el sol, brillaba el mar, olía a vida y cantaban las gaviotas. Tomamos un café en un chiringuito del paseo marítimo e hicimos pellas de nuestras obligaciones como dos niños pequeños. Hablamos del Real Triunfo, de su pasado y de su futuro. Recordamos a Israel y jugamos a las hipótesis, ese juego tan peligroso, pero no le conté lo de Laura.

—¿Quién creés que fue? —me preguntó.

—Tú, siempre lo he sabido, Ariel. No lo niegues, ya no tiene sentido —le dije en tono serio mirándole a los ojos, bromeando con el tema—. Conmigo no hace falta que disimules. Lo supe desde el primer momento.

—¡No me jodás, mamita! ¡Andate a la concha de tu madre! No lo digás ni en broma ¿me entendés? ¡Eso da mal fario! La policía andá preguntando por ahí si el chico y yo tuvimos problemas. ¡Claro que los tuvimos! ¡Eso lo sabe todo el mundo! Pero matarlo, ¡matarlo es de locos!

—Lo sé, lo sé, era una broma. A mí solo me queda un nombre posible. He pensado mucho sobre el tema y solo hay una persona capaz de hacerlo y con motivos para ello. Alfonso, el de los ultras.

—¿Vos creés? —me preguntó algo escéptico.

—Quién va a ser si no. A Israel le encontraron otra nota de amenaza en la boca, una amenaza alusiva al nombre de la peña de la que es presidente.

—Demasiado evidente, ¿no lo pensás?

—Tal vez, pero ese tipo no es precisamente listo, no sé. Además pude saber que tiene antecedentes por violencia callejera y si es violento también puede ser capaz de matar. Y, otra cosa, aunque no esté bien decirlo... ¿Has visto las pintas que me lleva?

—Alfonso, un malo con aspecto de malo...Demasiado sencillo.

—La distancia más corta entre dos puntos es la línea recta y se dice también que la opción que aparece como más evidente suele ser la acertada —argumenté.

—Bla, bla, bla... Dejate de especular. Tal vez fue Conradito, el periodista, o el bueno de Salvador, o cualquier consejero del club o algún jugador celoso, o Diego que le echó los trastos y fue rechazado... Y luego, cualquiera de ellos le puso el ADN de otro para despistar...

—Sí claro, a lo mejor hasta fui yo, no te fastidia. Menos mal que soy yo la que especulo... ¿Nos vamos?

—Solo si vos estás mejor.

—Siempre es muy terapéutico hablar contigo —le dije—. Gracias por rescatarme.

—Y eso que no habéis probado lo terapéutico que puedo llegar a ser sin hablar...

—Eres incorregible.

Ariel siempre tenía el buen humor a flor de piel y aquella charla me liberó del enfado con Laura. Volví al trabajo. Por las oficinas no apareció nadie. De alguna manera todos parecían haber huido. Aproveché para organizar la agenda, preparar las acreditaciones de la prensa para el próximo partido, actualizar la página web del club, ponerme al día con los resúmenes de las noticias de los periódicos para archivar y opté por hacer como que no había leído el correo de Laura. Oficialmente ese correo no existía, al fin y al cabo era personal. No pensaba solucionar los problemas que podría generar conocer la marcha de la presidenta del club en ese momento de la temporada. Tarde o temprano se sabría, tal vez por boca de los abogados de Laura o tal vez lo comunicara en breve oficialmente y, en ese instante, resolvería la papeleta tal y como se presentara. Todo ese tiempo en el Real Triunfo me había enseñado a solucionar los problemas, de uno en uno y conforme llegaban, nunca antes. Adelantar un problema siempre supone un problema en sí mismo.

De vuelta a casa puse la radio. Una emisora local que solo emitía música a excepción de los boletines de noticias que radiaban coincidiendo con las horas en punto. Necesitaba desconectar. Subí el volumen al máximo, sonaba una canción que me encantaba, *Sobreviviré* de Mónica Naranjo y me pareció tan apropiada que me sonreí al pensar que el destino era de lo más burlón conmigo. Dentro del coche subí las ventanillas a pesar del calor. Tenía el aire acondicionado estropeado. Quería evitar que el exceso de volumen de mi radio llamara demasiado la atención. Empecé a cantar a voz en grito la letra de la canción, ajena a las miradas del resto de conductores que me observaban mientras esperábamos todos que el semáforo se pusiera en verde.

Sobreviviré, buscaré un lugar... entre los escombros, de mi soledad, paraíso extraño, donde no estás tú... Vociferaba allí dentro, con nula afinación por mi parte, pero descargando con ganas toda mi furia cuando me interrumpieron las señales horarias. Eran las dos de la tarde. Boletín informativo.

«Noticia de última hora. La presidenta del equipo local, el Real Triunfo F.C., Laura Prado, ha sido detenida por la policía hace unas horas, cuando intentaba acceder al aeropuerto con la intención de coger un avión y abandonar el país. Laura Prado ha sido acusada del homicidio del delantero Israel Buendía, una prometedora figura del fútbol que fue encontrado muerto de una puñalada en el pecho, en extrañas circunstancias, en el Estadio El Grande. En las próximas horas conoceremos más detalles sobre esta detención, detalles de los que informaremos en los próximos boletines informativos»

Me quedé fría, absolutamente paralizada. No podía ser cierto. Sin duda no lo era. Todo era un error, un grave error. Sí, un error. La policía se equivocaba de persona, esas cosas pasan. Cómo iba a ser Laura.

Era imposible. Qué pruebas tenían contra ella. Los conductores pitaban con insistencia. El semáforo se había puesto en verde. Mi coche colapsaba el tráfico pero yo no podía reaccionar. Los pitidos martilleaban mi cabeza y yo sudaba de calor y de angustia. No entendía nada. Laura detenida. Laura culpable de la muerte de Israel. El semáforo volvió a ponerse en rojo y un conductor enervado golpeó con fuerza el cristal de mi ventanilla dedicándome algún insulto que no logro recordar. Solo sé que metí primera y maniobré lo justo para dejar libre el paso y dejar mi coche al un lado de la acera y, allí, sola, me eché a llorar.

Estuve allí dentro del coche, exactamente media hora. Lo sé porque la radio me ponía al día, entre canción y canción, del transcurso del tiempo. Los coches iban y venía y nadie parecía reparar en mí. Tras hacerme a la idea de la detención de Laura, empecé a preguntarme el por qué. Cuál era el camino que había seguido la policía en su investigación para llegar finalmente a detenerla. Qué pruebas la incriminaban, qué razón tenía ella para matar al hombre que amaba. Eran todas ellas, preguntas de difícil respuesta en aquel momento, pero yo necesitaba saber y si para saciar mi apetito debía rebuscar entre la basura estaba dispuesta a hacerlo.

Volví a poner en marcha mi coche y me dirigí a la redacción del diario *Noticias a fondo*. No estaba muy lejos de donde me encontraba y si alguien sabía algo más de lo que había escuchado por la radio ese era, sin duda, Conrado Martínez. No era momento de ser orgullosa, era el momento de conocer la verdad, aunque para ello tuviera que suplicarle a Conrado.

Entré en la redacción y atravesé la gran sala común que tenía muchísimas mesas dispersas pertenecientes a otros tantos periodistas. Nadie reparó en mí ni me preguntaron a quién buscaba. Había cierto caos. Llegué hasta el fondo, donde estaba la sección de deportes. Conrado estaba de espaldas, cogiendo un bolso que estaba colgado en una percha en la pared y no me vio. Parecía que se estaba preparando para marcharse a comer. Al darse la vuelta se sobresaltó al verme.

—¡Vaya! ¡Doña María Moreno, directora de comunicación del Real Triunfo! ¿Qué hace usted por aquí? ¿A qué debo este honor? No tiene usted buen aspecto… —me dijo con ironía hiriente y cierto regustillo.

—¿Qué sabes de la detención de Laura? —pregunté directamente sin dar más explicaciones.

—Muy buena pregunta. Pero creo que deberás esperar a leer la edición de mañana para conocer la respuesta. No pensarás que te lo voy a contar.

—Conrado, esto no es parte de nuestra guerra. Laura ha sido detenida, lo han dicho en la radio y sé que tú tienes hilo directo con la investigación. Sé que nuestra relación no ha sido precisamente idílica, pero te pido por favor que dejamos a un lado nuestras diferencias. Somos compañeros. Si hay algo de compañero en tu interior, por poco que sea, te pido por favor, que me digas lo que sabes —le dije intentando ser conciliadora en un momento tan desagradable para mí y con el que él parecía estar disfrutando. Guardó silencio, respiró profundamente y luego dijo:

—Laura mató a Israel. Eso es un hecho. Hace un par de días que la policía tenía sospechas fundadas, pero no fue hasta ayer por la noche cuando, tras interrogar a Salvador en el hospital, tuvieron la certeza. No puedo decirte más.

—Pero… ¿Por qué? No lo entiendo.

—Un crimen pasional, así de sencillo… Ahora me tengo que marchar. Si quieres saber algo más, habla con Salvador. Al fin y al cabo no hay nada que pase en ese club que él no sepa. —Cogió el bolso y se marchó.

—¡Conrado! —grité. Él se giró y me miró—. ¡Gracias! —le dije.

La paradoja

Los siguientes boletines informativos comunicaron que Laura permanecía detenida a la espera de pasar a disposición judicial y la noticia ya había saltado al mundo entero. Hubiera dado cualquier cosa por poder verla, por hablar con ella, pero la situación me lo impedía. Cómo estaría, cómo se sentiría. Si realmente era culpable, buscaba entre mis pensamientos una justificación posible que me permitieran perdonarla y, sobre todo, comprenderla. Pero ahora solo podía esperar, esperar y hablar con Salvador en busca de un poco de luz que diera claridad a todo aquello.

De camino al hospital reproduje en mi cabeza una y otra vez, las palabras de Conrado. «Crimen pasional, así de sencillo», como si en algún momento matar fuera sencillo o fácil de justificar. Como si la pasión fuera una asesina a la que hay que comprender. Laura amaba a Israel, a mí me lo había contado y yo lo había percibido, pero en el camino entre amarlo y asesinarle, algo había ocurrido, algo que tal vez solo Salvador conocía.

No terminaba de comprender cómo encajaban las piezas de aquel complicado puzzle. En qué lugar quedaba el ADN de hombre encontrado bajo las uñas de Israel, qué significado tenía el anónimo de su boca o el por qué estaba Israel vestido con la equipación a esas horas de la noche en el Estadio El Grande. El tiempo y los acontecimientos, lejos de clarificarlo todo, parecía complicarlo aún más. Llegué al hospital con un bocado en el estómago y no precisamente producido porque no hubiera comido todavía.

—Le han retirado la sedación, pero es mejor no hablarle demasiado de lo ocurrido. Ya tuvo suficiente ayer con la visita de la policía —me dijo la enfermera.

—Estaré solo unos minutos —prometí.

Salvador estaba despierto, sentado en la cama apoyado sobre unos almohadones que le hacían las veces de respaldo. Ojeaba una revista del corazón sin demasiado interés y al verme entrar, la apartó y esbozó una sonrisa entre la profunda tristeza que desprendía su rostro.

—Hola guapo, ¿cómo estás? —le dije tiernamente mientras le cogía la mano y le daba un beso.

—Ya ves —me contestó mientras se encogía de hombros sin saber muy bien qué decir.

—Los médicos dicen que evolucionas muy bien. Tú corazón vuelve a estar fuerte como el de un toro. Ahora mismo estarás otra vez en el Estadio, cuidando del césped, disfrutando de los partidos y atendiendo a esos niñatos caprichosos. Te he echado de menos, ¿sabes?

—¿Han cogido a Laura? —preguntó directamente como sabiendo muy bien hacia donde quería llevar yo la conversación y evitando cualquier preámbulo innecesario.

—Sí. Está a la espera de pasar a disposición judicial.

—¿Quieres saber qué le dije a la policía? ¿Verdad?

—Solo si tú me lo quieres contar —le contesté.

—Laura vino a verme la mañana que pasó todo. Quería pedirme un favor pero necesitaba que le guardara el secreto. Me insistió mucho en que no se lo contara a nadie. Estoy muy acostumbrado a guardar secretos, ¿sabes? Aunque no suelen ser de amoríos, la verdad. Me dijo que quería sorprender a alguien, no me dijo a quién, pero quería preparar una cena especial, una velada romántica. Me explicó que no podía invitar a esa persona a un restaurante porque seguramente la gente los reconocería y luego empezarían las habladurías y que, de momento, no quería que se supiera nada, que la cosa solo estaba empezando. Por eso ella había pensado en hacer algo especial, diferente, preparar una cena en el Estadio.

—¿Quieres decir que quería preparar una cena romántica en el Estadio El Grande? ¿Allí mismo, en el césped? —pregunté asombrada por la idea que, de no haber acabado de aquella manera, me parecía simplemente genial.

—Sí, era una sorpresa, eso me dijo. Algo así como un pic-nic en un campo de fútbol. ¿A qué es original? Ella se encargaría de llevar la comida, el mantel, la bebida y todo lo necesario. Al principio no me hizo mucha gracia, la verdad, pensé que podrían estropear el campo, pero cómo le iba a decir que no a la presidenta... Me pidió que me encargara de abrir el portalón principal a las nueve de la noche, a la hora que pensaba ella llegar y también le expliqué cómo funcionaba el cuadro de luces del Estadio y el riego por aspersores. Creo que lo tenía todo pensado. A mí me daba en la nariz que se trataba de alguien del club, pensé en algún Consejero, no sé, estaba tan ilusionada... Pero cuando al día siguiente me encontré a Israel... —Salvador bajó la cabeza y tragó saliva. Enmudeció de repente al recordar la imagen del delantero muerto y atado a aquella portería.

—Tranquilo. No te atormentes, tú no tienes la culpa de nada. Yo sabía que ellos dos tenían algo, pero nunca me imaginé...

—Algo debió pasar en esa cena, María —me interrumpió—. No sé qué, pero te aseguro que la última persona que vio con vida a Israel fue Laura y eso es lo que le dije a la policía.

En las palabras de Salvador se adivinaba cierto sentimiento de culpa. Se sentía, en parte, responsable por no haber sabido proteger mejor a su jugador y a su estadio, como si ese fuera su deber más allá de cualquier otro. Como si pudiera haber evitado lo ocurrido negándose a participar en esa cena sorpresa. Como si evitando la ocasión hubiera evitado el desenlace. Pero quién podría si quiera imaginar que una bonita y original velada romántica acabaría en tragedia, por qué motivo.

Esa misma tarde Conrado lanzó la noticia en la edición digital de su periódico. Hay cosas que no pueden esperar a ser contadas al día siguiente en un mundo tan rápido como el nuestro. El morbo de poseer noticias frescas sobre este asunto le quemaba, sin duda, entre las manos.

Presidenta y supuesta asesina

Laura Prado, la presidenta del Real Triunfo F.C., ha sido detenida esta misma mañana por el homicidio del jugador de su equipo, Israel Buendía, cuando intentaba abandonar el país para eludir a la justicia.

Según ha podido saber este periódico, al parecer, Prado y Buendía, mantenían una relación sentimental secreta y fue precisamente la detenida, la última persona que vio con vida al malogrado delantero.

Delantero y presidenta, tenían previsto encontrarse en las instalaciones del Estadio El Grande, la noche de los hechos, en lo que en principio debía ser una velada romántica que terminó, por causas pasionales que todavía no han trascendido, en un crimen que ha marcado a esta ciudad y a la historia de su equipo.

Además, la policía ha confirmado que el cuchillo hallado en el pecho de Israel, el mismo que le causó la muerte, pertenece a la cubertería hallada en casa de Laura y que la caligrafía de la nota amenazante encontrada en el interior de la boca del jugador, también pertenece a la detenida, tras un cotejo realizado por peritos grafólogos.

Todos estos datos, unidos a la intención de Laura Prado de abandonar el país, la convierten en la principal sospechosa, aunque queden todavía por explicar alguno de los aspectos que rodean a este crimen.

Recordemos que Laura Prado, española, hija de emigrantes, afincada en Francia hasta su llegada al Real Triunfo, a principios de la presente temporada, empresaria del sector hostelero, ha sido la primera mujer presidenta de este equipo. Su incorporación a este cargo fue toda una sorpresa por tratarse de una completa desconocida en esta ciudad. Su interés personal por el delantero de los tres millones de euros pronto fue uno de los rumores mejor guardados de este club, pero nunca llegó a confirmarse hasta la fecha. En las próximas horas pasará a disposición judicial.

Todo parecía precipitarse como el agua de un riachuelo ante una cascada y mis pensamientos retrocedieron en el tiempo. Recordaba el día que había conocido a Laura. Recordaba lo impresionada que me sentía ante su presencia. Parecía ser una mujer tan fuerte, tan imperturbable, con esa fuerza interior, que de pura perfección era casi irreal. Debí comprender que lo humano es imperfecto por naturaleza y que solo hay que saber pulsar el botón de la vulnerabilidad que todos llevamos dentro, la misma que puede transformarnos hasta hacernos capaces de matar. Tal vez idealicé a Laura, tal vez fue para mí un espejo en el que mirarme. Es posible. Ella se definió muy bien al decir de sí misma que había resultado ser un «ídolo con pies de barro». Pero, a pesar de todo, aún quería comprenderla, necesitaba hacerlo porque, tal vez, si conseguía encontrar una explicación, fuera capaz de perdonarla y pasar página.

Faltaban dos días para el siguiente partido. Con Laura encerrada, Basilio y Diego resurgieron a la escena como actores principales. Como piratas que eran, abordaron el barco del Real Triunfo ante la ausencia de su capitán. Con sus miserias y sus mezquindades, las mismas de siempre, casi cotidianas, pero muy alejadas de la mezquindad de una homicida. Ambos seguían siendo mediocres de cuello duro, terratenientes en su cortijo, pero vencedores en una batalla que ni siquiera ellos mismos confiaron en ganar.

Laura compareció ante el juez y, según trascendió, se declaró culpable de homicidio. Así, sin más. Supongo que derrotada por las evidencias y atormentada por los remordimientos. El juez la trasladó a prisión a la espera de juicio y yo me quedé sola a la espera de ser ejecutada profesionalmente, sin juicio previo.

Los dos días que faltaban para el partido no fui a trabajar. Para qué. Aquel ya no era mi sitio aunque tampoco tenía ningún otro donde ubicarme. Nadie me echó de menos excepto Ariel, el único que me llamó para interesarse. El Real Triunfo continuaba hacia delante sin importar cuántos cadáveres dejara en el camino. Muertos de injusticia bajo el amparo de una institución llamada equipo de fútbol. Nada de todo eso parecía importar siempre y cuando cada jornada se repartiera la dosis necesaria para saciar el ansia de la afición. Y llegó el domingo como todos los domingos llegan siempre. Esta vez sin Salvador, sin Laura, sin Israel y sin mí. Un día de partido, como otro cualquiera, un día de visita en el penal, como otro cualquiera.

Laura accedió a verme. Teníamos una conversación pendiente. Hacía un sol radiante fuera de los gruesos muros de la cárcel pero no lograban calentar su interior. Nunca antes había estado en un lugar tan frío. No era primavera allí dentro. Pedí estar a solas con ella pero no me dejaron. Debíamos comunicarnos a través de un cristal utilizando un teléfono. Estaba hermosa a pesar de todo y con la serenidad que da liberarse de la culpa. Me miró a los ojos sin apartar su mirada de la mía, cargada de reproches. Supe que me comprendía.

—Sé que me odias —me dijo por aquel interfono— y no te culpo. Yo también lo haría si pudiera, pero ya no me queda fuerza para nada más.

—¿Qué pasó Laura? —le pregunté.

—Pasó lo que siempre supe que pasaría, algún día, en algún lugar. ¡Qué inocente fui al pensar que las cosas podrían ser de otra manera! Me persiguió el peor de mis enemigos, el que me ha perseguido toda la vida y que finalmente me ha alcanzado, yo misma. He sido víctima de mí misma, de mi pasado, de la ignorancia, del desprecio...

—No te entiendo.

—Yo solo quería que lo nuestro funcionara. Quería lo que todo el mundo quiere, ser feliz. Pero, dime, María... ¿Alguien lo consigue alguna vez?

—Lo mataste tú... Pero, y los anónimos, el ADN, por qué.

—Me humilló, me despreció. Yo le entregué mi alma y él me escupió a la cara. Lo maté y no me arrepiento. Le clavé el cuchillo todo lo fuerte que puede. Después solo intenté despistar a la policía aprovechando que todo el mundo sabía lo de los anónimos pero, claro, tuve que escribirlo a mano utilizando un papel y un bolígrafo que llevaba en el bolso. Pensé que todos pensarían que había sido la locura de un ultra desquiciado. Pero no puedes ir contra tu propia realidad, ¿verdad? y el ADN estaba ahí para recordarme lo que soy y lo que nunca podré cambiar.

—Pero, el ADN era de varón... No entiendo... Entonces tú... eres...

—Soy una paradoja, María. Una paradoja de la naturaleza. ¿Sabes por qué? Porque no soy un hombre, nunca lo he sentido así, pero tampoco seré nunca una mujer, nuca me han dejado serlo. Siempre pensé que podría empezar una nueva vida, sin pasado, sin que nadie recordara el nombre que me pusieron al nacer. Siempre pensé que llegar a España con el nombre y el aspecto de Laura Prado me liberaría de arrastrar un pasado que no se puede borrar. Al fin y al cabo, mi ADN siempre será el de un varón y eso nunca podré cambiarlo...

—¿Por qué no me lo dijiste?

—Para qué, María. Los secretos son para guardarlos porque cuando se desvelan siempre se vuelven contra ti. Se lo dije a Israel, ¿sabes? No quería que lo nuestro empezara con una mentira. Quise que supiera quien era en realidad, que amara a la auténtica Laura Prado, sin secretos y, ¿sabes lo que hizo? Me despreció, vi en su cara cuánto asco sentía hacia mí. ¡Cuánta repugnancia había en su mirada...! Y no sabes lo que llegó a decirme... El mismo hombre que me besaba minutos antes, deseando hacerme el amor, allí mismo, sobre el césped del Estadio, mientras el agua de los aspersores rociaba nuestra pasión. En aquel momento lo nuestro era pura poesía. Pero ese mismo hombre, me humilló, asqueado al conocer la realidad, me despreció, me culpó por ser lo que soy. No fue capaz de soportarlo y yo no fui capaz de perdonarle... Así de sencillo.

—No sé qué decir, Laura. No me puedo imaginar...

—Tienes razón, no puedes. No puedes saber cuánto le odié en ese instante, cuánto deseé que sufriera como yo lo había hecho durante tanto tiempo, toda una vida. Deseé que muriera porque solo la muerte equilibraría la balanza de todo ese dolor. Solo cuando él estuviera agonizando sabría qué estaba sintiendo yo. Pero ahora sé que esto nunca acabará, María, siempre seré lo que para otros no seré nunca.

—Eso no es cierto, para mí siempre serás una mujer, inteligente y bella, a la que siempre quise parecerme desde el mismo momento en que te conocí —le dije.

—Ya ves, así es la vida, una paradoja cargada de ironía.

La inmensa mole de hormigón que era la cárcel se iba haciendo cada vez más pequeña en el espejo retrovisor de mi coche conforme ponía distancia de por medio hasta desaparecer. Sabía que aunque ya no la pudiera ver siempre estaría ahí, como ocurre con muchas cosas en la vida y como le había ocurrido siempre a Laura.

Esa misma tarde había partido. El Estadio El Grande bullía de gente apasionada por un equipo que, una temporada más, se conformaba con ocupar la mitad de la tabla. En el palco la estampa era caricaturesca. Basilio, henchido de ego fumaba su puro de los partidos, esperando al descanso para satisfacer sus otros vicios. Diego, más discreto, disimulaba sus miradas dirigidas a su secreto mejor guardado, Raúl, mientras en su cabeza seguro barruntaba algún negocio turbio que llevarse a la boca y Alfonso, un traficante de ilusiones, portátil en mano desde su rincón de las apuestas, se frotaba las manos como un avaro de poca monta. Y mientras la afición rugía en cada gol, vibraba en cada jugada, se apasionaba hasta lo irracional en cada jornada, yo aprendí que en el Real Triunfo todo había resultado ser una paradoja, un puñado de verdades que se ponían patas arriba para llamar la atención, un negocio disfrazado de deporte, una mentira vendida como pasión, un mundo, el de aquel club de fútbol, donde nada ni nadie era lo que parecía y donde, tras mi marcha, todo seguiría igual, siempre igual.

ECOSISTEMA DIGITAL

NUESTRO PUNTO DE ENCUENTRO

www.edicionesurano.com

2 AMABOOK
Disfruta de tu rincón de lectura
y accede a todas nuestras **novedades**
en modo compra.
www.amabook.com

3 SUSCRIBOOKS
El límite lo pones tú,
lectura sin freno,
en modo suscripción.
www.suscribooks.com

DISFRUTA DE 1 MES
DE LECTURA GRATIS

1 REDES SOCIALES:
Amplio abanico
de redes para que
participes activamente.

4 APPS Y DESCARGAS
Apps que te
permitirán leer e
interactuar con
otros lectores.

 iOS